Gut essen

Ullrich Wegerich

Gut essen

Roman

Königshausen & Neumann

Bibliografische Information der Deutschen Nationalbibliothek

Die Deutsche Nationalbibliothek verzeichnet diese Publikation in der Deutschen Nationalbibliografie; detaillierte bibliografische Daten sind im Internet über http://dnb.d-nb.de abrufbar.

Gedruckt auf säurefreiem, alterungsbeständigem Papier
Umschlag: skh-softics / coverart
Umschlagabbildung: Supermarket – © gpointstudio #48979207 (fotolia.com)
Bindung: Zinn – Die Buchbinder GmbH, Kleinlüder

Printed in Germany
ISBN 978-3-8260-5175-3
www.koenigshausen-neumann.de
www.libri.de
www.buchhandel.de
www.buchkatalog.de

1.

Nur durch eine schmale Öffnung unterhalb der Decke fiel Licht in den Keller. Es war kalt, klamm und modrig. Die kahlen Wände und der Fußboden bestanden aus Beton und waren feucht und an vielen Stellen mit Moos überwachsen.

Der Mann lag auf dem Boden. Ihm war übel und er fühlte sich schwindelig. Sein Kopf dröhnte. Sie hatten ihm ein Betäubungsmittel verpasst. Er konnte sich kaum erinnern, was überhaupt passiert war. Sein Mund war pelzig. Sein Anzug war verdreckt und ein Hosenbein am Knie zerrissen. Er blickte auf seine Rolex und las mühsam aus verquollenen Augen die Zeit: Es war kurz nach fünfzehn Uhr. Mit Schrecken begriff er, dass er länger als acht Stunden bewusstlos gewesen sein musste.

Um sein rechtes Fußgelenk war eine Kette gezogen und mit einem Vorhängeschloss fixiert, das andere Ende der Kette war mit einem zweiten Schloss an einem in die Wand eingelassenen Eisenring befestigt.

Er war entführt worden.

Warum?

Wo war er?

Die Öffnung unterhalb der Decke sah aus wie die Schießscharte für ein Maschinengewehr. Er war in einem Bunker. Merkwürdigerweise hatten sie ihm die Uhr nicht weggenommen, obwohl die dreißiggtausend Euro wert war. Er tastete in der Brusttasche seines Jacketts nach der Brieftasche, zog sie heraus und erblickte seine Kreditkarten. Selbst die Goldene war noch da.

In einer Ecke des Bunkers lagen einige alte Zeitschriften. Er zog sie zu sich heran und stellte fest, dass es sich um von Feuchtigkeit verquollene Pornomagazine handelte. Er öffnete das oberste Heft und erblickte perverse, sehr gewalttätige Fotos. Gewaltpornographie. Unter den Bildern standen jeweils einige Worte. Er erkannte, dass es sich um kyrillische Buchstaben handelte.

Ihm wurde heiß und kalt zugleich. Das Herz schlug ihm bis hoch zum Hals und für einige Minuten drehten sich wieder die Wände des Bunkers um ihn. Wo war er? In Russland? War es möglich, von Berlin aus in acht Stunden durch Polen nach Weißrussland zu fahren? Mit einem betäubten Gefangenen im Kofferraum? Dazwischen gab es doch eine Grenze? Er blätterte weiter und erblickte nackte Frauen, die auf ganz ähnliche Art angekettet waren wie er selbst. Er erinnerte sich, dass er das Haus kurz nach sieben Uhr verlassen hatte, er wollte pünktlich sein, denn gleich um acht wollte er eine Präsentation geben. Er war in den Wagen gestiegen, im nächsten Moment hatte er den Druck eines Pistolenlaufs in seinem Nacken gespürt.

Aber was war dann passiert?

In dem Bunker war es so kalt, dass er zitterte. Er starrte hinauf zu der Schießscharte. Hier drinnen gab es keine Lichtquelle und wenn es draußen dunkel wurde, würde es auch hier drinnen dunkel werden. Er beugte den Oberkörper nach vorn und untersuchte den Eisenring, an dem das eine Ende der Kette fest geschlossen war. Er ergriff den Ring mit beiden Händen und riss und zerrte aus Leibeskräften daran – ohne jeden Erfolg. Der Ring war stabil in die Mauer betoniert. Also untersuchte er die Kette, die ungefähr einen Meter lang und neuwertig war. Die beiden Vorhängeschlösser waren deutsche Fabrikate und ebenfalls neu. Ohne Schlüssel würde er sie niemals öffnen. Er zog seinen rechten Schuh aus und versuchte, das Kettenende, das um das Fußgelenk gezogen war, über seine Ferse zu zerren. Verzweifelt riss er an dem Metall, bis seine Haut wie Feuer schmerzte und sein Bein voller Blut war. Die Kette war viel zu eng. Eher würde er sich den Fuß abreißen, als aus dem Eisen loszukommen.

Er resignierte und blieb mit dem Rücken gegen die Wand gelehnt sitzen. Er hörte das Bellen eines Hundes. Tränen liefen über seine Wangen. Er rief um Hilfe. Doch nur der Hund antwortete ihm.

2.

Es war drei Tage zuvor: Mehrere Menschen hatten die junge Frau unmittelbar vor ihrem Tod gesehen. Sie hatte auf der Spreebrücke am Schloss Bellevue gestanden, Paulstraße, Berlin-Tiergarten. Es war kurz vor Mitternacht gewesen und ein heftiger Frühlingsregen war niedergegangen. Die Frau hatte reglos da gestanden und unverwandt hinunter zum Fluss geblickt. Sie hatte einen Mantel getragen und ihr langes Haar war regennass gewesen.

Sie war aufgefallen. Doch für Berlin war sie dann doch nicht auffällig genug. In einer anderen und kleineren Stadt hätte vielleicht jemand sie angesprochen. Aber nicht hier.

Nachdem ihre Leiche von der Feuerwehr geborgen worden war, hatten die Beamten der Schutzpolizei ihren Personalausweis sicher gestellt, den sie in ihrer Manteltasche bei sich gehabt hatte. Ihr Name war Elena Reichenberger gewesen, sie war siebenundzwanzig Jahre alt, deutsche Staatsbürgerin, aber in New York geboren, und in der Pflügerstraße in Berlin-Neukölln gemeldet. Sie hatte auch einen Studentenausweis der *Freien Universität Berlin* bei sich gehabt: Frau Reichenberger hatte am *Otto-Suhr-Institut* im zwölften Semester *Politische Wissenschaften* studiert.

Drei Personen hatten sich am folgenden Tag, nachdem mehrere Radiosender und Zeitungen kurze Berichte über den Selbstmord gebracht hatten, bei der Polizei gemeldet. Ein vierunddreißigjähriger Mann aus Potsdam war mit seinem Wagen über die Brücke gefahren und hatte die junge Frau auf dem Bürgersteig stehen sehen. Ein anderer Mann, der ganz in der Nähe in der Lübecker Straße in Moabit wohnte, hatte auf dem Nachhauseweg die Brücke auf seinem Fahrrad überquert und beobachtet, wie die junge Frau ein Seil an dem schönen schmiedeeisernen Brückengeländer verknotete. Da er aber auf der gegenüberliegenden Straßenseite unterwegs und außerdem vom Regen völlig durchnässt gewesen war, hatte er sich nicht weiter um sie gekümmert. Ein zweiter Autofahrer hatte die Frau ebenfalls mit dem Seil hantieren sehen. Nun machte er sich schwere Vorwürfe, dass er nicht angehalten und sie angesprochen hatte.

Kurze Zeit später musste sie dann über das glitschige Geländer geklettert sein und sich die Schlinge um den Hals gelegt haben. Vielleicht hatte sie noch einige Minuten gestanden und nach unten in das treibende, dunkle Wasser gestarrt.

Sie starb an Genickbruch. Ganz sicher hatte sie noch mehrere Male mit Armen und Beinen gezuckt, denn diese Art des Sterbens dauert einige Zeit, wenn man Pech hat, können sogar Minuten vergehen, bis der Tod eintritt. Dann hing ihr lebloser Körper unter der Brücke im kalten Frühlingsregen über der schwarzen Spree.

3.

Lily hatte gekocht: Tomaten, Zucchini, Aubergine, Paprika, Frühlingszwiebeln, Pilze, Sellerie und Knoblauch, dazu Thymian und Rosmarin, weißen Pfeffer und Salz und Weißwein. Gemüsebrühe bereitete sie sich selbst zu. Sie versuchte zu kochen, wie ihre Großmutter vor Jahrzehnten in ihrem fränkischen Heimatdorf. Lily hatte dann die Coburger Grünen mitbegründet. Sie nutzte ausschließlich frische, biologisch angebaute Früchte, die sie nach dem Anbraten auf möglichst niedriger Temperatur garte. Andere Lebensmittel, vor allem die, die industriell behandelt worden waren, ignorierte sie. Die Resultate ihrer Bemühungen waren meistens grandios. An diesem Abend hatte sie das Gemüse in einer Eisenpfanne angebraten und gedünstet. Dazu hatte sie Jakobsmuscheln kurz angebraten und mit Weißwein abgelöscht. Robert Mannheim deckte den Tisch mit dem geerbten, feierlichen Goldrandgeschirr und dem ebenfalls geerbten Silberbesteck. Ein Frühlingsregen trommelte gegen die Fensterscheiben seiner Wohnung am Klausenerplatz in Berlin Charlottenburg. Es war Sonntagabend.

Mannheim war ein fünfzigjähriger, wuchtiger Mann mit einem breiten Schädel, wasserblauen Augen und dünnem, nach hinten gekämmtem Haar. Er arbeitete als Hauptkommissar für die Fünfte Mordkommission beim Landeskriminalamt Berlin. Den allergrößten Teil seines Lebens hatte er in Berlin verbracht, zuerst als jugendlicher Hausbesetzer und Kiffer, bis er die Kurve doch noch bekam und schließlich Familienvater und Polizeibeamter geworden war. Inzwischen war er längst wieder geschieden, seine Tochter war erwachsen und lebte ihr eigenes Leben, doch er arbeitete noch immer bei der Polizei: Vor ihm lagen noch fünfzehn Jahre, in denen er Leichen betrachten und Zeugen befragen, Spuren ermitteln und Widersprüche aufdecken würde: Stunde für Stunde, Tag für Tag, Woche für Woche. Er war der Don Quichotte im Kampf gegen einen feuerspeienden und menschenfressenden Drachen aus Habgier und Angst, aus Frustration und Dummheit, dem für jedes abgeschlagene Haupt sofort drei neue nachwuchsen.

Seine Freundin – Dr. Elisabeth Maria Katharina Stifter, genannt Lily – wohnte seit einem guten Jahr bei ihm in Berlin. Sie hatten sich während eines Urlaubs auf Kreta kennengelernt und Hals über Kopf ineinander verliebt. Beide hatten im Traum nicht erwartet, dass sie auf ihre älteren Tage noch einmal von einer solchen Sturmflut von Gefühlen und Sex überschwemmt werden würden. Lily war nur wenig jünger als er, eine noch immer attraktive Frau mit einer zierlichen Figur und schulterlangen, lockigen, blonden Haaren. Nahezu ihr ganzes Leben hatte sie in der fränkischen Provinz verbracht, wo sie, nach einigen Jahren des Studiums in München und Florenz, geheiratet und zwei Söhne großgezogen hatte. Das war gut gegangen, bis ihr Ehemann, Franzi, der im Laufe der Jahrzehnte zu einem wohlhabenden Unternehmer geworden war, seine mittlerweile in *Coburg Steel Revisited* umgetaufte Firma für viele Millionen an einen US-Konzern verkaufte und mit seiner Sekretärin und neuen Freundin nach Südfrankreich entschwand. Immerhin hatte sie sich bei der Scheidung revanchiert, denn es war keine Gütertrennung vereinbart gewesen und sie hatte im großen Stil kassiert. Mindestens eine Million. Angeblich hatte Franzi sie zwar nach Strich und Faden über den Leisten gezogen, aber finanziell hatte die Scheidung sich dennoch gelohnt. Eine Zeitlang hatte sie mit dem Leben gehadert, sich wie eine sitzengelassene Alte gefühlt. Doch dann hatte sie die Chancen beherzt ergriffen, ihren Job beim *Landesamt für Denkmalschutz* in Coburg gekündigt und war zu Mannheim nach Berlin gezogen. Sie konnte tun und lassen, was sie wollte. So hatte mit einer Doktorarbeit über Schinkel und den

Klassizismus begonnen: Klassizismus sei das optimale Thema in einer Welt, die den Glauben an ihre Zukunft verramscht habe.

Nach dem Essen verschwand sie im Badezimmer. Mannheim wartete ab, in welcher Kostümierung sie wieder auftauchen würde. Es dauerte ein bisschen und er ging noch mal kurz ins Internet und rief POLIX auf, das Datenverarbeitungssystem der LKA Berlin. Er wollte wissen, was ihn am Morgen erwartete und erfuhr, dass sich vor einer halben Stunde eine junge Frau an der Spreebrücke neben dem Schloss Bellevue erhängt hatte.

4.

Eine blasse Frühlingssonne blinzelte durch die Wolken. Es war neun Uhr morgens, Robert Mannheim saß an seinem Schreibtisch im seinem Büro am Platz der Luftbrücke und überlas die Liste der Titel, die Bob Dylan bei seinen jüngsten Konzerten in Wichita, Kansas City, und New York City zum Besten gegeben hatte. *It's allright ma, I'm only bleeding...* Dann ging er auf *YouTube*, um sich Aloe Blaccs *I need a Dollar* anzusehen. Immerhin entstand in der Wirtschaftskrise gute Musik, wenigstens in den USA.

„Kannst du das nicht leiser stellen?", fragte Hauptkommissarin Birgit Allenare mit genervtem Unterton. Mannheims Kollegin blickte kurz und skeptisch von ihrem Rechner auf. Sie war eine gutaussehende Frau Ende Dreißig, mit einem olivefarbenen Teint, einer gewaltigen Pracht schwarzer und grüner Korkenzieherlocken und einer kurvenreichen Figur. Sie überlas gerade den Bericht über den Selbstmord auf der Spreebrücke.

„Jemand hat Elena Reichenbergers Wohnung durchwühlt", erklärte sie. „Und die Kollegen haben keinen Abschiedsbrief gefunden. Außerdem gibt es diverse Strafanzeigen, die sie in letzter Zeit gestellt hat oder die gegen sie gestellt wurden."

Robert Mannheim schloss *YouTube* und beendete Aloe Blaccs Bettelgang durch das winterliche New York. Das Fenster stand weit offen und sie hörten nun dem ewigen Rauschen des Autoverkehrs auf dem Tempelhofer Damm zu. Die Musik hatte besser geklungen. „Was ist mit der Obduktion?“, fragte er.

„Die Ergebnisse liegen morgen vor.“ Birgit Allenare drehte ihren Bildschirm so, dass auch Mannheim ihn sehen konnte: Er erblickte Elena Reichenbergers schmales, von langen, dunklen Haaren eingerahmtes Gesicht. Sie hatte schön und traurig ausgesehen, mit großen, verunsichert blickenden Augen.

Die Kommissarin gab weitere Befehle in den Rechner ein und auf dem Bildschirm erschien ein POLIX-Dokument. Frau Reichenberger hatte vor zehn Tagen im Polizeiabschnitt 54 in der Neuköllner Sonnenallee Anzeige wegen eines nächtlichen Überfalls im Treppenhaus ihres Mietshauses erstattet. Birgit las vor: *Ich kam gegen ein Uhr nach Hause, ich kam von der U-Bahn. Ich ging durch den Flur des Vorderhauses und über den Hof und betrat das Hinterhaus, in dem sich meine Wohnung befindet. Bis dahin war mir nichts Ungewöhnliches aufgefallen. Als ich im Hinterhaus war, wurde ich plötzlich von hinten gepackt. Ein Mann hielt mich fest. Bevor ich überhaupt begriffen hatte, was los war, hatte er mir Klebeband über den Mund gezogen. Dann hielt er mir mit der einen Hand die Augen zu, seine andere Hand lag auf meiner Brust. Ich versuchte, mich loszureißen, hatte aber keinen Erfolg, da er sehr stark war. „Ich steche dich ab“, zischte er mir ins Ohr. Dann belegte er mich mit pornographischen Schimpfworten. Votzenschlampe und so. Ich roch seinen heißen, stinkenden Atem. Um ihn zu beruhigen, bewegte ich den Oberkörper ein wenig nach links, dann nach rechts, dann wieder nach links und so fort. Er passte sich dieser schaukelnden Bewegung an und bewegte seinen Körper ebenfalls hin und her. „Pass auf, sonst mache ich dich fertig!“, zischte er. „Ich ficke dich in den Arsch!“ Seine Hand lag in meinem Schritt, mit der anderen hielt er mir noch immer die Augen zu. Aber die schaukelnde Bewegung entspannte uns beide ein bisschen. „Das soll dir eine Lehre sein, Drecksvotze“, zischte er. Ich spürte seine Erektion. Dann wollte er meine Hose öffnen. Doch in diesem Augenblick ging im Hausflur das Licht an. Der Mann verpasste mir einen Stoß in den Rücken, so dass ich nach vorn zu Boden stürzte, ich habe mir die Hände und die Knie aufgeschlagen. Ich hörte seine Schritte, als er davon rannte. Dann sah ich, dass Herr Rene Katjunka, ein Mie-*

ter, der in der ersten Etage wohnt, die Treppe herunter kam. „Eh, was iss los?", fragte er. Er half mir wieder auf die Beine. „Haben Sie jemanden gesehen?", fragte ich. „Nein", antwortete er. Ich bat ihn heute früh, mich wegen einer Aussage zum Revier zu begleiten, aber das lehnte er ab, weil er nichts gesehen habe und auch mit der Polizei nichts zu tun haben wolle.

„Sind die Kollegen der Anzeige nachgegangen?", fragte Mannheim.

„Sicher. Sie haben mal bei diesem Katjunka nachgefragt, aber der will tatsächlich nichts gesehen oder gehört haben. Dabei haben sie es belassen. Es war niemand wirklich ernsthaft zu Schaden gekommen und Frau Reichenberger ist auch kein zweites Mal mehr auf der Wache erschienen."

„Gab es noch weitere Vorfälle dieser Art?"

Die Kommissarin öffnete eine andere Abteilung von POLIX. Hier waren sämtliche Gewaltdelikte des vergangenen Monats aufgelistet. Sie sortierte sie nach den Polizeiabschnitten: Im Neukölln waren das die Abschnitte 54 und 55, aber auch 53 – Kreuzberg Nord – kam in Frage. Die Beamten erfuhren, dass in einem Imbiss in der Sonnenallee unter bislang ungeklärten Umständen ein Mann niedergeschossen worden war. In der U-Bahnlinie 7 hatte es mehrere Schlägereien gegeben. Außerdem hatte eine Frau, der die Handtasche entrissen worden war und die sich zu wehren versucht hatte, einen Schlag auf den Kopf bekommen, war gestürzt und hatte sich die Hüfte gebrochen. In einer Schule war es zu etlichen Übergriffen unter Schülern gekommen, die auf Handy dokumentiert worden waren. Auch mehrere Fälle von häuslicher Gewalt waren angezeigt worden. Aber ein ähnlicher Überfall in einem Hausflur, wie Elena Reichenberger ihn erlebt hatte, war in den vergangenen drei Monaten im südlichen Neukölln nicht gemeldet worden.

„Da gibt es natürlich immer eine hohe Dunkelziffer, weil viele Opfer gar nicht zur Polizei gehen", meinte Birgit Allenare.

„Kennen wir diesen Katjunka?"

Wieder befragte sie POLIX: „Seine Eltern sind Spätaussiedler, aus Sibirien, die vor fünfzehn Jahren nach Berlin kamen. Er ist jetzt dreiundzwanzig Jahre alt, also war er damals acht. Immerhin hat er einen Hauptschulabschluss in einem Integrationsprojekt gemacht. Eine Bewährung wegen Körperverletzung, aber bereits vor vier Jahren. Außerdem wurde vor zwei Jahren gegen ihn wegen Beteiligung an einer Serie von Wohnungseinbrüchen in Tempelhof ermittelt. Es konnte ihm aber nichts nachgewiesen werden. Und es gibt noch eine relativ neue Anzeige, weil sein Hund offenbar irgendeinen anderen Köter gebissen hat. Wahrscheinlich Hartzer für alle Zeiten. Vor einem guten Jahr ist er von Tempelhof nach Neukölln umgezogen, wahrscheinlich war die alte Miete dem Jobcenter zu hoch."

Mannheim nickte vor sich. Der Zeitpunkt war nicht mehr fern, an dem er bei diesen ewig gleichen Elendsgeschichten in Schreikrämpfe ausbrechen würde.

„Elena Reichenberger hat vor einem Monat schon einmal eine Strafanzeige gestellt", fuhr Birgit Allenare fort. „Und zwar wegen Verleumdung. Zuvor war sie allerdings selbst angezeigt worden, und zwar von einem Dr. Nikolaus von Welzow." Sie klickte auf ihrer Tastatur, bis das gewünschte Dokument erschien. „Der arbeitet als Jurist für eine Stiftung mit Namen *EAT WELL – Ihr Partner in Geschmacksfragen*. Anscheinend sind das Lobbyisten. Frau Reichenberger soll versucht haben, in die Räume der Stiftung einzubrechen, sei aber durch den Wachschutz daran gehindert worden. Da liegt auch eine entsprechende Erklärung eines Wachmannes vor, eines gewissen Peter Neitzke. Außerdem soll sie mehrere Mitarbeiter der Stiftung observiert haben, nämlich Herrn von Welzow selbst und außerdem noch einen Herrn Dr. Daniel Meister. Die Ermittlungen liegen bei der Staatsanwaltschaft und sind noch nicht abgeschlossen."

„Und was sollte dieser Einbruch?"

„Laut von Welzow arbeitete Frau Reichenberger für eine Gruppe namens *fairfood e.V.*. Das seien fanatische Gegner der modernen Nahrungsmittelindustrie und fundamentalistische Ökologen, so von Welzow." Birgit Allenare rollte mit den Augen. „Demgegenüber hat sie selbst ausgesagt, sie habe einfach Material für ihren Master an der Uni gesammelt. Sie schrieb eine Arbeit über chemische Manipulationen von Lebensmitteln und die Darstellung dieser Sachverhalte in den Medien. Sie hat um ein Interview bei von Welzow und auch bei Daniel Meister gebeten, aber die Herren haben abgelehnt. Daraufhin habe sie eben recherchiert. Bei *EAT WELL* leide man an einer paranoiden Wagenburgmentalität gegen jede Form von kritischer Öffentlichkeit."

„Hartzer, Lobbyisten und Gotteskrieger", brummte Mannheim.

Birgit Allenare war auf *google* gegangen und öffnerte die Seite von *EAT WELL*. „Wie war dein Wochenende?", fragte sie nebenbei.

„Schön. Und deins?"

Sie lächelte.

„Freut mich."

Ihr Lächeln wurde noch seliger.

Ein goldener, geschwungener Schriftzug hatte sich unterdessen auf dem Monitor aufgebaut: *Wir wollen, dass Sie sich wohl fühlen. EAT WELL – Ihr Partner in Geschmacksfragen und für ein gutes Leben. Gut Essen – Gut Leben – Sich Wohlfühlen. Das liegt uns am Herzen.* Unter einem Foto, das glückliche Kühe in einer sonnigen Mittelgebirgslandschaft zeigte, lasen sie die Headline *Trends und Innovationen in einem wettbewerbsintensiven Markt.* Es folgte ein Artikel über ein völlig neues Verfahren zur keimfreien Herstellung von Rohmilchkäse. Weiter unten gab es ein Foto der stürmischen Nordsee, das einen Artikel über neue Methoden des Fischfangs begleitete: *Wo echte Männer alles geben für frischen Fisch.* Andere Artikel beschäftigten sich mit der erfolgreichen Fernsehsendung eines bekannten Sternekochs oder mit einer ganz besonders innovativen Zubereitung von Zucchiniblüten. Die Website war professionell und ansprechend aufbereitet.

„Geh doch mal auf *Unser Netzwerk*", bat Mannheim.

Birgit Allenare tat wie geheißen. Eine lange Liste von Verbänden, Institutionen und Firmen erschien. Die Reihe reichte von etlichen regionalen Erzeugern über diverse Bauernverbände zu Dutzenden Firmen der Lebensmittelherstellung bis hin zu Großhandelsketten und Discountern. Mindestens dreißig Institutionen und Firmen unterstützen die Arbeit von *EAT WELL*.

„Das ist ein reiner Lobbyistenverband", sagte die Kommissarin. „Sieh mal hier!" Sie öffnete einen Artikel zum Thema: *Zehn Argumente gegen die Lebensmittelampel – Warum die Verbraucher mit der Ampel an der Nase herum geführt werden!* Sie las: *Gegen Angst und Alarmismus bei der Lebensmittelanalyse – Lassen Sie sich von fragwürdigen Testergebnissen nicht erschrecken.* Sie las vor: *Wo wären wir heute, wenn es Wissenschaft und Technik nicht gäbe? Wir würden noch auf den Bäumen sitzen, im besten Fall befänden wir uns in der Steinzeit. Die Geschichte der Menschheit ist die segensreiche Geschichte der technischen Entwicklungen. Doch jede Innovation wurde von Angstfantasien mancher Zeitgenossen begleitet. Als die ersten Eisenbahntrassen gebaut wurden, fürchtete man, man könne von der hohen Geschwindigkeit der Züge Schaden nehmen. Schon bei der Entdeckung des Rades hatte man in Deutschland wahrscheinlich Angst davor, man könne überrollt werden…*

„Naja, die vertreten die Interessen ihrer Geldgeber", sagte Mannheim.

„Wo sitzen die denn?" Birgit klickte auf *Impressum*. „Natürlich. Das ist am Gendarmenmarkt." Als Adresse war die Französische Straße in Mitte angegeben, eines der teuersten Quartiere Berlins.

„Was ist das?", fragte Mannheim. Im *Impressum* waren die Mitglieder des Vorstandes des Vereins *EAT WELL* aufgeführt. Neben Dr. Nico von Welzow war auch ein Professor Dr. Paul G. Reichenberger-Stein als Vorsitzender genannt. „Sind die miteinander verwandt?"

Birgit Allenare ging auf die Suchfunktion und gab Reichenberger-Steins Namen ein. Eine Liste von Artikeln erschien, bei denen der Professor als Autor zeichnete, unter anderem der über die segensreichen technischen Fortschritte in der Menschheitsgeschichte. Sie öffnete einen Bericht über das letztjährige Sommerfest von *EAT WELL*, das auf dem Gelände eines Tennisclubs in Wannsee stattgefunden hatte. Es gab mehrere Fotos: Gleich drei ehemalige Außenminister waren anwesend gewesen. Andere Aufnahmen zeigten eine italienische Opernsängerin, bunte Lampions und das Büffet. Eine Aufnahme zeigte Reichenberger-Stein, der an einem kleinen Podium stand und mit wichtiger Miene einige Worte sprach.

„Die sehen sich doch ähnlich“, rief Mannheim. „Das sind Vater und Tochter.“

In der Tat ähnelten sich Paul und Elena Reichenberger auffallend. Beide hatten das gleiche schmale Gesicht und einen beinahe identischen Mund.

„Haben die Kollegen schon mit ihm gesprochen?“

Birgit suchte bei POLIX. „Sie haben es heute früh versucht“, antwortete sie, als sie das Protokoll gefunden hatte. „Aber er ist auf einer Dienstreise in München. Bis heute Abend. Das bleibt wieder an uns hängen. Frau Reichenberger hat also gegen den Verein ihres Vaters recherchiert?“

„Das soll es geben“, meinte der Kommissar. Er hatte selbst eine erwachsene Tochter und war deshalb mit den Tücken des Vater-Tochter-Verhältnisses bestens vertraut. Zurzeit studierte Sara, die vor allem bei ihrer Mutter aufgewachsen war, in New York City und ihr Verhältnis war recht entspannt. Im Laufe der Jahre hatten sie allerdings etliche Kämpfe miteinander ausgefochten. Gegenseitig angezeigt hatten sie sich aber nicht.

„Was machen wir?“

„Ich will mal mit diesem Katjunka sprechen“, erklärte Birgit Allenare. „Wenn er arbeitslos ist, müsste er ja eigentlich zu Hause sein.“

„Wir werden nicht bezahlt, um die psychischen Hintergründe eines Suizids aufzuklären“, meinte der Kommissar.

„Was ist mit der durchsuchten Wohnung? Mit den Strafanzeigen? Ich habe ein komisches Gefühl.“

Mannheim rollte sinnend auf seinem Stuhl vor und zurück. „Gut, sehen wir uns diesen Katjunka und die Wohnung mal an“, sagte er. „Aber wenn wir nichts finden, und wenn auch die Obduktion nichts bringt, schließen wir den Vorgang.“

„Okay!“

4.

Die Polizisten fuhren über den Kottbusser Damm und bogen in die Pflügerstraße ab. Noch vor kurzer Zeit hatte gerade um die Ecke, an der U-Bahnstation Schönleinstraße, der Heroinhandel floriert. Doch inzwischen ging es mit dem Quartier aufwärts. Denn seitdem das benachbarte Kreuzberg im Wochentakt hipper und teurer wurde, wichen immer mehr Studenten und Künstler über den Landwehrkanal in dieses sogenannte Kreuzkölln aus. Noch waren die Mieten erschwinglich und existierte nur eine begrenzte Zahl von Eigentumswohnungen. Doch die Verhältnisse änderten sich rapide. Die Polizisten fuhren an mehreren einigermaßen schick aussehenden Cafés und an einer Galerie vorbei. In dem Haus, in dem Elena Reichenberger gewohnt hatte, gab es allerdings noch einen Billigbackshop, den *Pflügerback*, vor dem etliche nach Hartz IV aussehende Menschen auf weißen Freizeitsesseln saßen, Kaffee tranken und die Zeit totschlugen.

Die Kommissare stiegen aus dem Wagen und betraten das Haus. „Kripo“, zischte einer der Hartzer hinter Mannheims Rücken. Der Hof des Mietshauses war gut instand, die Wände weiß gestrichen und die Mülltonnen sauber. In der ersten Etage des Hinterhauses wohnte tatsächlich ein Rene Katjunka. Genau darüber befand sich die Wohnung der Toten.

Die Beamten streiften Gummihandschuhe über. Birgit Allenare schloss die Wohnungstür auf und sie traten ein. Von einem schmalen Flur gingen Türen zum Badezimmer und zu einer kleinen Küche ab, geradezu kam man in ein Wohnzimmer, an das sich das Schlafzimmer anschloss. Man erkannte auf den ersten Blick, dass die Wohnung durchsucht worden war.

Jemand hatte die Aktenordner, die im Wohnzimmer auf einem Regal neben einem Schreibtisch gestanden hatten, durchwühlt und ihren Inhalt kreuz und quer auf den Boden geschmissen. Auch der Schreibtisch war durchsucht worden: Schubladen waren herausgezogen worden und ihr Inhalt auf den Boden gekippt. Im Schlafzimmer waren zwei Regale und eine Kommode durchwühlt worden.

Robert Mannheim betrachtete das Chaos mit finsterer Miene. An der Seite stand eine rote Chaiselongue, ein schönes Möbelstück, und auch der Schreibtisch sah zwar alt, aber solide aus. Die Regale und Stühle stammten dagegen von einem bekannten Möbeldiscounter. An den Wänden hingen zwei in Schwarz und Weiß gehaltene Ölgemälde, die große, am Himmel schwebende Vögel zeigten.

„Ich sehe keinen PC oder Notebook“, stellte Birgit Allenare fest.

„Die haben sie wahrscheinlich mitgenommen.“ In der Tat stand ein Drucker auf dem Regal neben dem Schreibtisch, der Computer jedoch fehlte.

Mannheim trat in das Schlafzimmer. Die Frühlingssonne schien durch das Fenster und ließ die Staubkörnchen in ihren Strahlen tanzen. Auch hier lag alles kreuz und quer verstreut.

Er kehrte in das Wohnzimmer zurück, hob mehrere Papiere auf und betrachtete sie mit nach oben gezogenen Brauen. Es schien sich um Auszüge aus einer wissenschaftlichen Arbeit zu handeln, die in englischer Sprache abgefasst war. Er überlas Tabellen, in denen es um die Schadstoffbelastungen von bestimmten Gemüsesorten ging, um die Kontaminationen von Zucchini, Tomaten und Paprika mit Schädlingsbekämpfungsmitteln. Auf einem anderen Blatt ging es um die Haltbarkeit der Früchte, die stark zu schwanken schien. Manche waren offenbar mit einem Stoff namens *fresh season* behandelt worden.

„Was ist daran so schlimm?“, fragte der Kommissar und reichte die Blätter seiner Kollegin. „Stiftung Warentest stellt regelmäßig solche Untersuchungen ins Netz.“

Birgit Allenare hatte auf der Toilette mehrere Hochglanzbroschüren von *EAT WELL* gefunden. „Keine Ahnung.“ Sie reichte Mannheim die Broschüren.

Er blätterte, betrachtete schöne Fotos von im Winde wogenden Feldern, von stilvoll im Sonnenschein gedeckten ländlichen Tafeln und von blitzsauberen Großstallungen. Ein Artikel beschäftigte sich mit einem umbrischen Ökowinzer. Anzeigen und redaktionelle Artikel waren von Stil und Aufmachung her kaum zu unterscheiden. Das Geleitwort der Broschüre hatte wieder einmal Prof. Dr. Reichenberger-Stein verfasst.

„Hier sind ihre Tagebücher." Birgit Allenare hob mehrere Bände vom Fußboden auf und blätterte. „Das erste ist schon über fünfzehn Jahre alt. Das von diesem Jahr scheint allerdings zu fehlen."

„Rufen wir die Spurensicherung." Mannheim zog sein Handy aus seiner Jackentasche. „Morgen Kollegen, Robert hier, könntet ihr die große Güte haben, heute noch in der Neuköllner Pflügerstraße vorbeizuschauen, im Hinterhaus, zweite Etage, jetzt mault mal nich rum, Birgit bringt euch den Schlüssel nachher vorbei. Gut." Als nächstes wählte er die Nummer von Natascha Cislowski, der Sekretärin der Mordkommissionen. „Hi, Natascha, kannst du mal bei Prof. Reichenberger-Stein anrufen, das ist der Vater des Suizids von der Spreebrücke, du findest ihn in der Datei, bereite ihn drauf vor, dass er heute noch Besuch von uns bekommt, aber sage nicht, worum es geht," – Mannheim hoffte, dass der Professor noch nicht aus den Medien vom Tod seiner Tochter erfahren hatte – „im Augenblick ist er noch auf Geschäftsreise in München, soll aber am Abend zurück kommen. Er ist der Chef von *EAT WELL*, das ist so ein Lobbyistenverband, sicher kriegst du ihn über die, sagst du mir Bescheid? Gut, so long, tschüss." Er steckte das Handy weg. „Klingeln wir jetzt bei Katjunka!"

Die Polizisten verließen die Wohnung und Birgit Allenare verschloss die Tür mit einem Polizeisiegel. Sie gingen hinunter in die erste Etage und läuteten.

Nach einem kurzen Augenblick öffnete ein verschlafen aussehender, ausgesprochen muskulöser junger Mann. Ohne Zweifel gehörte er zu denen, die sich die Mieten in Kreuzkölln schon bald nicht mehr würden leisten können. Er hatte sehr kurz geschnittene, blonde Haare, blaue Augen, ein rundes Gesicht, und war er mit karierten Boxershorts und einem Muscle-Shirt bekleidet. Er musterte die Polizisten missmutig.

„Wat iss?"

„Guten Morgen!", grüßte Mannheim fröhlich.

„Und?"

Der Kommissar zog seinen Polizeiausweis und stellte sich und seine Kollegin vor. Aus einem Zimmer erschien nun ein gescheckter Pitbull und lief geradewegs auf die Beamten zu. Das Tier wirkte nicht eben freundlich. Das musste der Hund sein, der den anderen Köter gebissen hatte.

„Halten Sie den Hund“, rief Mannheim.

„Wieso denn?“

„Sperren Sie ihn ein!“, blaffte der Kommissar. „Und zwar sofort!“

Das Tier blieb neben seinem Besitzer stehen und ließ ein Knurren hören.

Birgit Allenare fasste in ihre lederne Umhängetasche.

Katjunka begriff den Sinn dieser Geste. „Godzilla! Zurück! Ab ins Schlafzimmer!“, befahl er scharf.

Der Pittbull drehte sich um und verschwand wieder in dem Zimmer, aus dem er gekommen war.

Dafür erschien nun eine junge, blonde Frau in einem winzigen violetten Slip und einem ebenfalls winzigen Oberteil im Flur und blinzelte verschlafen. Mannheim schätzte sie auf Anfang zwanzig. Sie sah gar nicht schlecht aus. Er musste aufpassen, wo er hinsah.

„Es sind die Bullen“, erklärte Katjunka der Hübschen.

„Scheiße!“, meinte sie. „Wat wollen die?“

„Wir haben nur ein paar Fragen wegen Frau Reichenberger“, erklärte Birgit Allenare. „Die Dame aus der Wohnung über Ihnen. Dürfen wir für einen Augenblick reinkommen?“

„Wat wollen Se denn wissen?“

„Wir würden uns gerne drinnen mit Ihnen unterhalten.“

Katjunka ließ ein genervtes Atmen hören. „Gut!“ Er drehte sich um. „Godzilla!“, rief er und der Pitbull, der wieder interessiert in der Tür des Schlafzimmers aufgetaucht war, verschwand sofort. Den Hund immerhin hatte er im Griff.

Die Polizisten folgten ihm und der Blonden in die kleine Küche. Die junge Frau füllte einen schmuddelig aussehenden Espressokocher mit Wasser und Kaffeemehl und stellte sie auf eine Herdplatte. In der Spüle lagen die Überreste einer Billigpizza.

Katjunka setzte sich an den Tisch und machte ein desinteressiertes Gesicht. Die junge Dame räumte rasch eine leere Wodkaflasche in die Spüle. Dann schob sie sich eine Ecke der kalten Pizza in den Mund und kaute mit genervter Miene.

„Frau Reichenberger hat vor einigen Tagen eine Anzeige erstattet“, erklärte Mannheim, der ebenfalls in die Küche getreten war. „Sie ist nachts hier im Hausflur überfallen worden. Sie sind zufällig dazu gekommen. Sie haben den Täter vertrieben.“

„Kann ich mich nich mehr dran erinnern.“

„Frau Reichenberger ist tot!“

„Wat?“ Katjunka starrte zuerst Mannheim und dann Birgit Allenare an. Auch seine Freundin riss erschrocken die Augen auf.

„Sie hat sich in der letzten Nacht selbst getötet“, erklärte der Kommissar. „Sie hat sich an einer Brücke in der Nähe des Tiergartens erhängt.“

Katjunkas Gesichtszüge entspannten sich. „Und Sie glooben nun, sie hat sich erhängt wejen dem Überfall vor drei Wochen?“

„Nein. Das heißt, wir wissen es noch nicht. Aber einiges an ihrem Tod ist unklar“, sagte Birgit Allenare. „Was war in dieser Nacht denn los?“

„Nix besondres“, sagte Katjunka. „Ick wollte nochmal rausgehen. Ich bin die Treppe runter und da habe ich sie gesehen. Der Typ hielt sie von hinten fest. Ein Perverser. Als er mich sah, ließ er los und haute ab. Ich hätte ihm auf die Schnauze geklatscht. Sie war ziemlich fertig, die Nachbarin. Heulte. Ick hab gesagt: Scheiße, iss ja vorbei! Iss ja jut! Dann hat sie gesagt, dass ick mit ihr zur Polizei gehen soll. Ich hab gesagt, dass ich det nich will. War ja nischt passiert.“

„Wo war Godzilla denn gerade?“

„Der war mit mir unterwegs“, erklärte die Blonde. „Ich habe 'ne Freundin besucht. Nachts iss es manchmal jefährlich in Neukölln, wissen Sie. Deswegen iss er mit.“

„Darf ich Sie nach Ihrem Namen fragen?“, sagte Mannheim.

„Jaqueline Piontek.“

„Haben Sie auch einen Personalausweis?“

„Muss ick den zeigen?“

„Es wäre jedenfalls nett."

Die Blonde verließ hinternwackelnd die Küche und kehrte nach einem Augenblick mit ihrem Ausweis zurück. Sie war zweiundzwanzig Jahre alt und in Berlin Weißensee gemeldet.

Mannheim gab den Ausweis zurück. „Vielen Dank!"

Sie schob das Dokument in den Bund ihres Slips.

„Ist Ihnen was Besonderes aufgefallen in Bezug auf Frau Reichenberger?", nahm Birgit Allenare den Faden auf.

Katjunka schüttelte den Kopf. „Nee."

„Gab es mal einen außergewöhnlichen Vorfall?"

„Nee. Nur den Perversen. Sie hat studiert, nich? Eines Tages verdienen die alle 'ne Menge Geld und wohnen in Charlottenburg und ick bin immer noch hier."

„So geht's", sagte Mannheim. Er bezweifelte, dass es so kommen würde. Auf Katjunka wartete der Plattenbau.

„Ja shit", warf Jaqueline Piontek ein.

„Kannten Sie Frau Reichenberger?", wandte Birgit Allenare sich an die junge Frau.

„Nur so vom Sehen."

„Wie lange wohnte sie denn schon im Haus?"

„Die wohnte schon hier, als wir einzogen."

„Und mit wem hatte sie so Kontakt?"

„Woher soll ick det denn wissen? Bin ick allwissend?"

„Kaum. Wie sah der Mann denn aus, der sie überfallen hat?", fragte Mannheim.

„Det war so'n Großer. Mit blonden Haaren. Trug Cowboystiefel."

„Hatte er lange Haare? Oder kurze?"

„Der sah ordentlich aus."

„Aha."

In diesem Augenblick war von oben das Geräusch von Schritten zu hören.

„Ick denke, sie iss tot", meinte Katjunka verblüfft.

Alle schwiegen und lauschten.

Irgend jemand war oben in der Wohnung.

„Sehen wir mal nach“, sagte Mannheim. Er und Birgit Allenare gingen rasch zurück ins Treppenhaus und liefen die Treppe nach oben.

Die Tür war geschlossen. Doch das polizeiliche Siegel, das die Kommissarin an der Wohnungstür neu angebracht hatte, war zerrissen.

Auch Katjunka, die halbnackte Jaqueline und der geifernde Godzilla erschienen auf der Etage.

„Bleiben Sie bitte zurück“, zischte Mannheim.

Er zog seine Dienstwaffe.

5.

Auch Birgit Allenare nahm ihre Waffe aus ihrer Handtasche, einen amerikanischen 44.er Colt, den sie mit Sondergenehmigung führte, das Geschenk eines Freundes von der Chicagoer Polizei. Sie riss das Polizeisiegel ganz von dem Türschloss und schob leise den Schlüssel ins Schloss. Mannheim stellte sich in Deckung und entsicherte die Walther PPK.

Die Kommissarin drehte den Schlüssel und die Tür öffnete sich. Mit dem Fuß stieß sie sie ganz auf und zielte mit dem Colt in das Innere der Wohnung. Mannheim beugte den wuchtigen Oberkörper nach vorn und spähte vorsichtig in die Wohnung.

Eine ungefähr dreißigjährige Frau stand in der Tür zum Wohnzimmer und blickte irritiert in Richtung der Beamten und der Schusswaffen. Sie hatte schwarzes, schulterlanges Haar und einen ausgesprochen blassen Teint. Ihre Augen versteckte sie hinter einer großen und teuer aussehenden Sonnenbrille. Sie war von schlanker, fast hagerer Gestalt und trug Markenjeans, eine dunkle Lederjacke und hohe, teuer aussehende Lederstiefel.

„Kripo Berlin. Nehmen Sie die Hände über den Kopf“, rief der Kommissar.

Die junge Frau musterte die Polizisten verblüfft.

„Was machen Sie hier?“, fragte Birgit Allenare.

„Was soll das denn?“, fragte die Frau zurück.

„Nehmen Sie die Hände über den Kopf!"

Langsam folgte sie der Aufforderung.

„Also: Was machen Sie hier?"

„Das ist die Wohnung meiner Schwester. Wer sind Sie? Meine Schwester ist tot..." Ihre Stimme erstarb, sie unterdrückte ein Schluchzen.

Die Beamten ließen ihre Waffen sinken.

„Darf ich Ihren Ausweis sehen?", fragte Birgit Allenare.

„Wenn's der Wahrheitsfindung dient."

„Bitte!"

Die junge Frau fasste in ihre Lederjacke.

„Bitte mit der linken Hand", rief Birgit Allenare rasch. Alle Erfahrung lehrte, dass man nie vorsichtig genug sein konnte.

Godzilla, der aufgeregt hechelte, wollte sich in die Wohnung drängen, aber Mannheim schlug ihm rasch die Tür vor der Nase zu.

Die schwarzhaarige Frau folgte der Aufforderung der Kommissarin und zog umständlich mit der Linken einen Personalausweis aus der Innentasche ihrer Jacke. Birgit Allenare warf einen Blick auf das Dokument: Ihr Name war Sybille Marie Reichenberger, sie war 38 Jahre alt, in Baltimore, USA, geboren und deutsche Staatsbürgerin. Sie wohnte in der Sophienstraße in der hippen Berliner Mitte.

„Bitte nehmen Sie die Sonnenbrille ab!"

Die junge Frau folgte der Aufforderung. Ihre Augen sahen gerötet aus. Irgendwie kam sie dem Kommissar bekannt vor. Aber ihm fiel nicht ein, woher er sie kannte.

„Danke." Birgit Allenare gab die Identitätskarte zurück.

„Haben Sie einen Dienstausweis?"

Die Kommissarin reichte der Frau ihren Ausweis. Die betrachtete ihn kurz und gab ihn dann zurück. „Also, Frau Allenare, was soll dieser miese Auftritt?"

„Die Wohnung war polizeilich versiegelt", erklärte Mannheim.

Sie warf ihm einen verächtlichen Blick zu. „Und? Ich habe einen Schlüssel. Wie gesagt, das ist die Wohnung meiner Schwester. Sind wir hier im Wilden Westen? Das wird ein Nachspiel haben, verlassen Sie sich drauf."

Seit einigen Jahren hatte der Kommissar immer wieder mit neureichen Zeugen zu tun, die sich wichtig vorkamen und ihn mit ihren Beziehungen einschüchtern wollten. Leute aus der Unterschicht gingen dagegen davon aus, dass ihnen vor Gericht ohnehin nicht viel passieren würde. „Was suchen Sie hier?“, fragte er mürrisch.

„Haben Sie die Wohnung so zugerichtet?“ Frau Reichenberger wies mit dem rechten Arm vage in Richtung des Wohnzimmers und der Papiere und Bücher, die überall kreuz und quer lagen.

Langsam fühlte der Kommissar sich genervt. „Nein, natürlich nicht. Ihre Schwester – lebte die so?“

Sybill Reichenberger starrte ihn wütend an. Ihre Unterlippe zitterte. „Nein“, zischte sie. „Ihre Kollegen haben mich vor einer Stunde bei mir zu Hause aufgesucht und mich über Elenas Tod informiert.“ Ihre schwarzen Augen füllten sich mit Tränen und sie setzte ihre Sonnenbrille wieder auf. „Davon wissen Sie überhaupt nichts, wie?“

Mannheim schwieg. Offenbar hatte die polizeiinterne Kommunikation wieder mal nicht funktioniert. Zu wenige Beamte sollten zu viele Fälle bearbeiten; einigermaßen reibungslos funktionierten die Ermittlungen längst nur noch in den Fantasien der Beraterfirmen, die den Polizeidienst seit Jahren für exorbitante Honorare immer wieder umstrukturierten. „Mein Beileid.“ Er fühlte sich verlegen, weil er die Schwester der Toten mit der Waffe bedroht hatte.

„Was machen Sie hier überhaupt?“ herrschte Sybill Reichenberger ihn an. „Lena hat doch wohl Suizid verübt?“

„Die Umstände ihres Todes werfen einige Fragen auf.“ Nun wies Mannheim vage auf das Chaos ringsum.

„Haben Sie einen Verdacht, wer das getan haben könnte?“, fragte Birgit Allenare. „Und aus welchem Grund?“

„Ich verstehe das auch nicht“, sagte Frau Reichenberger, etwas freundlicher.

„Das sieht nicht sehr professionell aus“, erklärte die Kommissarin. „Ein Profi hätte kein solches Chaos angerichtet. Der hätte viel systematischer gesucht. Aber wonach ist gesucht worden?“

Frau Reichenberger blickte sich um und schwieg.

„Warum sind Sie hier her gekommen?“, fragte die Kommissarin. „Sie haben gerade erst vom Tod Ihrer Schwester erfahren.“

„Ich bin einfach so her gefahren. Ich weiß auch nicht genau, warum.“

Robert Mannheim musterte die junge Frau. Nun fiel es ihm ein. Er kannte sie aus dem Fernsehen: Sie moderierte Unterhaltungsshows bei einem Privatsender. Zur Zeit hatte sie eine Sendung, in der angeblich junge Talente für das internationale Big Business gecastet wurden. Nachdenklich rieb er sich mit dem Zeigefinger die Schläfe. Wenn die Durchsuchung der Wohnung mit Elena Reichenbergers Freitod zu tun hatte, dann war sie wahrscheinlich in der letzten Nacht oder am frühen Morgen durchgeführt worden. Wer hatte zu diesem Zeitpunkt bereits von ihrem Tod gewusst? Oder hatte die junge Frau sich umgebracht, nachdem sie festgestellt hatte, dass ihre Wohnung durchsucht worden war? War sie in Panik verfallen und hatte sich deswegen getötet? Selbsttötungen hatten immer eine mehr oder weniger lange Vorlaufzeit. Aber natürlich gab es dann einen konkreten Anlass für die Tat. Am Schloss der Wohnungstür waren keine Spuren einer Beschädigung oder Manipulation zu erkennen. Allerdings bedeutete das nicht viel. Immerhin: Sybill Reichenberger musste wissen, wonach gesucht worden war. Genau deswegen war sie gekommen.

Der Kommissar nahm sich vor, einen Blick auf die Anruf- und Adressenlisten von Elena Reichenbergers Handys zu werfen. „Wir haben keinen Abschiedsbrief gefunden“, stellte er fest. „Wissen Sie, aus welchem Motiv Ihre Schwester ihrem Leben ein Ende gesetzt hat?“

„Nein“, antwortete Sybill Reichenberger tonlos.

„War sie suizidgefährdet?“

„Nicht, dass ich wüsste.“

„Hatte sie einen Freund? Oder eine Freundin?“

„Ich weiß es nicht.“

„Bitte, erzählen Sie uns etwas über Ihre Schwester“, bat Birgit Allenare.

„So viel weiß ich da gar nicht“, antwortete Sybill Reichenberger. Sie trat unruhig von einem Fuß auf den anderen. „Wir haben uns manchmal monatelang nicht gesehen. Lena studierte noch und ich stehe mitten im Job. Wir führten jede ein ganz anderes Leben."

„Ihre Schwester wurde vor einigen Wochen nachts hier im Hausflur überfallen. Sie hat deswegen Strafanzeige gestellt."

„Wie bitte?" Sybill Reichenberger schien von dem Vorfall bislang nichts gewusst zu haben.

„Ein Nachbar von unten kam zufällig dazu und hat den Angreifer vertrieben. Gegen Ihre Schwester selbst wurde übrigens auch Anzeige erstattet. Von einem Herrn Dr. von Welzow, der für einen Verband namens *EAT WELL* arbeitet. Die scheinen sich von Ihrer Schwester belästigt gefühlt zu haben."

Sie nickte. „Nico von Welzow ist der Justitiar von *EAT WELL*. Er ist eigentlich ein ganz netter Kerl."

„Obwohl er Ihre Schwester angezeigt hat?"

„Naja, er will Karriere machen."

„Ach so", meinte Mannheim. „Was sagt Professor Reichenberger zu der Anzeige?"

„Unser Vater? Der hält sich mal wieder aus allem raus." Das klang bitter.

„Welche Funktion hat er eigentlich genau bei *EAT WELL* inne?"

„Er ist der Chef."

„Dann hat also die Organisation Ihres Vaters Ihre Schwester wegen versuchten Einbruchs angezeigt?", fragte Birgit Allenare.

„So sieht's aus", antwortete Frau Reichenberger sarkastisch. „Die treibende Kraft war wahrscheinlich Dany Meister. Er leitet sozusagen das operative Geschäft. Aber erklären Sie mir jetzt endlich, was Sie hier tun? Haben Sie Zweifel an Lenas Selbstmord?"

„Wir sehen uns die Umstände jedes Suizids an", erklärte Mannheim nichtssagend. „Worum ging es eigentlich genau bei diesem Streit zwischen *EAT WELL* und Ihrer Schwester?"

„Lena wollte eine Abschlussarbeit über PR-Strategien am Beispiel der Lebensmittelindustrie schreiben. Davon war unser Vater nicht begeistert. Er nahm es wohl als persönlichen Angriff."

„Also ging es also um eine Familienfehde?"

Sie lächelte cool. „Familienfehde ist ein netter Ausdruck."

„Die Spurensicherung wird sich dieses Chaos heute noch ansehen", sagte Mannheim. „Danach werden wir die Wohnung freigeben, dann können Sie hier schalten und walten, wie Sie wollen. Wollen Sie im Augenblick noch bleiben?"

Sybill Reichenberger warf einen Blick auf ihre Armbanduhr, die klein, golden und teuer war. „Ich muss ins Studio. Meine Jungs und Mädels warten."

„Sie haben heute Sendung?"

„Um 19 Uhr 30." Sie nannte einen privaten Fernsehsender.

„Ich werde es mir ansehen."

„Wollen Sie noch Karriere machen?", fragte sie spöttisch.

Der Kommissar reichte ihr seine Karte. „Falls Ihnen noch was einfällt."

Sie schob die Karte achtlos in die Seitentasche ihrer Lederjakke.

„Vielleicht müssen wir Sie noch einmal erreichen", stellte er fest.

Sie zog ein kleines Ledertäschchen aus ihrer Jacke, entnahm ihm eine Karte und reichte sie dem Kommissar. Er überlas ihre Adresse in der Sophienstraße, ihre E-Mail-Adresse, ihre Durchwahl bei dem Privatsender und ihren privaten Handyanschluss. „Danke."

„Dann schließe ich jetzt ab", erklärte Birgit Allenare.

Sie verließen die Wohnung. Den Nachbarn war es wohl zu langweilig geworden, jedenfalls wartete niemand mehr vor der Tür. Birgit Allenare klebte ein neues Siegel über das Schloss, dann gingen sie die Treppe nach unten. In der ersten Etage warf Frau Reichenberger einen interessierten Blick auf Peter Katjunkas Wohnungstür. Sie gingen durch den Hof nach vorn zur Straße, wo sie sich rasch verabschiedeten. Frau Reichenberger schien es jetzt eilig zu haben. Sie steuerte auf einen schicken, knallroten BMW Coupé zu, der ein kleines Stück die Straße aufwärts vor der Galerie geparkt war.

Die Polizisten setzten blickten ihr nach und setzten sich dann in Robert Mannheims alten Mercedes.

„Schicke Stiefel", sagte Birgit Allenare.

„Sie ist fertig wegen des Todes ihrer Schwester", meinte der Kommissar. Er blickte hinüber zu den Arbeitslosen vom *Pflügerback* auf ihren Gartenstühlen. Die Ausgemusterten der Wohlstandsgesellschaft. Er konnte die Armut inzwischen an der Körpersprache der Menschen ablesen. „Und sie weiß viel mehr, als sie uns erzählt."

„Ja."

Mannheims Handy meldete sich – die Rolling Stones spielten *Gimme shelter* - und er nahm das Gespräch entgegen. Es war Natascha Cislowski, die Sekretärin der Mordkommissionen. „Ich habe im Büro von *EAT WELL* angerufen und nach dem Professor gefragt", berichtete sie. „Seine Sekretärin hat mir erzählt, dass er seit gestern früh auf einer Tagung in München ist und erst heute Abend nach Berlin zurückkommt. Er landet kurz nach 18 Uhr und sie hat dich für 20 Uhr in seinen Terminplan eingetragen. Du kannst ihn in seinem Haus in Zehlendorf sprechen. Sie wollte noch wissen, worum es geht und ich habe gesagt, um seine Tochter. Sie fragte, was denn sei und ich habe geantwortet, dass du das dem Professor selbst erklären willst. Gerade nun rief er persönlich an. Also habe ich ihm gesagt, dass sie tot ist. Dass sie sich umgebracht hat. Er ließ sich nicht abwimmeln."

„Da blieb dir gar nichts anderes übrig", sagte Mannheim. „Das ist jetzt nicht mehr zu ändern." Er hätte die erste Reaktion des Professors auf den Tod seiner Tochter gerne mit eigenen Augen gesehen. „Wie hat er es aufgenommen?"

Natascha zögerte. „Cool. Ich hatte das Gefühl, ihm schwante schon was."

„Höre mal, sieh dir doch mal das Handy von Elena Reichenbacher an und ziehe die Adressen- und Anruflisten auf meinen Computer."

„Darf ich das einfach so?"

Mannheim wusste auch nicht genau, ob er gerade gegen irgendwelche Datenschutzrichtlinien verstieß. „Ich nehme es an. Tue Gutes und sprich nicht drüber", meinte er.

6.

„Wir wollen die Besten! Wir wollen die Stärksten! Wir wollen die Sieger!“

Triumphierende Fanfaren erschollen. Ein Chor sang: *„Leistung makes the world go round!“* Das Publikum klatschte und war begeistert, als würde es dafür bezahlt. Dutzende Lampen blinkten auf der Bühne, als beginne nun ein gigantisches, übergeschnapptes Flipperspiel.

Sybill Reichenberger erschien aus dem Dunkel und trat mit energischen Schritten in den Focus aus Licht genau in der Mitte der Bühne. Sie trug eine Jacke aus leuchtend rotem Samt, enge, schwarze Lederhosen und ihre hohen Stiefel. Robert Mannheim wusste nicht, ob sie ihn eher an eine überdrehte Löwenbändigerin im Zirkus oder an eine gemütskranke Domina erinnerte.

„Mit der sympathischen Sybill Reichenberger!“, verkündete die Stimme drohend aus dem Off.

Frau Reichenberger verbeugte sich knapp und begrüßte ihr Publikum. „Wie schön, dass Sie alle wieder bei mir sind! Wir haben nicht viel Zeit. Zeit ist Geld, bekanntlich, und in unserem Fall bedeutet sie Punkte für die Kandidaten. Fangen wir also an! Ich stelle Ihnen vor: Unsere Jury!“

Wieder ertönte die Fanfare, nun unterlegt mit einem Discogroove. Die Lichter blinkten wild und irre und dann richteten sich die Scheinwerfer auf die Jury, die an einem goldenen nierenförmigen Tisch im Hintergrund saß. Dem Kommissar schwante Schreckliches. Es handelte sich um vier Prominente der absoluten C-Klasse, vermutlich sämtlich schwer kamerasüchtig. Neben einem abgehalfterten Fußballtorwart saß ein alternder Ökonomieprofessor, der früher einmal Mitglied der sogenannten *Wirtschaftsweisen* gewesen war, heute aber nur noch durch ultraradikale Vorschläge wie nach der völligen Abschaffung des Mieterschutzes auf sich aufmerksam zu machen suchte. Neben ihm saßen ein Physiker, der Direktor eines Max-Planck-Instituts, der offenbar ebenfalls an Kamerasucht litt, und ein alternder Literaturkritiker, der seine besten Zeiten schon lange hinter sich hatte, angeblich ein schwerer Alkoholiker, und der vor Erregung heftig schwitzte.

Das Publikum applaudierte, während Sybill Reichenberger die Jury vorstellte. Mannheim erhob sich, ging in die Küche und warf einen Blick in den Kühlschrank. Er entdeckte eine halbe Flasche Merlot aus der Pfalz, einen Wein, den er aus seinem Heimatdorf bezog und gerne trank. Er goss sich ein Glas ein und kehrte zum Fernseher zurück.

„Wenn es das damals schon gegeben hätte, dann wäre der vielleicht auch zu einer Castingshow gegangen", erklärte der Literaturprofessor gerade und wischte sich mit einem Taschentuch den Schweiß von der Backe. Sein Kopf war knallrot, sicher hatte auch er schon das eine oder andere Glas getrunken. „Unser Goethe war schließlich zu jeder Schandtat bereit."

Das Publikum klatschte ob dieser grandiosen Erkenntnis.

„Und jetzt", rief Frau Reichenberger und machte eine Bewegung, als lasse sie eine Peitsche durch die Luft sausen. „Begrüßen Sie mit mir unsere beiden ersten Kandidaten!"

Eine junge Frau und ein junger Mann erschienen auf der Bühne. Die Frau war Anfang zwanzig, eine üppige Schönheit in einem knallroten Kleid mit einem Marylin-Monroe-Dekolleté. Der junge Mann dagegen trug eine Art Konfirmantenanzug und hatte sauber gescheiteltes, dunkles Haar. Frau Reichenberger musterte die beiden mit strengen Blicken. Sie war eine gute Domina. Dann hellte ihre Miene sich zu einer Art Lächeln auf und die Kandidaten stellten sich vor: Die junge Dame hieß Sylvie, stammte aus einem kleinen Ort in der Nähe von Osnabrück und absolvierte gerade bei einem Senfdiscounter eine Ausbildung zur Großhandelskauffrau. Der junge Mann trug den Namen Gerald, kam aus Görlitz und war Ein-Euro-Jobber beim *Diakonischen Werk*.

In einem kurzen Einspielfilm wurde nun der Preis vorgestellt, um den die Kandidaten kämpften: Es war ein Studium im Wert von angeblich 45000,- Euro bei der *German Management & Business Academy School* mit Sitz in Castorp-Rauxel und Todtnauberg. Angeblich waren mit diesem Studium eine internationale Karriere und ein Spitzeneinkommen garantiert. Allerdings wurde es erst in der

Endausscheidung vergeben und im Augenblick befanden Sylvie und Gerald sich, gemeinsam mit Dutzenden anderer Kandidaten, noch auf der Anfangsstufe des Castings.

Sybill Reichenberger stellte nun die erste Aufgabe vor bei der neben Intelligenz auch körperliche Geschicklichkeit gefragt war. „Denn im internationalen Big Business wird absolute körperliche Fitness verlangt, meine Lieben", erklärte sie und ließ wieder die imaginäre Peitsche zischen. Die Kandidaten sollten zunächst ein kleines Modell des Eiffelturms montieren, mit dem Modell über einen Schwebebalken balancieren, dann auf ein Laufband klettern und ein halbes Dutzend Denksportaufgaben lösen. Der Sieger oder die Siegerin durfte dann gegen einen weiteren Kandidaten antreten. „Wir arbeiten nach dem Knock-Out-Prinzip", rief Frau Reichenberger. „Das ist klar! So läuft's im internationalen Geschäft." Ein harter Discobeat setzte wieder ein. Der Chor sang: *„Leistung makes the world go round!"*

Mannheim hörte, wie die Wohnungstür aufgeschlossen wurde. Lily kam nach Hause. Über ihrer rechten Schulter hing die Tasche mit dem Notebook, in der Linken hielt sie eine bunt bedruckte Einkaufstüte.

„Hallo. Was schaust denn da für aonen Schmarr'n, Schatzi?", fragte sie in ihrem tiefsten Kommödienstadelbayrisch. Immer, wenn sie in diesen Dialekt verfiel, wollte sie zum Ausdruck bringen, dass sie das Tun und Lassen ihres Lebensgefährten wieder einmal nicht begriff.

„Ich hatte heute mit der zu tun", erklärte er.

„Mit der bloanden Sexbomben?"

„Nein, mit der Moderatorin."

„Iss sie endlich erschloag'n worden?"

„Ihre Schwester hat sich umgebracht." Er erzählte ihr von Lena Reichenberger.

„Über die habe ich in der Zeitung gelesen." Lily warf den Laptop aufs Sofa, öffnete die Einkaufstasche, zog eine Bluse aus der Einkaufstüte und hielt sie sich vor den Körper. Außerdem hatte sie jede Menge zum Essen gekauft: Obst, Gemüse, Fleisch, Wurst. Käse, Rotwein, Joghurts.

Sie blickte auf den Bildschirm. „*Aufklärung als Massenbetrug*", zitierte sie.

„Die sieht gut aus", lobte Mannheim die neue Bluse.

„Ja, nicht?"

„War teuer?"

„Ging so."

Mannheim konnte sich vage an Zeiten erinnern, in denen es im Leben um mehr gegangen war als nur ums Geldverdienen, ums Shoppen und ums Essen. Neue Lebensformen sollten damals erprobt werden, die Unterdrückten befreit und was nicht mehr. Doch das war lange her.

Die Kandidaten standen am Startpunkt.

„Sie hat schon mal 'ne ganz ähnliche Show moderiert", zischte Lily. „Absolut grausam! Inzwischen gibt es sogar Shows, wo sie diesen ganzen Scheiß von Drehbuchautoren schreiben und von Billigschauspielern aufführen lassen. Das bringt dann noch mehr Quote. Die Realität alleine reicht nicht mehr. Hier ist das aber nicht so: Diese Gurkenjury kann man gar nicht erfinden. Wie benimmt sie sich außerhalb des Fernsehens?"

Mannheim zuckte mit den massigen Schultern. „Ziemlich tough. Ich denke, die lässt sich die Butter nicht vom Brote klauen. Ich weiß nicht, ob sie an Bulimie leidet oder magersüchtig ist oder so was; sie ist jedenfalls ziemlich dünn und sieht nicht besonders gesund aus. Ihre Schwester war Studentin und scheint eine Art Umweltaktivistin gewesen zu sein."

„Ach. Warum hat sie sich umgebracht?"

„Wir wissen es noch nicht. Sie hatte Streit mit einem Lobbyverband der Ernährungsindustrie, in dem allerdings ihr Vater die erste Geige spielt. Es gab sogar Strafanzeigen. Die Umstände sind ein bisschen komisch. Sie hat keinen Abschiedsbrief hinterlassen und ihre Wohnung ist durchsucht worden. Ich muss nachher noch mal weg, um mit ihrem Vater zu sprechen."

„Tagsüber hat er keine Zeit?"

„Er ist Leistungsträger. Sein Flieger müsste gerade landen."

„Aha. Sie ist die ältere Schwester?", fragte Lily und blickte auf den Bildschirm.

Mannheim nickte. „Ja."

Sylvie hatte den Eiffelturm zusammengesetzt und balancierte schnell und geschickt über den Schwebebalken. Sie war ein bisschen schneller als Gerald vom *Diakonischen Werk*. Sie stellte den Turm ab und turnte an einer Strickleiter hinauf zu dem Laufband.

„Und jetzt deine Logikaufgaben, Süße!", rief Sybill Reichenberger. „Du machst das gut! Nach meinen Begriffen steht dir die Zukunft offen!"

Sylvie begann zu laufen. Das Band wurde schneller, ihre Brüste hüpften und der Beat wurde schneller. Gerald hatte nun ebenfalls sein Band erreicht. Das Publikum klatschte rhythmisch und einige Leute hielten zur Anfeuerung Schilder mit den Namen der Kandidaten in die Höhe. Auf einem großen Bildschirm waren jetzt mehrere Dreiecke und Quadrate zu sehen, die in die richtige Ordnung gebracht werden mussten. Die Lichter über der Bühne blinkten wie wahnsinnig.

„Willst den Scheiß weiter anschauen?"

„Nein!"

Mannheim griff nach der Fernbedienung und schaltete den Apparat ab. Er erhob sich und sie gingen hinüber in die Küche. Das Fenster stand weit offen und eine milde Abendsonne schien herein. Sie deckten den Tisch und er goss beiden Rotwein ein.

„Es ist recht exotisch, sich direkt neben dem Schloss Bellevue aufzuhängen", nahm Lily den Faden wieder auf.

„Warum nicht? Det iss Berlin. Hier kann sich jeder ausleben: *Und dennoch hat sich Bolle janz köstlich amüsiert*. Was macht deine Arbeit?"

„Es geht voran. Kann nicht Birgit zu diesem Professor fahren?", fragte sie.

„Sie ist verliebt."

„Ist Mr. Chicago endlich perdù?"

„Über den ist sie schon lange weg", sagte Mannheim. Lily meinte einen amerikanischen Kollegen, in den Birgit sich während einer Ermittlung verliebt hatte, den Vater ihres sechsjährigen Sohnes Max, der längst wieder in den Staaten lebte und ihr außer diesem Kind ein großes Loch im Herzen und die 44.er Magnum hinterlassen hatte, die sie noch heute benutzte. „Vielleicht ist es endlich mal was Ernstes. Außerdem rechne ich diese Abendstunden sehr großzügig ab, die machen dann einen halben Freitag gut. Noch ein paar Stunden zusätzlich und wir haben ein schönes verlängertes Wochenende."

„Wo fahren wir hin?"

„Istanbul vielleicht." Er goss jedem noch ein Glas Rotwein nach.

Dort wollte Lily schon lange hin. Ihre Miene hellte sich entschieden auf „Gut, dann geh mal schön arbeiten, Schatzi!"

7.

Professor Reichenberger-Stein wohnte in einer am Bauhausstil orientierten Villa im Elvirasteig unweit des Schlachtensees. Dies war teuerster Grunewald und hier wohnten nur Mitglieder der sehr wohlhabenden Berliner Upper-Class. Der Kommissar klingelte an der schmiedeeisernen Gartentür und blickte in die Kamera, die auf einem gemauerten Pfosten installiert war. Aus der Gegensprechanlage ertönte eine männliche Stimme: „Ja, bitte?", Mannheim stellte sich vor, die Tür sprang auf und er ging zum Haus. Inzwischen war es ganz dunkel geworden, vom See wehte hier eine kühle Brise und man spürte deutlich, dass die Luft hier am Stadtrand sehr viel sauberer und frischer war als in der Charlottenburger Innenstadt.

Der Professor wartete an der Haustür. Er war ein ungefähr sechzigjähriger, großgewachsener und hagerer Mann mit einem schmalen, beinahe kahlen Schädel um den sich ein Kranz grauer, lockiger Haare zog. Er trug einen dunklen, ohne Zweifel teuren Anzug und hielt sich sehr gerade. Die Familienähnlichkeit mit seiner Tochter Elena war unübersehbar.

„Schön, dass Sie so spät noch Zeit hatten", sagte er. „Kommen Sie doch bitte!" Reichenberger-Stein führte den Kommissar in sein Arbeitszimmer, in ein großes Zimmer zur ebenen Erde. Mehrere Lampen verbreiteten ein indirektes, weiches Licht und der Raum atmete die Atmosphäre edlen Wohlstands. Reichenberger wies auf eine lederne Sitzecke. Mannheim erinnerte sich, auch diesen Mann bereits im Fernsehen gesehen zu haben, vermutlich in irgendeiner Polit-Talkshow.

„Mein Beileid zum Tod Ihrer Tochter."

Der alte Professor nickte knapp.

„Ich nehme an, Sie wissen bereits, dass Ihre Tochter sich das Leben an der Brücke neben dem Schloss Bellevue genommen hat", fuhr Mannheim fort. Die Situation bereitete ihm Unbehagen. „Einige Umstände ihres Todes werfen Fragen auf, deswegen ermitteln wir. Sie hatten gleich zurück gerufen, nachdem meine Kollegin mit Ihrem Büro gesprochen hatte. Hatten Sie Anlass zu Befürchtungen?"

„Nein, nein", wehrte Reichenberger ab. „Naja, meine ältere Tochter hatte mir vor einiger Zeit erzählt, dass Lena Probleme hat. Aber ich hatte keine echten Befürchtungen. Ich folgte eher einem spontanen Impuls."

„Ach so." Sybill Reichenberger hatte den Polizisten ebenfalls erzählt, sie sei einfach nur einem spontanen Impuls folgend in die Wohnung ihrer Schwester gefahren. Allerdings hatte sie mit keiner Silbe erwähnt, dass sie von irgendwelchen Problemen Elenas wusste.

„Jemand hat die Wohnung Ihrer Tochter durchsucht", erklärte der Kommissar. „Entweder kurz vor oder kurz nach ihrem Freitod. Bis jetzt haben wir keinen Abschiedsbrief gefunden. Das Ergebnis der Obduktion liegt noch nicht vor."

„Warum wird Lena überhaupt obduziert?", fragte Reichenberger-Stein gereizt.

„Das schreibt das Gesetz so vor." In aller Regel wollten Angehörige nicht, dass ihre Toten aufgeschnitten wurden. „Hat Ihre Tochter manchmal Selbstmordgedanken geäußert?"

„Ich weiß es nicht." Reichenberger-Stein sah mit einem Mal wie ein ratloser, alter Mann aus. „Aber auf allzu vertrautem Fuß standen wir in den letzten Jahren auch nicht mehr. Ein Vater und seine erwachsene Tochter…"

„Wie erreiche ich ihre Mutter?"

„Anna ist tot. Bereits seit über fünfzehn Jahren. Sie hat sich ebenfalls das Leben genommen."

Mannheim nickte.

„Ich weiß, was Sie jetzt denken", sagte der Professor. Wieder klang seine Stimme gereizt. Er sah Mannheim an und der Kommissar stellte mit einem gewissen Erschrecken fest, dass Reichenberger-Stein die Augen eines Wolfs hatte: Sein Blick war kalt, berechnend und brutal.

„Ich denke überhaupt nichts", sagte Mannheim. „Erst recht maße ich mir kein Urteil an. Haben Sie einen Verdacht, wer die Wohnung Ihrer Tochter durchsucht haben könnte?"

Reichenberger-Stein zuckte mit den Achseln. „Nein."

„Wie häufig hatten Sie Kontakt zu Ihrer Tochter?"

„Naja, wir haben uns alle paar Monate mal gesehen. Wir haben telefoniert, am Geburtstag und so."

Mannheim stellte sich vor, wie er sich fühlen würde, wenn er gerade erst vom Tod seiner Tochter erfahren hätte. Auf jeden Fall sehr viel weniger kontrolliert als Reichenberger-Stein. „Da gab es diese Auseinandersetzung zwischen *EAT WELL* und Ihrer Tochter."

„Sicher."

„Es ist Anzeige erstattet worden."

„Und?"

„Zwischen Vater und Tochter? Sie sind der Chef von *EAT WELL*..."

„Ich lasse mir nicht dauernd auf der Nase herumtanzen."

„Das tat Ihre Tochter?"

Reichenberger-Stein musterte den Kommissar. „Elena ist im Wohlstand aufgewachsen. Ihr standen alle Türen offen. Sie war privilegiert. Und dennoch hatte sie, wie viele andere in ihrer Lage, nicht anderes im Sinn, als an den Verhältnissen herumzumäkeln, von denen sie doch ihr ganzes Leben lang profitierte." Dann schien ihm in den Sinn zu kommen, dass seine Tochter sich selbst umgebracht hatte und sein schmales Gesicht sah wieder alt und verfallen aus.

„Da gibt es übrigens noch eine zweite Anzeige, die Ihre Tochter selbst gestellt hat", erklärte der Kommissar. „Sie wurde vor ungefähr drei Wochen nachts, als sie von der U-Bahn nach Hause kam, in ihrem Hausflur überfallen."

„Oh?" Auch der Professor schien von diesem Überfall bislang nichts gewusst zu haben. „Haben Sie den Kerl? Wissen Sie, wer es war?"

„Nein. Ein Nachbar kam zufällig dazu und hat ihn vertrieben. Ihre Tochter kam glücklicherweise mit dem Schrecken davon."

Reichenberger-Stein musterte den Kommissar.

„In der Wohnung Ihrer Tochter haben wir keinen Computer gefunden", fuhr Mannheim fort. „Sicher wurde er von den gleichen Leuten gestohlen, die die Wohnung durchsucht haben. Ihre Unterlagen in Papierform wurden durchwühlt. Sie liegen in der ganzen Wohnung verstreut."

Reichenberger-Stein schwieg abwartend.

„Ich kann nicht ausschließen, dass dieser Einbruch irgendetwas mit dem Streit zwischen Ihrer Tochter und *EAT WELL* zu tun hat." Mannheim versuchte, den alten Mann aus der Deckung zu locken.

„Das bezweifle ich."

„Warum könnte man die Wohnung durchsucht haben? Was gab es dort, das so wichtig war?"

„Ich denke, das sollten Sie herausfinden!"

„Ihre Tochter hatte bei Ihren Mitarbeitern wegen eines Interviews nachgefragt. Bei den Herrn von Welzow und Meister. Die haben das aber verweigert. Was wollte sie denn wissen?"

„Keine Ahnung!"

„Die Fragen hatten offenbar mit der Abschlussarbeit Ihrer Tochter zu tun. Die sollte sich mit der Vermarktung von Lebensmitteln beschäftigen. Also mit Ihrer Branche."

„Ich kenne diese Arbeit nicht."

„Sie haben da auch nie drüber gesprochen?"

„Nein."

„Ihre Tochter Sybill hat angedeutet, dass Herr Meister hinter dieser Anzeige stand?"

„Haben Sie meine Tochter bereits verhört? Wie kommen Sie dazu? Sie scheinen Opfer und Täter zu verwechseln."

„Nein, das tue ich nicht" antwortete Mannheim geduldig. „Wir haben Ihre Tochter nicht verhört. Wir haben Sie zufällig in der Wohnung in der Pflügerstraße angetroffen und uns mit ihr unterhalten."

Der Professor nickte.

„Wir haben in der Wohnung sehr viel Material über den Gemüseanbau in den Mittelmeerländern gefunden", erklärte der Kommissar. „Da gibt es eine Menge statistischer Auswertungen. Sogar Daten von Arbeiten aus den USA. Wurde die Wohnung vielleicht deswegen durchsucht?"

„Kann ich mir nicht vorstellen."

„Möglicherweise gab es brisantes Material. Über Belastungen mit Pestiziden und ähnliches."

„Aha." Die Stimmung im Raum war jetzt eisig. Reichenberger-Stein sah Mannheim an. „Wissen Sie, wir alle können ganz froh sein, dass die Zeiten, in denen nicht genügend Nahrungsmittel zur Verfügung standen und die Menschen Hungers leiden mussten, vorbei und vergessen sind." Er klang, als halte er einen Vortrag. „Wir leben in einer Gesellschaft des Überflusses, jedenfalls hier im Westen. Und das ist wesentlich ein Ergebnis der modernen Technologie. Unsere heutigen Nahrungsmittel sind nicht von Pilzen und Bakterien verseucht und niemand wird davon krank. Das verdanken wir den so geschmähten Pestiziden."

Dafür waren die Lebensmittel allerdings mitunter mit Pflanzengiften und anderer Chemie verseucht. „Wenn das alles so eindeutig ist, warum hat Ihre Tochter dann gegen *EAT WELL* recherchiert?", fragte Mannheim.

Das schien dem Professor auch nicht recht erklärlich. „Ich weiß schon, dass es immer Kritik geben kann", meinte er dann aber milde. Anscheinend wollte er das Thema beenden.

Mannheim fühlte Widerwillen gegen den Professor in sich aufsteigen. Reichenberger war ein alter, reicher Mann, der alleine in einem riesigen Haus lebte und sich bemühte, sämtliche Gefühle zu verbergen und eine nahezu perfekte Maske zur Schau zu stellen.

Dabei war er erst vor wenigen Stunden mit dem Tod seines Kindes konfrontiert worden.

„Gibt es noch irgend etwas, was uns vielleicht weiterhelfen könnte?“, fragte der Kommissar. „Fällt Ihnen noch was ein? Es kann auch eine scheinbare Kleinigkeit oder Nebensächlichkeit sein.“

Wieder schüttelte Reichenberger-Stein den Kopf.

„Ich werde mich sicher auch noch mit den Herrn Meister und von Welzow unterhalten müssen.“

„Tun Sie das.“

Der Kommissar erhob sich. „Haben Sie noch mal vielen Dank für diesen späten Termin“, erklärte er. „Wenn wir klarer sehen, melde ich mich. Und falls die Obduktion etwas ergeben sollte, informiere ich Sie natürlich ebenfalls.“

Auch Reichenberger-Stein erhob sich. „Ich bringe Sie noch nach draußen.“

Es hatte zu regnen begonnen. Mannheim schlug den Kragen seiner Jacke hoch, als er zu seinem Wagen ging. Vom Wald hörte er den Ruf eines Käuzchens. Er setzte sich hinter das Steuer, während schwere Tropfen auf das Autodach fielen, wendete und fuhr zurück zur Argentinischen Allee und weiter in Richtung City. Was war das für eine kaputte Familie? Von vier Familienmitgliedern hatten zwei ihrem Leben mit eigener Hand ein Ende gesetzt. Und die beiden Überlebenden schienen vor allem bemüht, die Hintergründe unter den Teppich zu kehren. Mannheim schaltete den CD-Player ein und Elvis Costello spielte *Welcome to the working week*. Er erreichte den Kurfürstendamm und fuhr hinein in die Lichter der Stadt.

8.

Die Rache ist mein! Ich habe genug. Ich steige aus, aber auf meine Art. Früher, in den romantischen Jahrhunderten, träumten die Menschen von Revolutionen, ich träume von meiner persönlichen Macht und Gewalt. Die viel Spaß machen. Sehr viel Spaß. Die Freude machen und befriedigen. Die mich entschädigen. Gewalt, die endlich die Richtigen trifft: Wer Wind sät, der soll Sturm ernten! Wer das Schwert führt, der soll durch das Schwert umkommen! Zu lange habe ich gespurt wie ein dressiertes Kaninchen, habe gestrebt und gearbeitet, wollte immer allen Anforderungen genügen. Ich habe mich angepasst und getan, was von mir verlangt wurde. Doch das ist jetzt vorbei. Es war der falsche Weg. Es war ein Lebenspfad der Lüge und der Unaufrichtigkeit. Nun sehe ich die Trümmer vor mir liegen. Ich mache nicht mehr mit! Meine geliebte Elena. Nun aber ist mir ein glücklicher Zufall zu Hilfe gekommen und hat mir gezeigt, was ich tun soll. Alles ist vorherbestimmt. Denn eines Tages, wenn es ernst wird, kann man sich dieser Einsicht nicht mehr verschließen: Dass die Freiheit eine Lüge ist: Wenn der Zug eines Lebens einmal auf seinem Gleis fährt, dann kann er seine Richtung nicht mehr ändern. Der Zug meines Lebens rast in die Gewalt. Ich habe eine Möglichkeit gesehen und habe sie genutzt. Doch das war nur der erste Schlag, den ich führen werde.

Alle sollen leiden und sterben!

Jeder!

9.

Am nächsten Morgen regnete es noch immer. Es war ein warmer Frühlingsregen, der wie eine Wand aus feinem Nebel über den Dächern und zwischen den Häusern Berlins hing. Auch die Bäume des Grunewalds trieften vor Nässe und die Wassertropfen sprangen und tanzten auf der Oberfläche der Havel und des Wannsees.

Der Tote lag im direkten Uferbereich, auf dem Bauch im flachen Wasser, unmittelbar neben der Anlegestelle der Fähre, die vom Grunewald hinüber zur Pfaueninsel fährt. In seinem mit lokkigem, dunklem Haar bewachsenen Schädel klaffte eine große Wunde wie ein weit geöffnetes Geschlecht und offenbarte Blut, Gehirnmasse und Knochensplitter. Er trug einen schwarzen Anzug, dessen Stoff schwer an ihm hing und seine ausgebreiteten Arme lagen rechts und links des Körpers wie üppige, dunkle Wasserpflanzen.

„Jemand hat ihm mit einer Axt den Schädel eingeschlagen", erklärte der Arzt vom medizinischen Bereitschaftsdienst, der neben der Leiche am Ufer kauerte. „Genaueres wird natürlich erst die Obduktion ergeben, aber ich tippe auf eine Axt aus dem Baumarkt. Die Schneide muss ganz schön scharf gewesen sein."

„Können Sie etwas zur Todeszeit sagen?", fragte Kommissarin Birgit Allenare und blickte auf die Leiche.

„Er liegt schon einige Stunden hier. Das Wasser verändert allerdings die Entwicklung der Leichenstarre. So über den Daumen gepeilt würde ich sagen: Er ist nicht vor zweiundzwanzig Uhr gestern Abend und nicht nach drei Uhr heute früh gestorben."

Auf dem Beton der Zufahrt zur Fähre war ein großer Blutfleck zu sehen. Zwei Kollegen von der Spurensicherung knieten in ihren weißen Schutzanzügen, die sie aussehen ließen wie Pop-Art-Astronauten, neben dem Flecken und arbeiteten akribisch mit kleinen Spachteln und Schabern. Ein anderer Kollege watete in hohen Gummistiefeln im seichten Uferwasser und hielt die Leiche von allen Seiten auf Video fest. Auf dem großen Platz vor der Anlegestelle, der mit roter Signalleine abgesperrt war, standen mehrere Polizeifahrzeuge, ein Krankenwagen und ein Leichenwagen.

„Also wurde er hier erschlagen und dann ins Wasser geworfen", sagte Birgit Allenare und wies auf den Blutflecken.

„Könnte gut sein. Schauen Sie mal!" Der Arzt hob den rechten Arm des Toten ein wenig an und zeigte ihr einen langen Riss im Stoff des Sakkos.

Alfons Söllner vom Kompetenzteam Kriminaltechnik, der Spurensicherung beim LKA Berlin, untersuchte den Riss mit einer Lupe. „Mal sehen, ob wir Reste von Garn auf dem Beton finden."

Robert Mannheims alter Mercedes kam die Pfaueninselchaussee herunter gefahren und stoppte vor der weiß-roten Signalleine. Der Kommissar stieg aus dem Wagen.

„Morgen", knurrte er. „Tolles Wetter heute."

„Guten Morgen", antwortete Birgit Allenare und überhörte seine schlechte Laune. „Warst du gestern Abend noch bei dem Professor?"

„Immer im Einsatz."

„Und?“

„Ich erzähle es dir gleich.“

„Schlecht gelaunt, der Herr?“, mischte Alfons Söllner sich ein.

Mannheim warf ihm einen schrägen Blick zu. „Es kann nicht jeder eine Frohnatur sein.“

„Na klar.“

„Können wir ihn wegtransportieren?“, fragte ein Kollege von der Spurensicherung.

Birgit Allenare nickte. „Von mir aus schon.“

Robert Mannheim blickte auf den Toten. Je älter er wurde, desto mehr verstörten ihn der Anblick der Leichen und all der Gewalt, mit denen er nahezu täglich konfrontiert wurde. Mit den Jahren war er nicht cooler, sondern weicher und mitfühlender geworden. An einem verregneten Morgen wie diesem trauerte er den vergangenen Zeiten nach, in denen der Übergang in den Vorruhestand noch eine lockere Angelegenheit gewesen war, am besten mit einem goldenen Handschlag. Doch die waren lange vorbei.

Zwei Beamte stapften in Gummistiefeln durch das flache Wasser und drehten die Leiche vorsichtig auf den Rücken. Mannheim schätzte sein Alter auf Anfang vierzig, er war groß und schlank, mit einem knochigen Gesicht. Die Beamten hoben ihn langsam hoch und das Wasser lief in Strömen aus dem Stoff seiner Kleidung. Sie trugen ihn ans Ufer und legten ihn in einen Plastiksarg.

„Ich muss weiter“, sagte der Arzt.

„Ja klar, haben Sie besten Dank!“ Kommissarin Allenare streifte Gummihandschuhe über, kauerte neben dem Sarg nieder und durchsuchte den Toten mit raschen, professionellen Bewegungen.

„Wer hat ihn gefunden?“, fragte Mannheim ihren Nacken.

„Ein Mitarbeiter der *Stiftung preußische Schlösser und Gärten*, der die Fähre steuert.“ Sie warf einen raschen Blick in Richtung von zwei Männern und einer älteren Frau, die bei einem uniformierten Kollegen neben einem der Polizeibullys standen. „Er ist vor einer guten halben Stunde gekommen, der Fährbetrieb beginnt eigentlich um neun Uhr.“

Mannheim nickte. Der zweite Mann und die Frau waren wohl ebenfalls Mitarbeiter der *Stiftung preußische Schlösser und Gärten*.

Die Pfaueninsel, zwischen Berlin und Potsdam gelegen, etwa fünfzehn Kilometer vom Stadtzentrum entfernt, war von den preußischen Königen zu einer ländlichen Idylle mit Schlösschen, einer romantischen Ruine, einer Meierei und anderen Bauwerken gestaltet worden; sogar der große Karl Friedrich Schinkel, Lilys Promotionsthema, war an den Arbeiten beteiligt gewesen. Ihren Namen hat die Insel von den zahlreichen Pfauen, die dort frei herumlaufen. In den Nächten und bei Regen hält sich hier kein Mensch auf.

Birgit Allenare entdeckte ein Handy, ein Portemonnaie, einen Schlüsselbund, eine Brieftasche und zwei Computersticks in den Taschen des Toten. Sie legte alles auf einen kleinen Plastiktisch, den die Spurensicherung aufgestellt hatte. Der Sarg wurde zu dem Leichenwagen getragen, während die Kommissarin die Brieftasche, ein italienisches Produkt, öffnete. Sie zog einen Ausweis heraus. „Sein Name war Johannes Mario Rennerstieg", las sie vor. „Das Geburtsdatum ist der 13. April 1973 in Dresden. Er wohnte in der Landsberger Allee in Lichtenberg." Sie suchte weiter in der Brieftasche. „Da sind drei verschiedene Kreditkarten, davon zwei goldene. Sieh mal hier!" Sie zog mehrere, trotz der Nässe noch einigermaßen lesbare Visitenkarten hervor. Der Aufdruck lautete: *Mario Rennerstieg. Senior IT-Consulter. EAT WELL – Ihr Partner in Geschmacksfragen, in der Französischen Straße mitten im Herzen Berlins.* Es folgten Postanschrift, E-Mail-Adressen und mehrere Telefonnummern.

Der Kommissar spürte ein Kribbeln im Rücken. Zwei Tote in zwei Tagen. Professor Reichenberger-Stein war umgeben von Leichen.

„Was ist mit dem BMW dort hinten?", fragte er. Tatsächlich stand ein einzelner großer schwarzer Wagen an der Seite des Parkplatzes.

„Die Kollegen überprüfen ihn gerade." Birgit Allenare winkte in Richtung des Polizeifahrzeugs, neben dem die Mitarbeiter der *Stiftung preußische Schlösser und Gärten* standen. Ein Beamter kletterte aus dem Fahrzeug und kam zu ihr und Mannheim herüber.

„Der Name des Halters lautet Rennerstieg, Mario“, erklärte er und blickte ein wenig irritiert auf Birgits grüne Lockenpracht. „Wohnhaft in der Landsberger Allee in Lichtenberg.“

„Das ist doch schon mal was“, meinte der Kommissar. Seine Laune besserte sich. „Der Wagen muss in die Keithstraße.“ Dort befand sich der Fahrzeughof der Spurensicherung. „Habt ihr Blut im Innern gesehen, oder ähnliches?“

Der Kollege schüttelte mit dem Kopf. „Nein. Von Außen ist nichts zu erkennen.“

„Wie auch anders? Er wurde ja hier am Anleger umgebracht.“ Birgit Allenare öffnete das Portemonnaie und entdeckte ein Dutzend Einhundert-Euro-Scheine. Einem Raubüberfall war Mario Rennerstieg nicht zum Opfer gefallen. Der Täter schien die Taschen seines Opfers überhaupt nicht beachtet zu haben. Die Kommissarin wollte das Handy einschalten, aber es verweigerte seine Dienste. Sie legte es wieder auf den Plastiktisch. „Vielleicht kriegen die Kollegen das wieder zum Laufen. Wer spricht mit denen von der *Stiftung*?“

„Ich erledige das.“ Mannheim ging zu den drei Leuten neben dem Polizeibully. Tatsächlich war der eine Mann vor einer guten halben Stunde mit dem Fahrrad zur Arbeit gekommen – sein Job bestand darin, mit der Fähre zwischen Ufer und Insel hin und her zu fahren und die Touristen zu befördern – und hatte den Toten im Wasser liegen sehen. Die Frau und der andere Mann arbeiteten drüben auf der Insel, sie im Museumsshop, er als Gärtner.

„Danke“, sagte Mannheim. Er kehrte zu seiner Kollegin zurück. „Fahren wir in die Landsberger Allee und dann zu *EAT WELL*.“ In diesem Augenblick spielten die Eagles *Hotel California*. Es war Mannheims Handy, Natascha Cislowski rief durch. Er stellte den Ton laut, so dass Birgit mithören konnte. „Dr. Merzig hat eine Zusammenfassung der Obduktion von Elena Reichenberger gemailt“, sagte Natascha. Dr. Ute Merzig war Gerichtsmedizinerin. „Frau Reichenberger ist vollkommen clean: Keine Spuren von Gewalteinwirkung oder Drogen. Es gibt Spuren eines Antidepressivums, das sie aber bereits vierundzwanzig Stunden vor ihrem Tod eingenommen hat.“

„Aha", brummte Mannheim.

„In anderer Hinsicht habe ich allerdings etwas ziemlich Komisches gefunden", fuhr Natascha fort. „Ich habe natürlich Elena Reichenbergers Bankverbindungen recherchiert: Fünfzehn Tage vor ihrem Tod ging eine Überweisung über 25 000.- US-Dollars auf ihr Konto ein, und zwar von der *Blue Dragoon Bank of Singapure.* Auftraggeber war eine Firma auf der Kanalinsel Jersey, eine *Food Secure Ltd.*"

„Oha."

„Ja." Der Stolz über den Rechercheerfolg vibrierte in Nataschas Stimme. „Angeblich war das ein Beraterhonorar. Elena Reichenberger wollte das Geld aber anscheinend gar nicht haben, sie hat es wieder zurück überwiesen. Vor drei Tagen sind die 25 000.- Dollars dann zum zweiten Mal auf ihrem Konto verbucht worden. Absender war wieder diese *Food Secure Ltd.*"

„Hast du was über die rausgefunden?"

„Ich hab mal bei den Kollegen vom 31 angerufen." Das Dezernat 31 beschäftigte sich mit der Bekämpfung von Wirtschaftskriminalität. „Die meinen, dass es sich um eine Briefkastenfirma handelt. Auf Jersey gibt's Hunderttausende dieser Briefkastenfirmen. Das ist ein absolutes Steuerparadies. Geldwäsche im großen Stil inklusive. Alle bunkern dort ihr Geld: Diktatoren aus der Dritten Welt, die Russenmafia, deutsche Besserverdienende, Banker und andere Vermögende, die ganze Bande, die von unserer Arbeit lebt und auch noch Steuern hinterziehen will. Aufgrund der Rechtslage auf den Kanalinseln bleibt es nämlich vollkommen unklar, wer sich hinter diesen Firmen verbirgt oder wer dort sein Geld eingelegt hat."

„Gab es auf Frau Reichenbergers Konto schon früher Kontobewegungen dieser Art?"

„Nein. Ich habe natürlich bei ihrer Bank nachgefragt."

„Wovon hat sie überhaupt gelebt?"

„Sie hatte ein Examensstipendium über 1000.- Euro pro Monat, das ihr die *Naturliga* zahlte. Das sind Ökos, eine als gemeinnützig anerkannte Umweltstiftung. Tatsächlich war sie arm wie eine Kirchenmaus, wie diese Aktivisten es eben sind. Sie besaß noch nicht mal eine Kreditkarte. Sie hatte Ausgaben für Miete, Strom und Gas, Internet, Krankenkasse, aber das war es dann auch schon. Sie lebte am Existenzminimum. 25 000 Dollar hätte sie gut gebrauchen können."

10.

Es war mehr als eine Stunde Fahrt bis zu Mario Rennerstiegs Wohnung in der Landsberger Allee in Lichtenberg im tiefsten Berliner Osten. Mannheim fuhr über die Pfaueninselchaussee hoch zur Königsstraße und weiter in östlicher Richtung zur Avus. Seine Kollegin suchte in den CDs und entdeckte irgendwo zwischen Bruce Springsteen, Led Zeppelin und Grand Funk Railroad eine Scheibe von Anna Netrebko, die sicher Lily im Wagen hinterlassen hatte. Zu Bellinis *Casta-Diva*-Arie fuhren sie durch den mehrspurig dichten Verkehr vorbei an ICC und Funkturm in Richtung Wedding, erreichten die Seestraße und kamen über die Osloer und Bornholmer Straße in den Osten, während Birgit Allenare auf ihrem Smartphone zuerst mehrere Nachrichtenseiten und dann mittels POLIX die Vorkommnisse der vergangenen Nacht checkte.

Sie hatten inzwischen die Michelangelostraße erreicht - eine endlose Reihe von Plattenbauten, Plattenbauten und Plattenbauten - und bogen schließlich in die Landsberger Allee ab, in eine sechsspurige Ausfallstraße in Richtung Frankfurt/Oder, auf deren Mittelstreifen die Straßenbahn fuhr: Wieder reihenweise Plattenbauten, ein gigantisches Shopping-Center, nur wenige ältere Gebäude. Rennerstieg hatte in einem siebenstöckigen Gebäude gewohnt, das in einer Reihe mit Dutzenden gleichartiger Häuser auf einer schön gepflegten Rasenfläche stand. Anna Netrebko hatte den Regen vertrieben und die Frühlingssonne blinzelte durch die Wolken, in ihren Strahlen machten die neu sanierten Häuser gar keinen schlechten Eindruck. Der Kommissar, ein typischer Westberliner, kam nur selten so weit in den Ostteil der Stadt. Allerdings wohnte Natascha, die aus dem Hohen Fläming stammte, einem ziemlich vergessenen Landstrich irgendwo zwischen Berlin und

Magdeburg, ebenfalls in der Landsberger Allee. Sie parkten in einer Parkbucht am Rand der Rasenfläche und gingen zum Eingang des Hauses. Dem großen Klingelschild im Windfang entnahmen sie, dass Rennerstiegs Wohnung sich auf der fünften Etage befand. Sie fuhren mit dem Aufzug nach oben und klingelten. Nichts regte sich.

Also benutzte Birgit Allenare Rennerstiegs Schlüssel. Die Beamten streiften Gummihandschuhe über. Die Wohnung bestand aus drei Zimmern, einer offenen Küche und einem Bad. Im Wohnzimmer standen eine schwere Ledercouch, auf einem Glastischchen eine halbleere Rotweinflasche und ein benutztes Glas; an der gegenüberliegenden Wand war ein großer Plasmabildschirm montiert, dessen Fernbedienung auf dem Tischchen lag. Über dem Sofa hing ein großer Wandteppich, der eine gestickte Ansicht der Dresdner Frauenkirche zeigte. Sie gingen weiter ins Schlafzimmer: Ein großes, ungemachtes Bett, ein Schrank und ein weiterer Fernseher mitsamt Video- und DVD-Player. Auf einem Regal standen Bücher über Sachsen und das Erzgebirge, aber auch zahlreiche Reiseführer über die USA, den Mittelmeerraum, Australien und Afrika. Im Arbeitszimmer erblickten die Beamten ein gutes Dutzend Rechner, Bildschirme, Scanner, Drucker und andere IT-Geräte. Außerdem jede Menge Computerliteratur, zudem mathematische und logische Lehrbücher. Über dem Schreibtisch hing merkwürdigerweise neben einem Plakat des Empire State Buildings eine hölzerne Kuckucksuhr. Die Wohnung war weder besonders aufgeräumt noch verwahrlost, weder besonders sauber noch dreckig, Mannheim fand sie vor allem gesichtslos.

„Wie ist dein Eindruck?“, fragte Birgit. Sie trat ans Fenster und blickte nach unten. Zwischen den Plattenbauten stand ein Flachbau – ganz sicher war darin zu Mauerzeiten ein Laden der DDR *Handelsorganisation* untergebracht gewesen, in dem nun ein russischer Supermarkt seine Waren anbot. Über dem Eingang prangten große Buchstaben in kyrillischer Schrift, daneben stand *Interkontinental*. Eine dicke, blonde Frau trat plastiktütenschleppend aus dem Geschäft.

„Computerfreaks mögen Kuckucksuhren?“, fragte Mannheim.

„Sieht so aus. Manche jedenfalls."

Die Kommissarin startete eines der Notebooks, aber Windows fragte sofort nach dem Passwort. „Die Kollegen sollen das abholen."

Mannheim zog sein Handy aus der Tasche und wählte die Spurensicherung. Er gab Rennerstiegs Adresse durch. „Wir schließen die Tür nicht ab", sagte er, „sondern ziehen sie nur ins Schloss. Ihr könnt sie also einfach öffnen." Dieses Vorgehen war zwar nicht legal, aber angesichts des großen Personal- und Zeitmangels bei der Polizei übliche Praxis.

Birgit Allenare war ins Schlafzimmer gegangen und hatte den Kleiderschrank geöffnet. Ein Dutzend teurer Anzüge hing sauber und ordentlich nebeneinander. Auf dem Nachttisch stapelten sich Horrorromane, sie nahm zwei davon in die Hand – *Das Grauen aus dem Weinfass* und *Zombies unter sich*, sowie ein Stapel Fotos, die bei einer Safari in Afrika aufgenommen worden waren: Löwen, Giraffen und Elefanten waren zu sehen. Einige Bilder zeigten einen braun gebrannten und glücklich aussehenden Mario Rennerstieg, andere eine hübsche, junge Blondine, einige auch das Paar Arm in Arm und fröhlich lachend.

„Das ist wahrscheinlich seine Freundin", sagte die Kommissarin.

Mannheim nickte. Bislang hatten sie nichts entdeckt, was einen Hinweis auf ein Mordmotiv hätte abgeben können. Die Wohnung sagte nur, dass Rennerstieg ein relativ unscheinbarer, aber ganz sicher gut verdienender junger Informatiker mit ostdeutschen Wurzeln gewesen war.

„Fahren wir zu Reichenberger-Stein", sagte der Kommissar.

11.

EAT WELL hatte seinen Sitz in einem beeindruckenden Gründerzeitgebäude in der Französischen Straße in Berlin Mitte, an der Ecke zum Gendarmenmarkt, beinahe direkt gegenüber des Französischen Doms. Dies war das edelste und teuerste Pflaster der

Hauptstadt, der Sitz von Geld und Macht. Im Erdgeschoss war eine Galerie untergebracht, *Pretty Beloved Arts*, ein Unternehmen mit Filialen in New York, Shanghai und London. Robert Mannheim betrachtete die Objekte im Fenster: Eine Installation aus rostigen Metallrohren und einen in einen hohen Plastiktubus eingegossenen Hering, möglicherweise ein Protest gegen die Überfischung der Meere. Der Kommissar, der die klassische Moderne mochte, konnte mit dieser aktuellen Kunst nur wenig anfangen, sie erinnerte ihn an die Produkte der Finanzindustrie, die an den Börsen zu gewaltigen Werten aufgeblasen werden, um dann irgendwann doch wieder in sich zusammenzufallen. In der ersten und zweiten Etage befanden sich die Büros eines Bankhauses, das während der letzten Finanzkrise viele Milliarden verbrannt und mit Steuergeldern hatte gerettet werden müssen. Im dritten Stockwerk residierte ein Verband der chemischen Industrie und im vierten *EAT WELL – Ihr Partner in Geschmacksfragen*.

Die Polizisten fuhren mit dem Lift nach oben. Im Eingangsbereich von *EAT WELL* – polierter Granit, geschliffenes Glas und dunkle Eiche - saß eine hinreißend aussehende Migrantin mit langen, dunklen Haaren, großen, dunklen Augen und langen Beinen hinter einem kleinen Schreibtisch und lächelte ihnen freundlich-fragend entgegen.

Robert Mannheim zeigte seinen Ausweis und stellte sich und seine Kollegin vor. „Der Professor ist im Haus?“, fragte er.

„Ich denke, Herr Reichenberger-Stein hat heute zahlreiche Termine. Aber vielleicht kann ich Ihnen helfen. Worum geht es?“

„Ich will lieber selbst mit ihm sprechen. Sein Büro ist dort hinten?“ Mannheim deutete auf eine große Tür im Hintergrund des Raumes.

Sie hob die Hand, um ein *Stopp* zu signalisieren und nahm mit der Linken den Hörer ihres Telefons ab. „Zwei Mitarbeiter der Kripo möchten mit Ihnen sprechen“, erklärte sie etwas pikiert. Sie sah Mannheim an. „Zu welchem Thema?“

„Ich habe gestern Abend bereits mit dem Professor gesprochen.“

„Sie haben gestern Abend bereits mit dem Herrn gesprochen", echote die attraktive Empfangsdame. „Bitte!", wandte sie sich an die Polizisten. „Herr Reichenberger-Stein nimmt sich einen Augenblick Zeit." Sie erhob sich und öffnete die Tür.

Mannheim und Birgit Allenare traten in einen großen Raum, durch dessen Fenster man einen tollen Blick auf den Turm des Französischen Doms hatte. Es gab einen großen Schreibtisch aus edlem, dunklem Holz, geschnitzte Bücherschränke, Stuck an den Decken, einen gewaltigen Kronleuchter und einen dunklen runden Tisch für Besprechungen. Auf dem Parkettboden lag ein teuer aussehender Teppich und an den Wänden hingen in Öl gemalte landwirtschaftliche Idyllen aus dem 18. Jahrhundert; wahrscheinlich hätte Lily die Künstler erkannt. Hier war alles nur vom Feinsten. Paul Reichenberger-Stein erhob sich hinter seinem Schreibtisch und trat auf die Beamten zu. Sein Blick blieb an Birgit Allenare hängen, mit Erstaunen an ihren grünen Haaren und mit einem gewissen Wohlgefallen an ihrer Figur.

„Mario Rennerstieg", erklärte Robert Mannheim.

Der Professor warf ihm einen fragenden Blick zu. „Ja?"

„Sie kennen ihn?"

„Natürlich. Er arbeitet für uns."

„Seine Leiche wurde heute früh in der Nähe der Pfaueninsel gefunden", sagte Mannheim. „Er wurde in der vergangenen Nacht mit einem Beil erschlagen."

„Das ist ja entsetzlich!" Reichenberger-Stein ging mit langen Schritten zum Fenster, blickte kurz hinaus und drehte sich dann abrupt zu den Beamten um. Die Wolfsaugen musterten den Kommissar. „Und weshalb kommen Sie nun zu mir?"

„Er war einer Ihrer Mitarbeiter", erklärte Mannheim ohne sich aus der Ruhe bringen zu lassen.

„Na ja? Mehr als dreihundert Personen arbeiten auf die eine oder andere Art für *EAT WELL*."

„Sie kannten Herrn Rennerstieg nur oberflächlich?"

„So, wie ich eben die Mitarbeiter meines Hauses kenne."

„Wann haben Sie Herrn Rennerstieg zum letzten Mal gesehen?"

„Gestern."

Mannheim trat einen Schritt nach vorn. „Da gibt es noch eine zweite Sache: Wir haben die Kontobewegungen Ihrer Tochter Elena überprüft. Vor nur wenigen Tagen gab es eine Überweisung von 25 000.- Dollar auf das Konto Ihrer Tochter. Auftraggeber war eine Firma auf den Kanalinseln, die *Food Secure Ltd* , ausführende Bank war die *Blue Dragoon Bank of Singapure.* Wissen Sie etwas über diese Angelegenheit?"

Reichenberger-Steins Miene war unbewegt. „Nein. Ich habe Ihnen bereits gesagt, dass der Kontakt zu meiner Tochter nicht immer sehr eng war."

„Angeblich handelte sich bei diesen Dollars um ein Beraterhonorar. Ihre Tochter wollte sie aber gar nicht haben und hat sie zurück überwiesen. Doch die *Food Secure* hat das Geld zum zweiten Mal auf das Konto Ihrer Tochter geschoben. Kennen Sie diese Firma?"

„Nein. Woher denn?"

„Und wie steht es mit dieser Bank in Singapur?"

„Die kenne ich ebenso wenig." Reichenberger-Steins Miene wurde ungeduldig. „Sie wissen, dass ich Termine habe."

„Wussten Sie, dass Ihre Tochter als Beraterin tätig war?"

„Nein. Aber sie sympathisierte ja mit diesen Ökos. Vielleicht haben die ihr was vermittelt."

„Über eine Bank in Singapure?"

Der Professor machte ein nachdenkliches Gesicht. „Ich verstehe das auch nicht", gestand er.

„Wer könnte uns etwas über Mario Rennerstieg erzählen?", fragte Birgit Allenare.

„Das kann Dr. von Welzow tun. Mit dem wollten Sie doch ohnehin sprechen?" Der Professor drückte auf die Telefonanlage auf seinem Schreibtisch. „Emilija. Herr von Welzow soll sich einen Augenblick frei schaufeln und den Kommissaren Rede und Antwort stehen. Dr. Meister kann ihn dabei ja unterstützen." Er wandte sich wieder an die Polizisten. „Meine Mitarbeiter stehen sofort zu Ihrer Verfügung." Er ging zur Tür und öffnete sie. Mannheim und Birgit Allenare traten hinaus in den Empfangsraum. Emilija lächelte ihnen nichtssagend zu.

Keine zwanzig Sekunden später erschien ein ungefähr vierzigjähriger, schlanker Mann aus einer Glastür an der Seite. Er trug einen Nadelstreifenanzug und hatte blaue Augen und eine Frisur für mindestens hundert Euro. Er lächelte freundlich. Mannheim fand ihn gar nicht unsympathisch.

„Nico von Welzow", stellte er sich vor. „Ich bin juristischer Consultant. Gehen wir doch in mein Büro, bitte."

Er führte die Beamten durch die Glastür und über einen Flur in einen kleinen, zum Hof hin blickenden Raum. Es gab einen Schreibtisch mit einem Notebook und einem gerahmten Familienfoto – eine hübsche brünette Frau und zwei kleine, lachende Söhne -, Regale mit Gesetzestexten und einen Tisch aus dunklem Holz, um den mehrere Stühle standen. „Bitte."

Mannheim berichtete in kurzen Worten über das Auffinden von Mario Rennerstiegs Leiche. Der Jurist hörte mit irritierter Miene zu. „Er wurde mit einer Axt erschlagen?", vergewisserte er sich.

Der Kommissar nickte. „Wie gut kannten Sie Herrn Rennerstieg?"

„Naja. Er arbeitete seit rund zwei Jahren für uns. Ich bin ungefähr seit der gleichen Zeit dabei. Gelegentlich waren wir gemeinsam zum Essen, auch zusammen mit anderen Kollegen. Wir kannten uns, wie man sich als Kollegen eben so kennt."

„Was hatte er genau zu tun?", fragte Birgit Allenare.

Nico von Welzow warf der Kommissarin einen Blick zu. Unter ihrem weit geschnittenen T-Shirt blitzte an der Schulter ein Streifen schwarzer Spitze hervor. „Er war unser IT-Secure-Consultant", sagte er. „Da gibt es jede Menge zu tun, wir kommunizieren ja ganz wesentlich über die digitalen Medien, sowohl intern als auch mit unseren Partnern und Kunden. Die Netzwerke und Rechner müssen natürlich absolute secure sein. Man muss sich vor Angriffen schützen. Es gibt natürlich Spyware. Aktivisten könnten versuchen, unsere Netzwerke zu blockieren. Oder die Konkurrenz könnte spionieren. Da lässt sich vieles denken. Aber

Mario Rennerstieg war ausgesprochen kompetent. Sie können heute überhaupt kein Unternehmen mehr betreiben ohne einen ganz hervorragenden IT-Consultant."

„Wie war Herr Rennerstieg im persönlichen Umgang?"

„Er war ein netter Kerl."

„Wir haben in seiner Wohnung einige Fotos einer jungen Dame gefunden. Kennen Sie sie? War sie Herrn Rennerstiegs Freundin?" Die Kommissarin zog eines der Afrikafotos, das auf dem Nachttisch gelegen hatte, aus ihrer Ledertasche und reichte es dem Juristen. Er betrachtete es kurz und gab es dann zurück.

„Ja, ich glaube, das ist seine Freundin. Wir hatten im letzten August ein Sommerfest, unten im Tennisclub Nikolasee, und da habe ich sie kurz kennengelernt. Ich glaube, sie lebt in München und arbeitet bei einer PR-Agentur. Soweit ich mich erinnere..."

„Wissen Sie ihren Namen."

„Nein, leider nicht."

Die Tür wurde geöffnet und ein etwa vierzigjähriger Mann in einem grauen Nadelstreifenanzug trat ein. Er war von untersetzter, beinahe bulliger Gestalt und hatte kurzes, dunkles Haar und ein kantiges Kinn mit einem Drei-Tage-Bart. Er musterte die Szene prüfend. „Daniel Meister", stellte er sich vor und setzte sich neben den Juristen.

Birgit Allenare berichtete noch einmal kurz über den Toten im Wannsee. Dann reichte sie auch Meister das Foto von Rennerstiegs Nachttisch.

„Ja, Mario hatte sie zu unserem Sommerfest mitgebracht", bestätigte der Manager. „Aber ihren Namen weiß ich nicht. Sie arbeitet bei 'ner PR-Agentur. Haben Sie schon einen Hinweis auf den Täter?"

„Wir stehen ja erst am Anfang unserer Ermittlungen.".

„Ja klar." Meister lächelte ein wenig ironisch.

„Können Sie uns einen Hinweis geben?", fragte die Kommissarin. Sie spürte Meisters Blick auf ihrem Dekolleté. „Wissen Sie, ob Herr Rennerstieg Feinde hatte?"

Beide Herren schüttelten scheinbar verwundert die Köpfe. Das konnten sie sich anscheinend nicht vorstellen.

„War in den vergangenen Tagen irgend etwas Besonderes? Ist Ihnen vielleicht etwas aufgefallen?“, fragte Mannheim.

„Nein, alles war wie immer“, erklärte Meister und von Welzow nickte bestätigend.

„Wann haben Sie Ihren Kollegen zum letzten Mal gesehen?“

„Gestern Nachmittag. Wir hatten eine kurzes Meeting.“

„Ja, Yesterday“, bestätigte von Welzow.

„Wer könnte ihn getötet haben?“

Beide Herren musterten den Kommissar verblüfft.

„Wieso soll Marios Tod denn überhaupt mit seinem Job bei *EAT-WELL* zu tun haben?“, fragte von Welzow.

„Sie haben damals diese Strafanzeigen gegen Elena Reichenberger gestellt?"

Meister nickte. „Aber dieses Thema sollten sie besser mit dem Professor besprechen.“

„Sie haben also in seinem Auftrag gehandelt.“

„Ich werde kaum auf eigene Initiative die Tochter meines Chefs anzeigen.“

„Das ist einleuchtend“, sagte Mannheim. „Aber was war denn damals genau passiert?“

„Sie trieb sich nachts hier im Haus herum. Sie versuchte dann sogar, die Bürotür aufzubrechen, wurde aber von unserem Objektschutz dabei überrascht. Der nahm ihre Personalien und so kam es zu der Anzeige.“

„Also war es ein versuchter Einbruch?“

Von Welzow nickte.

„Warum hat sie das getan?“

Meister zögerte. „Naja, angeblich schreibt sie eine Masterarbeit an der F.U., über Marketingstrategien bei Lebensmitteln, für die sie recherchiert. Diesem hehren Ziel ordnet sie Recht und Gesetz offenbar unter.“

„Frau Reichenberger ist tot!“

Die beiden Herrn sahen die Polizisten bestürzt an. Mannheim berichtete in einigen kurzen Worten von dem Suizid. „Frau Reichenberger hat den Einbruchsversuch bestritten“, fuhr er dann fort. „Ihrer Aussage zufolge hat sie übrigens Sie beide um Interviewtermine nachgefragt, die sie aber verweigert haben."

„Naja", meinte Meister. „Warum hat sie sich nicht gleich an ihren Vater gewandt? Ich meine..."

„Was wollte sie denn wissen?"

„Ich weiß es nicht. Sie hat uns mal ein paar Fragen gemailt, aber die habe ich gar nicht gelesen."

„Sie haben diese Absagen mit dem Professor abgestimmt?"

„Sicher."

„Kennen Sie die *Food Secure Ltd*?", fragte Birgit Allenare.

„Nein, wer ist das?", erkundigte sich von Welzow.

„Eine Briefkastenfirma auf der Kanalinsel Jersey. Wickeln Sie eigentlich auch Geschäfte über Singapur ab?"

„Tatsächlich wickelt *EAT WELL* gar keine Geschäfte ab", erklärte von Welzow. „Und schon gar nicht über Singapur. Wir sind ein deutscher Interessenverband: Wir beraten und networken. Wir werben für unsere Partner. Wir stellen Know-how zur Verfügung. Softskills. Aber wir importieren keine Bananen oder so."

„Das hatte ich auch nicht angenommen", sagte Mannheim.

„Womit können wir Ihnen noch helfen?", fragte Daniel Meister.

„Ich denke, das wär's erst einmal", sagte der Kommissar und erhob sich. Er legte seine Karte auf den Tisch. „Falls Ihnen noch was einfallen sollte, rufen Sie mich doch an. Und wenn wir weitere Fragen haben, wissen wir ja, wo wir Sie finden."

12.

„Die Kollegen haben Rennerstiegs Passwörter geknackt", sagte Natascha Cislowski. Sie trug ein grünes Military-T-Shirt und hatte ihre blonden Haare zu zwei Zöpfen gebunden, Mannheim fühlte sich an eine erotisierte Pippi Langstrumpf erinnert. „Außerdem haben sie sämtliche Daten praktischerweise auf dieses eine Notebook geladen. Gebt als Passwort einfach *Merkel* ein." Sie stellte den Computer auf Robert Mannheims Schreibtisch.

„Tolles Passwort“, knurrte der Kommissar.

„Der Chef will übrigens noch mal vorbeischauen“, sagte Natascha.

„Woher die Ehre?“

„Es geht ums Big Business.“

„Aha.“ Birgit Allenare setzte sich neben Mannheim und schaltete Rennerstiegs Notebook ein. Sie gab das Passwort ein und die Desktopoberfläche baute sich auf. Eine Vielzahl von Ordnern erschien: *Privat, Fotos, Mathe & Logik, Urlaub & Reisen* und vieles mehr.

„Sieh mal hier“, sagte Birgit. Der Kursor stand auf einem Ordner mit der Bezeichnung *Elena R.*

„Was ist das denn? Mach mal auf!“

Sie folgte der Aufforderung und eine Liste von Unterordnern erschien: *Mails, Examen, Arbeit, Fotos* und *Kunst*, aber auch Kürzel wie *UoP.* Sie öffnete *Diary,* aber dieser Ordner war leer. „Komisch.“ Sie ging einen Schritt zurück und öffnete *Gedichte.* Eine Worddatei erschien: *Niedergeschlagen / Trauer und Schmerz / der schwarze Adler umkreist mich / die Geister des Bösen und der Vergangenheit / was war? / und warum? / Das Kind in mir / Das verletzte Kind / Das tote Kind.*

Mannheim brummte etwas Unverständliches.

„Wir müssen den Selbstmord ihrer Mutter recherchieren“, sagte Birgit Allenare. „Das kann Natascha machen.“ Sie nahm den Telefonhörer ab. „Vor ungefähr fünfzehn Jahren hat Professor Reichenbacher-Steins Ehefrau Suicid verübt: Anna Reichenberger-Stein. Kannst du da mal die Hintergründe rausfinden. Falls da irgendwas existiert. Danke.“

„Es lag wahrscheinlich am Kapitalismus“, brummte Mannheim.

„Robby, sie ist noch jung.“ Birgit Allenare öffnete *Fotos* und sie betrachteten Aufnahmen vom Kreuzberger Landwehrkanal, vom Urbanhafen oder vom Neuköllner Hermannplatz. Einige Bilder waren an einem See irgendwo in Brandenburg gemacht worden.

Überraschung: Auf manchen Bildern war Daniel Meister zu sehen. Er trug keinen Businessanzug, sondern Jeans und Lederjacke und grinste fies und fröhlich in die Kamera. Zwei Aufnahmen, die wohl mit Selbstauslöser gemacht worden waren, zeigten ihn und Elena Reichenberger Arm in Arm und Kopf an Kopf.

„Was ist das denn?", rief Mannheim.

„Die hatten was miteinander", sagte Birgit Allenare. „Das hat er mit keinem Wort erwähnt." Die Kommissarin betrachtete die Aufnahmen. „Beide sehen entspannt und glücklich aus."

„Mister Meister. Aber wo hatte Rennerstieg diese Daten her?", fragte Mannheim.

„Er war immerhin IT-Experte."

„Also hat er ihren Rechner gehackt?"

Sie nickte. „Hast du eine andere Idee? Freiwillig hat sie ihm ihre Gedichte bestimmt nicht überlassen. Schade, dass *Diary* leer ist, da hätten wir sicher mehr über Meister und Frau Reichenberger erfahren. Wer hat den Ordner überhaupt gelöscht?" Sie öffnete einen weiteren Ordner mit dem Namen *Sybill.* Er enthielt wieder ein Worddokument: *Es war toll, dass wir das Wochenende in Schloss Metersberg hatten. Das erste Mal seit sieben Jahren, dass wir Schwestern wieder etwas Gemeinsames unternahmen. Das Schlosshotel, das Sybill ausgesucht hatte, war schön und luxuriös: Wellness, Massagen, Spaziergänge über die Felder und am See, ein Candle-Light-Dinner. Das Wochenende muss einiges gekostet haben, naja, sie ist ja nicht arm. Mich nervte nur, dass sie noch immer die große Schwester spielen muss: Tu besser dies, lass doch jenes. Dabei kann sie sich selbst kaum helfen. Während des Dinners ging sie einmal kurz raus, um sich zu erbrechen, ich habe es ihr deutlich angemerkt, und dann kam sie zurück und aß ungerührt weiter. Aber sie hat sich im Griff, nach Außen immer perfekt. Von früh bis spät die Karrierefrau aus dem Beschissfernsehen.*

„Tja", brummte Mannheim.

Die Beamten lasen weiter: *Später am Abend, wir hatten einigen Weißwein getrunken, fing Sybill an zu weinen. Wir unterhielten uns über Annas Tod. Ich drängte sie zu erzählen, aber sie schwieg, wie ein Grab, vermauert alles in sich, es ist immer das gleiche."*

„Sie meint den Freitod ihrer Mutter", sagte Birgit Allenare.

Mannheim nickte.

Wir bekamen natürlich wieder Streit, als wir uns über fairfood unterhielten. Sie sagt, ich soll mir endlich meine Illusionen abschminken und dass unser Vater mich nie wird akzeptieren können, wenn ich nicht nachgebe. Er nimmt alles persönlich. Da gebe ich ihr sogar Recht. Aber was kümmert es mich? Inzwischen kümmert mich das nicht mehr. Sybill fing wieder mit den Wölfen und den Schafen an. Pas Wahlspruch lautet ja: Beim Essen sitzt man entweder am Tisch oder auf dem Teller. Dass ich die Affäre mit Dany hatte, imponiert ihr. Was sonst?, sie findet ihn ja selbst attraktiv, würde sich aber nie an ihn ran trauen. So groß ihre Klappe auch in der Öffentlichkeit ist, und in ihren Sendungen, so tough sie beim Geldverdienen ist, so klein, verschreckt und angepasst ist sie in ihrem Privatleben. Zum Frühstück bekam sie keinen einzigen Bissen runter, die magersüchtige Tochter des großen Lebensmittellobbyisten...

Damit brach der Text ab. Birgit Allenare öffnete *Examen*. Der Ordner enthielt Dutzende von Word-, Excel- und PowerPoint-Dokumenten, in der Regel handelte es sich aber nur um kürzere Notizen oder halbfertige Aufzeichnungen. Sie klickte *University of Pittsburgh* an und Dutzende Tabellen bauten sich auf, außerdem farbige Diagramme und Kurven, in denen Daten veranschaulicht wurden. Man hatte verschiedenste Gemüse und Früchte untersucht, so *Onions*, *Tomatos* und *Peppers*. Anscheinend waren die Auswirkungen eines Stoffs mit Namen *fresh season* geprüft worden und waren die Tests unter anderem bei verschiedenen Temperaturen durchgeführt worden. Die Bedeutung der Messreihen war den Beamten aber vollkommen undurchsichtig.

„Die Kollegen vom Kompetenzteam könnten sich das mal vornehmen - da gibt es ja mehrere Chemiker - und uns erklären, worum es hier überhaupt geht“, sagte Mannheim. „Aber was hätten wir davon?“

Birgit öffnete *Zusammenfassung und Schlussfolgerungen*. Hier gab es mehrere längere Textpassagen. Sie lasen: *Wir haben es mit einer Branche zu tun, in der ein großer Teil der frischen Lebensmittel, die in Supermärkten und Discountern zum Verkauf angeboten werden, schlussendlich in den Müll entsorgt werden, weil das angebliche Haltbarkeitsdatum abgelaufen ist oder die Waren nicht mehr „frisch“*

und „schön" genug aussehen. Die Discounter werfen weg und die Kunden erst recht. Aber frische Lebensmittel kosten ja auch so gut wie nichts mehr. Erkauft wird diese maßlose Verschwendung durch Arbeitsbedingungen wie in der Sklaverei, durch Elendslöhne in Produktion, Transport und Handel. Und durch das maßlose Leid der Tiere. Zudem ist ein erheblicher Teil der heute angebotenen Lebensmittel nichts als industriell erzeugter Dreck: Von Pflanzen- und Umweltgiften verseucht, von Geschmacks- und Aromastoffen verunstaltet und gesundheitsschädlich, weil mit viel zu viel Fett, Zucker, Salzen und anderen im Übermaß schädlichen Stoffen angereichert und zubereitet. Der Fortschritt ist umgeschlagen in Zerstörung. Das menschliche Verhalten wurde geprägt von fünfzigtausend Jahren in Steinzeit und Mangel. Mit Überfluss und Wohlstand können die Menschen nichts anfangen. Wir verspielen die größte Chance der Geschichte...

„Das ist ja ein tolles Testament", meinte Mannheim. „Aber was fand sie dann an Meister? Der steht doch für diesen ganzen Scheiß?"

Birgit öffnete einen Ordner namens *Bill*. Die Beamten betrachteten Fotos, die einen vielleicht dreißigjährigen, lachenden Mann mit braunen, halblangen Wuschelhaaren zeigten. Andere Aufnahmen zeigten eine Stadt: Man sah einen breiten Fluss, auf dem Eis trieb, und zahlreiche Hochhäuser. Manche dieser Gebäude hatten sicher zwanzig oder dreißig Stockwerke. Die Sonne strahlte von einem blauen Himmel und es lag Schnee. Andere Bilder schienen auf einem Universitätscampus geschossen zu sein: Man sah Studentinnen und Studenten in dicken Winterjacken, amerikanische Autos, hohe Schneeberge am Straßenrand. Auf einem Foto stand der junge Mann auf der Treppe vor einem Institut und lachte in die Kamera.

„Kannst du das vergrößern?", fragte Mannheim.

„Klar."

Neben der gläsernen Eingangstür war ein Schild zu sehen. Birgit Allenare vergrößerte die Aufnahme, bis sie die Schrift einigermaßen entziffern konnten: *Institute of Biochemistry. University of Pittsburgh.*

Birgit Allenare schloss den *Elena-Reichenberger-Ordner* und öffnete *Urlaube & Reisen*. Sie betrachteten Fotos aus Rom, Paris und New York, von der afrikanischen Safari und vom Skifahren in den Bergen. Auf vielen Aufnahmen war wieder die junge, blonde Frau zu sehen, deren Foto auch auf dem Nachttisch gelegen hatte.

„Ich glaube, wir wissen inzwischen, wie sie heißt", sagte Birgit Allenare und blätterte in den drei Seiten, auf denen die Spurensicherung das vorläufige Ergebnis der Durchsuchung von Rennerstiegs Wohnung gemailt hatte. „Hier ist es: Es wurden einige Liebesbriefe gefunden, und zwar tauschte er sie mit einer Monica Sennmaier, München, wohnhaft in der Sendliner Straße. Allerdings hat sie ihm vor drei Monaten einen Abschiedsbrief geschrieben. Ich werde nachher mal die bayrischen Kollegen anrufen, dass die mit ihr sprechen."

Die Tür wurde geöffnet und Gerd Borowski, der Gruppenleiter der Mordkommissionen, trat ein. „Hallo!" Er war um einige Jahre jünger als Mannheim, ein breitschultriger, von Bier und Bodybuilding gestählter Kollege, der der Mordkommission seit rund zehn Jahren vorstand. Er war ein fähiger Ermittler, obwohl er, wie Mannheim mutmaßte, seine Karriere sicher auch seiner Mitgliedschaft in Berlins ewiger Regierungspartei zu verdanken hatte. Er zog sich einen Stuhl heran und setzte sich. „Wie sieht's aus?", fragte er jovial.

„Bis jetzt haben wir noch nicht viel", erklärte der Kommissar. „Es sieht danach aus, dass Mario Rennerstieg Elena Reichenbergers Computer gehackt hat. Auf seinem Rechner finden sich jedenfalls sehr private Daten von Frau Reichenberger. Sie hat gegen die Lebensmittelbranche recherchiert, in der ja ihr Vater wie auch Rennerstieg arbeiteten. Dafür war sie anscheinend bis in die USA gereist. Allerdings reisen heute ja viele junge Leute dorthin." Mannheims Tochter Sara studierte gerade für ein Jahr in New York City. „Da muss es jede Menge Zusammenhänge geben, die wir noch nicht kennen."

Borowski zog die Brauen hoch. Er machte ein Gesicht als wolle er sagen: Halten Sie den Ball flach!

„Er hatte wohl eine Freundin in München", fuhr Birgit fort. „Monica Sennmaier. Wir werden die Kollegen mal anspitzen, dass die sich mit ihr unterhalten. Hier in Berlin scheint er keine engeren Kontakte gehabt zu haben, jedenfalls haben wir noch nichts gefunden. Er ist wohl viel gereist. Muss ausgesprochen gut verdient haben."

Borowski nickte.

„Was interessiert Sie an dem Fall?", fragte Birgit Allenare.

„Es haben bereits mehrere Journalisten angerufen. Professor Reichenberger-Stein ist nicht ganz unbekannt, er tritt ja manchmal sogar in Talkshows auf. Er ist vernetzt in die Parteien und ins Ministerium. Erst der Tod seiner Tochter, dann Mario Rennerstieg. Die Journaille bläst bekanntlich jede Mücke zum Elefanten auf, wenn sie sich Auflage davon verspricht. Ich habe keine Lust, uns jeden Tag in der *Abendschau* zu sehen."

Mannheim nickte. Publicity, jedenfalls solche, bei der Borowski und die Polizei ein schlechtes Bild abgaben, sollte auf alle Fälle vermieden werden.

„Was ist mit der Tatwaffe?", fragte Borowski.

Sie blätterte im Fax. „Eine Axt."

Alle drei wandten ihre Aufmerksamkeit wieder dem Rechner zu. Birgit öffnete Rennerstiegs Ordner. Sie betrachteten digitalisierte Kinderfotos des Informatikers, überlasen Bewerbungsunterlagen und mehrere, zum Teil recht unterschiedliche Lebensläufe, starrten auf algebraische und logische Knobeleien. Zudem hatte Rennerstieg ein Dutzend ausgesprochen brutaler Computerspiele gespeichert.

Natascha trat ein und reichte Mannheim ein weiteres Fax des Kompetenzteams. Er überblätterte die beiden Seiten. „Das gibt's doch gar nicht!", polterte er laut und aufgebracht.

Die anderen sahen fragend vom Bildschirm auf.

„Die Kollegen haben Rennerstiegs Navi ausgewertet. Das letzte Ziel war der Elvirasteig in Dahlem, also Professor Reichenbergers bescheidenes Heim. Rennerstieg hat das Ziel gestern Abend um 21.30 Uhr programmiert, Fahrtbeginn war der Gendarmenmarkt, also vermutlich das *EAT WELL* Büro. Er war vor seinem

Tod also noch bei dem Professor. Wieso hat der nichts davon gesagt?"

Gerd Borowski machte sein besorgtes Gesicht. „Möglicherweise ist es dem Professor ja nicht wirklich transparent, dass wir so ein Navigationsgerät natürlich auswerten. Man weiß ja nie, in welchen Sphären so jemand sich bewegt. Ihr informiert mich über die weitere Entwicklung?"

„Natürlich, Chef", versprach Birgit.

13.

Bob Dylan spielte *Hey Mr.Tambourine Man* und Robert Mannheim träumte: Er saß im Sonnenschein oberhalb der heimatlichen Weinberge, blickte hinunter in das von glasigem Dunst verhangene Rheintal und rauchte einen Joint. Er war nicht ins Gymnasium gefahren und kiffte lieber. Wie viele Jahrzehnte lag dieser Tag zurück? Damals war er jung gewesen und nun war er alt. Die Welt war voller Verheißungen gewesen und nun schien sie ein geschlossener Korridor zu sein. Er schlug die Augen auf. Inzwischen spielte Madonna *Into the groove* und das Display seines Handys leuchtete. Seine Kollegin rief an: Es war 4 Uhr 38. Er lag im Bett in seiner Wohnung am Klausenerplatz in Berlin-Charlottenburg. Lily, die Liebe seiner älteren Tage, lag leise schnarchend neben ihm und hatte ihre Augen mit einer dunklen Binde vor dem Morgenlicht geschützt, das unter den Vorhängen durch die Fenster sickerte. Der Ansatz ihrer blond gefärbten Haare war grau. Er hievte seine Beine aus dem Bett, nahm das Handy und schlurfte in die Küche.

„Was iss denn?", brummte er.

Auf dem Küchentisch standen eine leere Flasche Rotwein und ein Glas. Durch das weit geöffnete Fenster strömte die milde Luft des Sommermorgens herein. Er setzte sich und schob mürrisch die Flasche zur Seite. Lily hatte gestern Abend in ihrem Zimmer gearbeitet und er hatte ferngesehen. Gegen 1 Uhr nachts hatte Sara aus New York angerufen. Sie rief gelegentlich an, jedesmal ohne allzu große Rücksicht auf die Zeitverschiebung. Vor einigen Wochen hatte sie sich verliebt und wollte nun mit ihm über das Trauma ihrer Kindheit sprechen: Er hatte Christine, seine Ehefrau und ihre Mutter, verlassen, weil er es nicht mehr mit ihr ausgehalten hatte. Aber damit hatte er eben auch seine Tochter sitzen gelassen, die damals kaum sechs Jahre alt gewesen war. So sah sie es jedenfalls. Natürlich war die andere Frau das Mittel gewesen, um sich aus seiner gescheiterten Ehe zu befreien. Aber wie sollte Sara heute nun in ihrer Beziehung ihrem Freund vertrauen können? Das wusste er auch nicht, er dachte sogar, dass sie vielleicht ein bisschen dramatisierte, aber das sagte er natürlich nicht. Stattdessen riet er ihr, sie solle es eben versuchen. Er erzählte, wie es gekommen war, dass damals seine Ehe zerbrochen war. Er war immer froh gewesen, wenn er halbwegs mit seinem eigenen Leben zurecht kam, schon das war ihm oft schwer genug gefallen, so hatte er auf seine Mitmenschen nicht immer Rücksicht nehmen können. Das sagte er ihr natürlich auch nicht. Aber er hatte andere Menschen verletzen müssen. Es verursachte ihm nahezu körperliche Schmerzen, dass er seine Tochter durch seine Unzulänglichkeit verletzt und beschädigt hatte. Aber er hatte es nicht besser gekonnt.

Also hatte er nach dem Gespräch wieder zu viel getrunken.

„Was ist denn?“, krächzte er.

„Guten Morgen“, antwortete Birgit gut gelaunt. „Daniel Meisters Fahrzeug ist abgefackelt worden.“

Es dauerte einen Augenblick, bis Mannheims Groschen fiel. „Na und?“ In Berlin wurden in jedem Jahr hunderte Autos angezündet. Das war nicht sehr schwierig und hatte sich deswegen zeitweise zu einem pyromanischen Volkssport entwickelt.

„Er wohnt hier oben in Pankow“, erklärte seine Kollegin. „Hier gibt es keine Autonomen, die Autos anzünden.“

„Wieso? Irre und Pyromanen gibt es überall.“

„Robby, so einfach ist das nicht.“, schalt sie.

„Was für ein Modell war es denn?“

„Eine Jaguarlimousine.“

„Oha. Dann hat es ich wenigstens gelohnt.“ Meister verdiente ohne Zweifel gut. Aber ein Jaguar war teuer, Mannheim schätzte den Kaufpreis auf eine Summe zwischen 80 000 bis 100 000 Euro.

Er dachte unwillkürlich an die 25 000.- Dollar auf Elena Reichenbergers Konto.

„Meister schäumt vor Wut“, sagte Birgit Allenare. „Jetzt zeigt er sogar mal Gefühle.“

„Ja klar, wenn das dicke Auto im Arsch ist!“

„Ich habe das Gefühl, dass er irgendwas über die Brandstiftung weiß. Aber er redet natürlich nicht.“

„Die reden doch alle nicht. Wo ist das denn überhaupt genau passiert?“ Birgit hatte gestern Abend die Namen der *EAT WELL* Mitarbeiter in ein spezielles POLIX-Programm eingegeben und deswegen hatten die Kollegen sie informiert, nachdem der Halter des Jaguars festgestellt worden war.

„Er wohnt in der Heinrich-Mann-Straße, fast am Bürgerpark.“

„Du bist bereits vor Ort?“

„Ich hab ganz in der Nähe übernachtet.“

„Ach so“, entfuhr es ihm. Er blickte aus dem Fenster als gäbe es dort draußen eine Antwort auf die grundlegenden Fragen des Lebens: Wie sollte er seiner Tochter klar machen, dass er ihr Leben nicht ruiniert hatte? Das hatte er doch gar nicht getan, jedenfalls nicht absichtlich. Bei wem hatte seine schöne Kollegin die Nacht verbracht? Welches Kraut war gegen den Egoismus und die Raffgier schwerreicher Lobbyisten gewachsen? „Also gut, ich schwinge mich in den Sattel. Ich bin in einer halben Stunde da.“ Er beendete das Gespräch und stellte den Wasserkessel auf den Herd. Leise, um Lily nicht zu wecken, holte er seine Kleider aus dem Schlafzimmer.

Die Heinrich-Mann-Straße lag im hellen, frühen Sonnenschein. Die Vögel zwitscherten in ihrem Sommerglück wie die Weltmeister. So früh am Morgen schien die Welt ein schöner Ort zu sein. Zu beiden Seiten der Heinrich-Mann-Straße, deren Fahrbahnen durch einen breiten Grünstreifen getrennt sind, stehen ansehnliche Stadtvillen, viele zu Beginn des letzten Jahrhunderts erbaut, manche aber auch erst später im modernen Stil. Pankow, ursprünglich eine Sommerfrische für Großstädter, hatte sich nach dem ersten Weltkrieg zu einem gutbürgerlichen Wohnbezirk mit Gartenstadtcharakter entwickelt. Zu DDR-Zeiten hatten hier große Teile der Nomenklatura gelebt, selbst die Mitglieder des Politbüros hatten ursprünglich in Pankow gewohnt, bevor sie sich nach dem 17.Juni nach Wandlitz verdrückten – und auch heute wohnten hier wieder wohlhabende Leute: Unternehmensberater, Geschäftsleute, Medienunternehmer, gut verdienende Schauspieler, Politiker.

Der ausgebrannte Jaguar stand vor einer einstöckigen, roten Backsteinvilla. Der Tatort war mit roter Signalleine abgesperrt und zwei Fahrzeuge der Schutzpolizei parkten an der Seite. Die Feuerwehr machte sich gerade zur Abfahrt bereit und die Kollegen der Spurensicherung gingen an ihre Arbeit. Es war halb sechs Uhr, als Mannheim neben der Absperrung stoppte. Er sah Birgit Allenare bei zwei Schutzpolizisten stehen.

„Morgen Robby", begrüßte sie ihn fröhlich. Sie sah glücklich aus wie das blühenden Leben.

„Morgen."

„Du bist ja so zerknautscht. Hast du schlecht geschlafen?"

Er grummelte etwas Unverständliches und betrachtete den ausgebrannten Wagen. Tatsächlich ist es kein besonderes Kunststück, ein Auto in Brand zu setzen. Es genügt ein einfacher Grillanzünder aus dem Discounter. Zudem dauert es dann noch einige Minuten, bis das Fahrzeug Feuer fängt und der Tank explodiert. Der Täter kann also in aller Ruhe verschwinden.

„Er hat einen Grillanzünder verwendet", erklärte Birgit Allenare denn auch. „Wie immer."

„Spuren gibt's keine?"

„Nein."

„Wo ist Meister im Augenblick?"

Sie blickte zu der Backsteinvilla, die in einem grünen Garten stand.

„Reden wir mal mit ihm", meinte Mannheim.

Sie gingen nebeneinander über die Straße. Birgit schien irgendwie von Innen zu leuchten, die Folge ihres Liebesglücks. Sie klingelten an der Gartentür, ein Summer ertönte und sie gingen zum Haus. Daniel Meister wohnte in der oberen Etage. Er hatte gerade geduscht, sein dunkles Haar war nass und nach hinten gekämmt, und er war im Unterhemd. Er hatte muskulöse Schultern und Arme.

„Guten Morgen. Wie schön, dass Sie auch schon hier sind", begrüßte er den Kommissar.

„Ja, sehen Sie", antwortete Mannheim. „Dürfen wir reinkommen?"

„Sicher."

Die Polizisten traten in den Flur, von dem mehrere hohe Flügeltüren abgingen. Weiter hinten führte eine Wendeltreppe nach oben unters Dach. Diese großzügige Wohnung musste noch einmal deutlich mehr als der Jaguar gekostet haben. Meister öffnete eine der Türen und bat die Beamten in ein Wohnzimmer, in einen von der Sonne beschienen, zur Straße hin gelegenen Raum, in dem ein schwarzes Ledersofa, ein Bücherschrank mit TV- und DVD-Anlage, sowie ein runder Esstisch mit vier Stühlen standen. Über dem Sofa hing ein großes, fotorealistisch gestaltetes Ölgemälde eines weiblichen Geschlechtsteils. Der Realismus war so drastisch, als handele es sich um Hardcorepornographie.

„Bitte!"

Sie setzten sich an den Tisch und Mannheim zog sein Notizbuch. Er blickte sich um.

„Gefällt es Ihnen?", fragte Meister. Er hatte Mannheims Blick auf das Bild gesehen.

„Naja. Ist vielleicht Geschmackssache."

„Es ist ein echter Justus Müller-Badisch", erklärte Meister stolz. „Er macht gelegentlich solche Erotika. Na gut, dieses Werk ist womöglich ein bisschen provozierend. Jedenfalls wenn man puritanisch ist. Ich habe es vor ein paar Jahren gekauft, als man Müller-Badisch noch bezahlen konnte. Seitdem hat der Wert sich mindestens verfünffacht. Mittlerweile legen Sie für ihn horrende Summen auf den Tisch."

„Was Sie nicht sagen", meinte der Kommissar und notierte: *Schon wieder ein präklinischer Psychopath.* „Haben Sie einen Verdacht, wer Ihren Wagen angezündet haben könnte?"

Meister sah den Kommissar an. „In Berlin werden doch dauernd PKWs abgefackelt. Von Chaoten, Linksradikalen, Brandstiftern. Von dieser ganzen Bande."

„In diesem Fall liegen die Dinge anders. Wir haben erst gestern früh die Leiche Ihres Kollegen Rennerstieg gefunden."

„Was soll das mit meinem Auto zu tun haben?", blaffte Meister. „Diese Leute hassen doch jeden, der Willens ist, seinen Lebensunterhalt mit eigener Arbeit zu verdienen."

„Aha." Wenigstens war nicht der schweineteure Müller-Badisch geklaut worden. Mannheim klappte das Buch zu. „Besitzen Sie eigentlich keine Garage? Auf dem Grundstück gibt es doch bestimmt eine?"

„Ich bin erst nach Mitternacht nach Hause gekommen. Ich war müde. Da habe ich den Wagen eben auf der Straße stehen lassen."

„Wurden hier in der Gegend schon mal Autos angezündet?", fragte Birgit Allenare.

„Ich weiß es nicht. Bin ich von der Polizei?"

„Ein Stück weiter vorn parkt ein großer Geländewagen. Der war sicher ebenfalls nicht billig. Der oder die Täter hätten sich auch diesen Wagen aussuchen können."

„Ja, hätten sie", versetzte Meister genervt. „Meiner hat ihnen aber offensichtlich besser gefallen."

„Wir sind natürlich nicht einfach nur wegen Ihres Wagens gekommen", erklärte Mannheim und Meister warf ihm tatsächlich einen verblüfften Blick zu. „Wir arbeiten schließlich für die Mordkommission. Unsere Kollegen haben inzwischen Mario Rennerstiegs Rechner ausgewertet. Da gibt es einige Fragen. So besaß Herr Rennerstieg zahlreiche Daten, die eigentlich nur von Elena Reichenbergers Rechner herstammen können: Zum Beispiel hatte er Teile ihrer Examensarbeit gespeichert. Aber es gibt auch zahlreiche private Fotos und Aufzeichnungen, sogar Gedichte, die sie geschrieben hatte. Haben Sie eine Idee, wo Rennerstieg dieses Material her hatte?"

„Keine Ahnung."

„Er hat nicht Frau Reichenbergers Rechner gehackt, oder so, um an diese Daten zu kommen? Er war schließlich Informatiker."

„Woher soll ich das denn wissen?", schnauzte Meister.

„Unter anderem haben wir Fotos von Ihnen und Elena Reichenberger gefunden“, erklärte Mannheim. „Solche Schnappschüsse, wie man sie mit dem Selbstauslöser macht. Sie waren einmal ein Paar?“

Meister starrte die Beamten verblüfft an.

„Der Ordner mit Frau Reichenbergers Tagebuch war zwar gelöscht. Aber die Fotos befanden sich in einem anderen Ordner und waren deswegen noch vorhanden“, erklärte Mannheim.

„Ja, wir hatten mal eine Affäre“, gab der Manager notgedrungen zu. „Aber das liegt schon längere Zeit zurück. Es war im letzten Sommer. Und es ging auch nur vierzehn Tage.“

„Wie kam es denn zu der Liebesgeschichte?“, fragte Birgit Allenare.

„Ich wüsste nicht, was Sie das angeht?“

Robert Mannheim richtete seinen Oberkörper zu seiner ganzen massigen Größe auf. Er starrte Meister an. „Die Umstände von Elena Reichenbergers Suicid sind völlig unklar. Deswegen ermitteln wir! Und ich bitte Sie, mit uns zu kooperieren!“

Meister rollte genervt mit den Augen. „Okay! Ich habe Elena auf dem Sommerfest von *EAT WELL* kennengelernt, im letzten Sommer. Sie und der Professor hatten gerade mal einen guten Kontakt miteinander. Da waren sie ein Herz und Seele und sie kam sogar zum Sommerfest...“ Er brach ab.

„Das war im Tennisclub Nicolasee?“, fragte Mannheim.

„Nein. Wie kommen Sie darauf? Das Fest fand in einem Schlösschen unweit von Potsdam statt. Metersberg. Eine schöne Location.“

„Was ist dann passiert?“

„Das übliche Spielchen eben: Elena und ich haben uns unterhalten, eine Woche später habe ich sie zufällig wieder getroffen, unten in Mitte, ich habe sie zu einem Kaffee eingeladen und dann zum Abendessen, wie das so geht, und schließlich ist sie hierher mitgekommen. Wie gesagt, die Affäre erstreckte sich über lediglich zwei Wochenenden. Eigentlich war es ein One-Night-Stand.“

„Warum ging es so schnell wieder auseinander?“

„Unüberbrückbare Gegensätze“, meinte Meister desinteressiert.

„Und wieso sind Sie dann überhaupt zusammen gekommen?“ Mannheim fühlte sich langsam genervt. „Da waren diese Gegensätze noch nicht so recht sichtbar?“

„So ungefähr. Das war eine schnelle Nummer, wie man so sagt. Jedenfalls von meiner Seite aus.“

„Mit der Tochter Ihres Chefs?“, fragte Birgit Allenare.

„Ja. Naja, wie gesagt, Elena hatte was. Sie hatte das gewisse Etwas. Ohne Frage. Nur schade, dass sie so gesponnen hat. Entschuldigung, man spricht nicht schlecht über Tote.“ Der Manager lächelte.

„Nein, nein, wir sprechen öfters schlecht über Tote“, erklärte der Kommissar. „Sonst würden wir ja die Mörder nie finden.“

„Ich denke: Elena hat sich selbst das Leben genommen?“

„Erzählen Sie uns dennoch über sie“, bat Birgit Allenare.

„Sie lebte in einer Art Fundamentalopposition zu ihrem Vater“, erklärte Meister. „Das war absolut kindisch. Aber so war sie halt. Sie arbeitete ja auch mit diesen Spinnern von *fairfood* zusammen. Sie hat mir einen glühenden Vortrag darüber gehalten, dass sie den weltweiten Hunger abschaffen wollte. Am Hunger sind angeblich die Nahrungsmittelindustrie und die Spekulanten schuld. Kann ja sogar sein. Ich will mich da nicht streiten. Aber dass Leute, die es kaum schaffen, Hundert Euro in der eigenen Tasche zu haben, die ganze Weltordnung umkrempeln können – diese Idee halte ich jedenfalls für ziemlich lächerlich.“

„Sie werden aber doch nicht die ganze Zeit über den Welthunger diskutiert haben?“, fragte Mannheim.

Meister lächelte fein. „Nein. Wir haben uns auch mit Anderem beschäftigt. Da kamen wir zunächst auch besser zurecht.“

„Aber?“

„Elena war halt ein schwieriger Mensch“, sagte er. „Sie tat mir ja sogar Leid. Da gibt es sicher Punkte in ihrer Geschichte, von denen ich nichts weiß. Vielleicht sogar Punkte in ihrer Familiengeschichte. Ich will mir da kein Urteil erlauben. Wir sind dann für ein Wochenende an die Ostsee gefahren, natürlich habe ich alles bezahlt, und dort wurde es wirklich ätzend: Sie bekam Depressionen, machte sich Selbstvorwürfe, hatte Tendenzen zur Selbstzerstörung. Das ganze durchgeknallte Programm eben."

Die Polizisten schwiegen abwartend.

„Was sollte ich denn machen? Es wurde mir einfach zu viel", meinte Meister. „Sehen Sie, ich verlasse morgens das Haus und arbeite häufig bis gegen Mitternacht. Ich kann mir nicht auch noch in meiner Freizeit allen möglichen Stress an die Backe binden. Das geht einfach nicht."

„Aber Frau Reichenberger hat Sie doch sicher nicht aus böser Absicht gestresst?", fragte Birgit Allenare.

„Da bin ich mir gar nicht mal so sicher. Sie war ein großes Kind. Und mein Lebensentwurf ist einfach ein Anderer: Ich zähle mich zu denen, die die Werte, die unser aller Wohlstand begründen, schaffen, und nicht zu denen, die sie wegen psychischer Schwierigkeiten verfrühstücken. Tut mir Leid!"

Mannheim nickte. „Wenn Frau Reichenberger depressiv war, dann ist es gar nicht so erstaunlich, dass sie Suizid begangen hat?"

Meister schwieg.

„Lassen Sie uns noch mal auf diese Anzeigen zurückkommen", wechselte Birgit Allenare das Thema.

Der Manager zuckte mit den Schultern. „Damals hatten wir ja schon seit Monaten keinen Kontakt mehr miteinander. Und wir hatten halt die Aussage dieses Wachmanns."

„Das war Herr Peter Neitzke, der für die Firma *Security 2000 – Sicherheit in Berlin* arbeitet", stellte Birgit Allenare fest.

„Ja."

„Sie haben damals den Verdacht geäußert, Frau Reichenberger sei im Auftrag dieser *fairfood* unterwegs gewesen. Das sind Verbraucherschützer? Oder wie muss ich mir die vorstellen?"

„Verbraucherschützer? Verbraucherschützer?", echote Meister und rollte mit den Augen. „Das sind Vollspinner und Fantasten. Verspätete Anhänger des Morgenthau-Plans. Die moderne Industrie ist Teufelszeug für die. Die meinen, die Menschen sollten in Jurten leben und Rohkost essen." Er grinste höhnisch.

„Also so eine Art Sekte?"

„Möglich."

„Vielleicht haben die Ihren Jaguar angezündet?", fragte Mannheim scheinheilig.

„Ausschließen kann man das jedenfalls nicht", fauchte der Manager.

In diesem Augenblick meldete sich Meisters Handy, das vor ihm auf dem Tisch lag. Er nahm das Gespräch entgegen. „Ich muss noch einen Schluck Kaffee trinken, dann komme ich", sagte er schließlich und warf den Polizisten einen Blick zu, der sie eindeutig zum Gehen aufforderte.

„Einen Augenblick noch", meinte Mannheim. „Nehmen wir an, dass es kein Zufall ist, dass ausgerechnet Ihr Wagen angezündet wurde: Wurden Sie in letzter Zeit von irgend jemandem bedroht?"

„Nein!"

„Vielleicht im Rahmen Ihres Jobs?"

Auch jetzt war Meisters Antwort kurz und präzise. „Nein. Mich bedroht keiner."

„Arbeiten Sie vielleicht an einem Projekt, das großen Widerstand hervorrufen könnte? Oder gibt es jemand, der sich um Geld betrogen fühlen könnte?"

„Nein. Wie kommen Sie denn darauf?"

„Wir stellen eben alle möglichen Fragen." Robert Mannheim und Birgit Allenare erhoben sich. „Haben Sie vielen Dank für Ihre Auskünfte", erklärte der Kommissar ein wenig förmlich. „Wir kommen dann wieder auf Sie zu."

Meister nickte. Mit seinen Gedanken war er anscheinend schon ganz woanders.

14.

„Max ist bei Sally?", fragte Mannheim.

„Klar." Sally war Birgits Nachbarin in der Kreuzberger Dieffenbachstraße, Max war ihr sechsjähriger Sohn. Sally hatte eine Tochter in Max' Alter, Magdalena, und die alleinerziehenden Frauen unterstützten sich nach Kräften. Ihre Kinder übernachteten häufig beieinander.

„Was sagt er dazu, dass er Konkurrenz bekommen hat?"

„Das ignoriert er im Augenblick konsequent."

„So sind sie, die Kerle."

Sie lachte.

„Was macht er eigentlich so?" Mannheims Frage bezog sich auf Birgits neuen Liebsten.

„Er besitzt eine Filmgesellschaft. Er produziert Krimis fürs Privatfernsehen."

„Hmm. Dann hat er sich ja genau die Richtige gesucht."

„Actionthriller."

Mannheim grinste. „Action fehlt bei uns natürlich."

Die beiden Polizisten waren die wenigen Schritte hinüber in den Pankower Bürgerpark gegangen und hatten sich in einem Gartencafé zu einem Frühstück niedergelassen. Es gab einen schönen Pavillon aus den zwanziger Jahren, an dem Getränke, Schrippen und Gebäck verkauft wurden, etliche Tische und Stühle und an der Seite sogar eine Reihe von Strandkörben. Weiter hinten erblickte man einen Rosengarten, in dem sich ein schön restaurierter, mit Säulen geschmückter Musikpavillon erhob. Wegen der frühen Stunde war das Café noch leer.

Die Beamten hatten sich mit Kaffee und Croissants versorgt und saßen in der Morgensonne. Mannheim hatte sich zudem ein großes Stück Käsekuchen geholt.

„In Memoriam Ernst Gennat", erklärte er. Gennat war in den zwanziger Jahren Kommissar der Berliner Polizei gewesen und hatte die erste Mordkommission der Welt gegründet. Seine Verdienste um die moderne Kriminalistik konnten kaum überschätzt werden, er hatte die systematische Spurensicherung entwickelt und von ihm stammte der Begriff des Serienmörders. In seinen Verhören hatte Gennat zugehört und Verständnis gezeigt und mit dieser Methode viele Morde aufgeklärt. Tatsächlich war er ein Medienstar gewesen, bevor die Nazis ihn in den dreißiger Jahren in den Hintergrund und schließlich in die Vergessenheit gedrängt hatten.

Der schwergewichtige Kriminalist war aber auch ein großer Kuchenesser gewesen. Gelegentlich hatte er sogar seinen Verdächtigen während der Verhöre Kuchen angeboten.

„Wie findest du Meister?“, fragte Birgit.

„Grausam. Vielleicht müssen unsere Erfolgsmenschen so sein. Wahrscheinlich vögelt er alles, was ihm vor die Flinte kommt.“

„Naja...“

Mannheim warf den Spatzen ein bisschen Kuchen hin. „Sie säen und sie ernten nicht, und sie leben dennoch“, sagte er.

„Er wollte Elena Reichenberger systematisch schlecht reden“, erklärte Birgit.

Mannheim schüttelte den Kopf. „Sicher. Ich gehe mal davon aus, dass Rennerstieg Elenas Computer im Auftrag von *EAT WELL* gehackt hat. Falls er nicht ein totaler Spinner war, der eines schönen Abends mal den Rechner der Tochter seines Chefs geknackt hat. Man kann ja nie wissen. Rennerstieg hat den Rechner gehackt und Meister hat sich die Dateien angesehen. Wahrscheinlich hat er den Inhalt des Tagebuchs gelöscht. Aber die haben Frau Reichenbergers Rechner doch nicht wegen irgendwelcher sexueller Details geknackt. Was haben die gesucht? Und womöglich auch gefunden? Haben wir diese Daten aus Pittsburgh weitergeleitet?“

„Ja. Aber die Kollegen brauchen ihre Zeit.“ Birgit Allenare öffnete ihr Notizbuch. „Eines ist komisch: Der Wachmann, der gesehen hat, wie Elena Reichenberger sich an der Bürotür von *EAT WELL* zu schaffen machte, war gar kein einfacher Mitarbeiter. Tatsächlich gehört diesem Herrn Peter Neitzke die ganze Firma. *Security 2000* bewacht eine große Anzahl von Objekten, vor allem Firmenniederlassungen und die Büros dieser Lobbyisten. In der Branche führt er übrigens den Beinamen Stasi-Neitzke. Wegen seiner Vergangenheit in der DDR.“

Mannheim runzelte die Stirn. „Was hat er denn genau beobachtet?“

„Seiner Aussage zufolge ist er am 7. Oktober vergangenen Jahres für einen erkrankten Mitarbeiter eingesprungen und hat einen Teil von dessen Kontrollrunde übernommen. Gegen 23 Uhr 30 ist er in der Französischen Straße mit dem Fahrstuhl hoch zum Eingang von *EAT WELL* gefahren, um die Tür zu überprüfen. Dort hat er dann Elena Reichenberger angetroffen, die sich irgendwie an der Tür zu schaffen machte. Er hat unsere Kollegen angerufen und die haben ihre Personalien aufgenommen."

„Sie hatte einen Schlüssel? Oder einen Dietrich?"

„Die Kollegen haben sie durchsucht, aber keinen Dietrich oder ähnliches gefunden. Das Schloss war auch nicht beschädigt. Frau Reichenberger hat erklärt, sie habe einfach nur geklopft. Sie habe nach ihrem Vater gesucht. Aber *EAT WELL* hat dann dann doch Anzeige erstattet."

„Dann können wir nur mutmaßen, was da tatsächlich passiert ist."

„Und worum es wirklich gegangen ist. Anscheinend war das Verhältnis von Elena zu ihrem Vater ja ziemlich kompliziert. Übrigens haben die Kollegen in München erfreulicherweise schon gestern Nachmittag bei Rennerstiegs Ex-Freundin Monica Sennmeier vorgesprochen und sie über seinen Tod informiert. Frau Sennmeier schildert Rennerstieg als einen kommunikationsgestörten Nerd, als einen Computerfreak, der seine Gefühle anscheinend kaum zeigen konnte. Sexuell haben sie sich wohl nicht optimal verstanden, kein Wunder. Deswegen sei die Beziehung dann auch auseinander gegangen."

„Mit Gefühlen scheinen die alle nicht so recht gesegnet", meinte der Kommissar. „Jedenfalls wenn die sich auf andere Leute beziehen sollen. Und wir wissen immer noch nicht, was Rennerstieg so kurz vor seinem Tod bei dem Professor wollte."

„Ich habe nachher einen Termin bei dieser *fairfood.* Ich habe gestern Abend mal im Internet gesurft: Die sind ganz angesehen. Eine Sekte sind die ganz bestimmt nicht. Sie vertreten allerdings pointiert die Interessen der Verbraucher. Vielleicht verstehen wir nach dem Gespräch ja besser, worum der Konflikt Elena Reichenberger – *EAT WELL* sich drehte. Willst du mitkommen?"

„Nein. Ich fahre zu Schwester Sybill. Natascha hat gestern angerufen und sie hat heute nur früh am Morgen Zeit. Sie produziert wohl den ganzen Tag über ihre bescheuerten Sendungen. Ich habe mir gestern Abend übrigens mal eine davon angesehen..." Der Kommissar rollte mit den Augen.

„Die haben gute Quoten", sagte Birgit. „Das ist 'ne Gelddruckmaschine."

„Trotzdem bin ich dazu irgendwie zu alt. Früher haben sie auf dem Rummel Frauen mit fünf Titten ausgestellt. Oder Männer, die Eisenstangen verbiegen konnten. Heute gibt es dafür das Fernsehen. Was fand Elena Reichenberger eigentlich an Meister?", fragte er abrupt. „Findest du ihn attraktiv?"

„Naja", meinte sie ausweichend.

Mannheim sah seine schöne Kollegin an. Er hatte noch nie begriffen, was in Frauen eigentlich vor sich ging. „Auf mich wirkt er wie ein Arschloch", meinte er.

„Beurteilst du Frauen ausschließlich nach ihrem Charakter?"

„Naja gut."

„Wer weiß, ob Meister uns überhaupt die Wahrheit erzählt? Vielleicht war die Affäre ja für Elena nur ein Nümmerchen, wie er es ausdrückt, und er wollte in Wirklichkeit viel mehr. Immerhin war sie die Tochter seines Chefs. Wenn er fest mit Elena Reichenberger liiert gewesen wäre, wenn er so eine Art Schwiegersohn des Professors geworden wäre, so wäre das für seine Karriere ganz bestimmt nicht von Nachteil gewesen. Vielleicht verunglimpft er sie, weil nämlich sie ihm den Laufpass gegeben hat."

„Das kann sein. Ich werde ihre Schwester fragen, ob sie irgendwas darüber weiß."

„Vielleicht hat er den Jaguar ja selbst angezündet, um die Versicherung abzuziehen", meinte Birgit. „Nein, dazu war er emotional zu erregt über den Schaden. Wir sehen uns am Nachmittag?"

„Es tagt mal wieder die Arbeitsgruppe", sagte Mannheim genervt. „Ich glaube, heute geht es um *Effizienz im Profiling.*"

„Ich bedaure dich", antwortete Birgit Allenare, um ihr tiefes Mitgefühl zum Ausdruck zu bringen. Seit einigen Wochen war Mannheim zu einer Fortbildung verdonnert worden, in der die *Arbeitsschritte der Kriminalistik aus der Sicht betriebswirtschaftlicher Effizienz* betrachtet wurden. Die Gruppe tagte immer mittwochs nachmittags.

„Wir haben drei Vorfälle an drei Tagen: Elena Reichenbergers Suicid, den Mord an Mario Rennerstieg und Meisters abgefackelten Jaguar“, schimpfte der Kommissar. „Und ich muss meine Zeit mit diesem neoliberalen Bullshit vergeuden.“

„Siehst du darin eine Logik?“ Birgit Allenare meinte nicht den Neoliberalismus, sondern die Ereignisse seit Elena Reichenbergers Freitod.

„Bis jetzt nicht.“ Er blickte Rat suchend in seine Kaffeetasse. „Cui bono?“, fragte er. „Wer profitiert davon? Zu wessen Nutzen ist das alles geschehen? Das ist doch immer die Frage. Dieser Nutzen kann in Geld bestehen. Aber noch häufiger besteht er in Gefühlen.“

15.

Sybill Reichenbergers TV-Studio lag nur wenige Kilometer entfernt, in der Greifenhagener Straße im Stadtteil Prenzlauer Berg. Robert Mannheim ging über den Hof zu einer einstöckigen, aus hellem Klinker erbauten und aufwändig renovierten Remise. Er läutete an einer schweren Metalltüre, hinter der, wie ein schickes, an Kandinsky erinnerndes Schild anzeigte, *FF-Fantastisch Fernsehen*, Frau Reichenberger Produktionsfirma, ihren Sitz hatte. Nach einigen Momenten öffnete ihm eine junge Frau in Jeans und T-Shirt. Er stellte sich vor. „Frau Reichenberger erwartet mich.“

Sie zog ein Handy aus ihrer Tasche. „Ein Kommissar von der Kripo ist da.“ Sie lächelte Mannheim zu. „Bitte!“

Metallene Treppenstufen führten nach unten in einen großen und vollkommen abgedunkelten Raum, der den Keller und die gesamte untere Etage der Remise einnahm. Die Wände waren schwarz gestrichen, vorn standen einfache Klappstühle aus schwarzem Plastik, dicht an dicht in engen Reihen, während sich weiter hinten unter einer abgehängten Decke eine große, aus einfachen Dielen gezimmerte Bühne erhob. Mannheim erblickte Kamerawagen, Scheinwerfer, Mikrophonangeln, an den Seiten etliche Bildschirme und jede Menge Kabel. An der Seite befand sich das goldene Pult für die Idiotenjury. Die junge Frau kletterte auf die Bühne und half einem Mann ein in Mannheims Augen recht sonderbares Equipment, eine Art Kombination von Glücks- und Folterrad, aufzubauen.

Sybill Reichenberger erschien in einer Tür an der Seite. Heute trug sie einen dunklen Businessanzug und hochhackige Pumps. Womöglich sah sie noch magerer aus als gewöhnlich.

„Guten Morgen!"

Mannheim hob grüßend die Hand. „Guten Morgen!" Er blickte sich anerkennend um.

„Dieser Raum war früher mal ein Kohlenlager", erklärte sie. Ihre Stimme klang irgendwie aufgekratzt. „Wirklich wurde er bis zum Ende der DDR in dieser Funktion genutzt. Die hatten ja damals alle diese komischen sozialistischen Kohleöfen. Wir haben das Haus schon in den Neunzigern gekauft, als es noch billig war, und alles umgebaut. Inzwischen ist es allerdings zu small für unsere purposes. Bitte, kommen Sie doch!"

Sie führte ihn in ein helles Treppenhaus und über Terracottastufen hinauf in die erste Etage.

„Gestern Abend habe ich Ihre Sendung gesehen", erzählte er.

„Und? Wie finden Sie's?"

„Na, ich gehöre vielleicht nicht hundertprozentig zu Ihrer Zielgruppe."

Sie lachte. „Ja, Sie haben ja auch einen vernünftigen Beruf."

„Ist einer Ihrer Kandidaten tatsächlich schon mal Manager geworden?"

Sie winkte. „Ach, Quatsch."

„Hm..."

„Die Menschheit besteht aus Idioten. Wer hat das noch mal gesagt?"

Sie traten in ein großes Büro: Mannheim erblickte einen Schreibtisch, Regale und Schränke aus Glas und Chrom, eine Sitzgruppe.

Frau Reichenberger wies auf die Stühle. „Einen Kaffee?"

„Lieber ein Wasser", antwortete der Kommissar.

„Gerne."

Sie drehte sich um und verschwand durch eine weitere Tür. Mannheim folgte ihr in eine kleine Teeküche. Sie nahm eine Flasche Wasser aus dem Kühlschrank - „Con Gas?“ - und stellte sie mit zwei Gläsern auf ein Tablett. „Entschuldigen Sie, dass ich nur begrenzt Zeit habe“, sagte sie. Ihre Stimme klang aufgekratzt und ihre Pupillen waren geweitet. Vielleicht konsumierte sie Drogen, um durch ihren stressigen Tag zu kommen. „Ich habe in einer halben Stunde einen Termin mit meinem Team“, fuhr sie fort. „Die Sendungen der vergangenen Woche werden ausgewertet. Manchmal fällt mitten in der Sendung die Quote und meistens hat das auch seinen Grund. Den müssen wir natürlich finden. Und wir haben ein neues Format in Planung.“

Sie kehrten in das Büro zurück und setzten sich. „*Rollentausch*, das ist der Arbeitsname“, erzählte sie. „Köche diskutieren über Politik, Politiker kochen, Fußballer sagen Gedichte auf, Sekretärinnen strippen, so ähnlich.“

„Klingt interessant.“

„Finden Sie? *Deutschland sucht den Superdichter* haben wir übrigens auch gerade in Planung. Wir sondieren aber noch den Markt. Wir wissen noch nicht, ob es für dieses Thema eine echte Nachfrage gibt.“

„Verkaufen kann man doch jeden Scheiß.“

Sie warf ihm einen schiefen Blick zu.

„Sie werden sicher ein paar bekannte Leute für die Jury finden“, meinte Mannheim und machte ein friedensstiftendes Gesicht.

„Ins Fernsehen wollen alle“, stimmte Sybill Reichenberger zu. „Irgendwann kommen die sogar ganz ohne Gage. Aber wie kann ich Ihnen helfen?“

Der Kommissar öffnete sein Notizbuch. Bislang hatte er in dieser Ermittlung zwar noch keinen einzigen Eintrag gemacht, aber das Buch funktionierte immer, solange er nur eine entsprechend wichtige Miene aufsetzte. Vielleicht sollte er sich ja doch als Schriftsteller casten lassen. „Meine Kollegen haben einige Aufzeichnungen Ihrer Schwester ausgewertet“, sagte er. „Da gibt es noch Fragen. Wir haben inzwischen Daten aus dem Rechner ihrer Schwester aufgefunden. Unter anderem schreibt sie auch über Sie.

Beispielsweise berichtet sie von dem Wellness-Wochenende, das sie im vergangenen Herbst zusammen unternommen haben. In Schloss Metersberg."

„Ja, das war schön", sagte Frau Reichenberger.

Er warf ihr einen interessierten Blick zu.

„Das war im letzten November", erzählte sie. „Wir waren in einem kleinen Schlosshotel unweit von Potsdam. Wir besitzen dort in der Nähe ein Grundstück, auf dem wir Außenaufnahmen mit den Kandidaten produzieren: Spezielle Mutproben und ähnliches. Ich habe das Schlösschen irgendwann mal entdeckt und Elena für ein Wochenende eingeladen."

„In ihren Aufzeichnungen beschwert Ihre Schwester sich darüber, dass Sie die große Schwester gespielt hätten."

Sybill Reichenberger zog hektisch die Brauen nach oben. „Naja, die ich bin ich ja auch. Wenn ich ihr mal finanziell mit ein paar Euros ausgeholfen habe, weil sie in ihrer tollen Weltverbesserei ihre Miete nicht mehr zahlen konnte, dann hatte sie nichts dagegen. Aber wenn ich mal ein Wort sagte – dann empörte sie sich!"

„Das soll es geben." Auch Mannheim hatte einen älteren Bruder, und er erinnerte sich daran, dass er sich als Jugendlicher selbst häufig gegängelt gefühlt hatte. „Wann haben Sie Ihre Schwester zum letzten Mal gesehen?"

„Wir haben mal telefoniert. Ich habe im Februar Geburtstag. Aber zum letzten Mal gesehen haben wir uns zu Weihnachten bei unserem Vater."

„Ich fürchte, das stimmt nicht ganz", erklärte der Kommissar. „Wir haben selbstverständlich das Handy ihrer Schwester ausgewertet. Sie hat vor ihrem Tod zwei Mal angerufen, das eine Mal sogar am Sonntag Nachmittag, also nur wenige Stunden vor ihrem Freitod."

Ihre Miene verschloss sich. „Ich habe Ihnen das nicht erzählt, weil es sich um sehr private Gespräche handelte. Lena hat mir von ihrer Absicht erzählt, sich umzubringen. Es ging ihr nicht gut. Ich habe versucht, sie von diesen Plänen abzubringen. Leider ohne Erfolg, wie wir wissen. Warum interessieren Sie sich überhaupt dafür?

Ist Selbstmord neuerdings verboten? Wollen Sie meine Schwester deswegen einsperren? Sie lebt nicht mehr."

„Nein, Selbstmord ist nicht verboten", antwortete Mannheim geduldig.

„Was wollen Sie dann?", rief sie.

„Könnte Ihre Schwester in dubiose Geschäfte verwickelt gewesen sein? Eine Bank in Singapur hat ihr 25 000 Dollar überwiesen. Wir wissen nicht, wofür eigentlich. Hat Ihre Schwester mal über dieses Geld gesprochen."

Sie warf Mannheim einen ratlosen Blick zu. „Nein."

„Ein Mitarbeiter von *EAT WELL* wurde gestern früh tot aufgefunden. Und zwar Mario Rennerstieg, der als IT-Fachmann für *EAT WELL* gearbeitet hat. Er wurde mit einer Axt erschlagen."

„Ich weiß. Aber was soll das mit meiner Schwester zu tun haben?"

Mannheim hob fragend die Brauen. „Woher wissen Sie von dem Toten?"

„Mein Vater und ich haben gestern Abend miteinander telefoniert. Wegen Elena. Bei dieser Gelegenheit hat er mir kurz davon erzählt."

„Kannten Sie Rennerstieg?"

„Und die Antwort lautet erneut: Nein!" Möglicherweise benutzte sie diesen Satz auch mitunter in ihrer Show, wenn die Leistungen eines Kandidaten sie schwer enttäuschten.

Der Kommissar nickte und machte sich eine Notiz: *Sie ist eine absolute Nervensäge und fertig mit der Welt. Eine miese Narzisstin. Lily hat wie immer recht: Man sollte sie federn und teeren und dann aus der Stadt jagen.* „In der vergangenen Nacht wurde nun Daniel Meisters Jaguar angezündet", sagte er wie zu sich selbst. „Und zwar vor seiner Wohnung in der Pankower Heinrich-Mann-Straße. Der Wagen ist vollkommen ausgebrannt."

Ein schadenfrohes Grinsen huschte für einen Atemzug über Sybill Reichenbergers Gesicht.

„Ihre Schwester und Meister hatten ja mal eine Liebesgeschichte. Wer hat die eigentlich beendet?"

„Keine Ahnung." Ihr Gesicht sah immer schmal aus, aber nun standen ihre Wangenknochen noch härter hervor. Der Kommissar blickte in eine Maske.

„Ihre Schwester schreibt, Sie hätten sich ebenfalls für Meister interessiert, aber erfolglos." Manchmal verspürte auch er eine Neigung zum Sadismus.

Die junge Frau funkelte ihn wütend an. Sie suchte nach Worten. „Na toll", schnauzte sie. „Wie Sie das Unterste nach oben kehren!"

„Mein Job. Meister ist so eine Art Alphamännchen?"

„Sie können sich ja als Psychologe für meine Show bewerben."

„Danke." Der Kommissar besaß bislang auch nicht die Spur eines Beweises, dass Elenas Selbstmord mit Rennerstiegs Tod zu tun hatte. Aber sein Gefühl sagte ihm, dass er den Boden des Brunnens noch längst nicht sah. Und dass dieser Brunnen voller Unrat und Müll war. „Wer könnte die Wohnung Ihrer Schwester durchwühlt haben?", fragte er.

„Keine Ahnung. Das habe ich doch gestern schon gesagt." Sybill Reichenberger warf einen demonstrativen Blick auf ihre Armbanduhr.

„Rennerstieg hatte anscheinend den Rechner Ihrer Schwester gehackt. Jedenfalls besaß er sehr private Dateien Ihrer Schwester. Aber warum hat er sich überhaupt dafür interessiert?"

Sie schien vollkommen überrascht. „Das verstehe ich auch nicht."

„Wonach könnte er gesucht haben?"

„Ich weiß es nicht."

„Eine Frage noch: Ihre Schwester schreibt an einer Stelle über den Freitod Ihrer Mutter."

Sybill Reichenberger schwieg.

„Wie hat sie sich getötet?"

„Sie hat Schlaftabletten genommen." Ihre Unterlippe zitterte.

„Warum hat sie sich getötet?"

„Weil sie depressiv war," sagte sie kalt.

Mannheim sah die junge Frau an.

„Unser Vater hat hemmungslos in der Gegend herum gevögelt. Er war dauernd auf Geschäftsreisen und hat eben nichts anbrennen lassen. Unsere Mutter hat das nicht mehr ausgehalten und sich schließlich umgebracht. Zuvor gab es Unmengen Streit und Tränen. Von Seiten unserer Mutter, unserem Vater war das alles zu viel. Der konnte mit sowas noch nie umgehen. So war das!“

„Wie alt waren Sie damals?“

„Ich war zwölf. Elena war zehn. Was sollen diese Fragen eigentlich?“ Sie kämpfte mit den Tränen.

„Nun hat sich auch ihre Schwester umgebracht.“

„Ja, wir sind halt eine merkwürdige Familie“, keifte sie. Dann sprang sie jäh auf und öffnete die Tür zum Treppenhaus. „Was geht Sie das alles an? Hauen Sie ab! Ich habe zu arbeiten!“

Der Kommissar erhob sich. Wenn Frau Reichenberger so ähnlich mit ihren Mitarbeitern umsprang, waren die Jobs in ihrer Firma kein Zuckerschlecken. Aber vielleicht musste man so sein, wenn man das große Geld machen wollte. „Wenn Rennerstieg den Rechner Ihrer Schwester tatsächlich geknackt hat, dann vielleicht mit Wissen Ihres Vaters. Aber was hat er gesucht?“

„Ich weiß es nicht. Ich werde meinen Vater fragen. Aber ich habe jetzt zu tun. Ich muss Geld verdienen, wissen Sie.“

„Viel Erfolg dabei.“ Mannheim trat in das Treppenhaus und sie knallte die Tür hinter ihm zu. Langsam ging er die Treppe nach unten und über den Hof. Er hatte gerade die Greifenhagener Straße erreicht, als sein Handy *Murder on the Dancefloor* spielte. Sara, die ihm das Arrangement programmiert hatte, hatte von ihrem eigenen Geschmack doch nicht ganz absehen können.

„Ja, bitte.“

„Reichenberger-Stein hier“, erklärte der Professor. „Wie gut, dass ich Sie erreiche.“ Seine Stimme klang angespannt.

Mannheim blieb im Sonnenschein stehen. „Was gibt es?“

„Ich glaube, ich benötige Ihre Hilfe! Können Sie in meinem Büro vorbei schauen?“

„Jetzt gleich?“

„Es wäre am besten!“

„Worum geht es?“

„Das möchte ich Ihnen lieber persönlich erklären. Wann können Sie hier sein?"

Der Kommissar wollte noch einen Kaffee trinken und sich das Gespräch mit Sybill Reichenberger durch den Kopf gehen lassen. Auf welches Detail hatte er nicht geachtet? Wie war das Verhältnis der beiden Schwestern tatsächlich gewesen? Mannheim wandte sich in Richtung der Gethsemanekirche, wo es mehrere Cafés gab. Für Rotwein war es eindeutig noch zu früh, also würde er vielleicht noch ein Stück Kuchen essen. Was hätte Gennat an seiner Stelle gemacht? Doch Gennat war so viel besser gewesen als er. „Ich muss hier noch ein paar Dinge abarbeiten. Aber so um die Mittagszeit könnte ich bei Ihnen sein."

„Ich erwarte Sie!"

16.

Die Gegend um den Schlesischen Bahnhof hatte sich in den vergangenen zwanzig Jahren vollkommen verändert. In den längst vergangenen Zeiten der Mauerstadt hatte sich hier das hinterste Ende des damaligen Kreuzberg SO 36 befunden – *Südost 36* hatte der Postzustellbezirk geheißen, ein von Gott und vor allem von der Marktwirtschaft vergessener Ort, in einem abgelegenen Knie der Mauer gelegen, in dem sich ein Soziotop aus türkischen Immigranten, linksradikalen Studenten, Alternativen, Künstlern und Bohemiéns angesiedelt hatte. Kreuzbergs Image zehrte noch immer von dieser Vergangenheit, auch wenn inzwischen ganz andere Menschen hier lebten und die Gegend zum Touristenhype geworden war.

Birgit Allenare fuhr zu den Klängen von Bellinis *Norma* über die Oberbaumbrücke und suchte sich einen Parkplatz in der Köpenicker Straße. Als Gymnasiastin war sie für einige Monate mit einem ziemlich verkifften Typen zusammen gewesen, der in der Pücklerstraße gewohnt hatte, einem jungen Maler, der das sogenannte *brutal punk painting* erfunden und damit sogar eine gewisse lokale Bekanntheit erreicht hatte. Leider waren seine Werke dann doch zu markerschütternd dissonant gewesen, als dass irgendwelche reichen Leute sie sich ins Büro oder in die Diele gehängt hätten und ihm der große Durchbruch gelungen wäre. Sie hatte keine Ahnung, was aus diesem Leo geworden war, aber als typischer Berliner Kreativer lebte er sicher längst von Hartz IV. Sie erinnerte sich noch gut an endlose Züge durch die Kneipen bis hinüber zur Hard Core Discothek *Bronx* auf der anderen Seite der U-Bahntrasse. Doch das lag alles schon über zwanzig Jahre zurück.

Fairfood hatte seinen Sitz in einem Hinterhof auf der Spreeseite der Köpenicker Straße. Die Kommissarin stieg eine alte Holztreppe nach oben in die vierte Etage und klingelte. Eine junge Frau öffnete und sie betrat einen Empfangsraum mit einem Schreibtisch und einem Regal mit Flyern und Infomaterial. Sie stellte sich vor und die Frau führte sie weiter in eine große, zur Spree hin gelegene Fabriketage: Tische, beladen mit Computern und Druckern, Regale, vollgestopft mit Aktenordnern, Papierstapeln und Infomaterial, große Fenster mit Blick auf den sonnenbeschienen Fluss. An den gekalkten Wänden hingen Plakate von *fairfood*. Eines zeigte eine Reihe von Reagenzgläsern, in denen bunte Chemikalien vor sich hin brodelten, kombiniert mit der Frage: *Wollen Sie das wirklich essen?* Zwei junge Männer und eine Frau arbeiteten an den Rechnern.

„Die Kommissarin", sagte die junge Frau.

Eine Migrantin in einem schicken Businessanzug trat auf die Kommissarin zu. „Dr. Didem Kilic", stellte sie sich vor. Birgit schätzte sie auf Anfang Dreißig, sie sah schlank und sportlich aus mit schulterlangem, dunklem Haar. „Ich bin Lebensmittelchemikerin. Wir haben gestern telefoniert."

„Das war meine Kollegin.". Natascha hatte den Termin vereinbart. „Birgit Allenare." Sie zeigte ihren Dienstausweis.

„Worum geht es denn?" Frau Kilic warf einen erstaunten Blick auf die grüne Lockenpracht der Kommissarin.

„Können wir uns irgendwo ein paar Minuten ungestört unterhalten?"

„Bitte, kommen Sie!“ Dr. Kilic öffnete eine Tür und sie traten in einen kleinen Büroraum. Durch das Fenster hatte man wieder einen schönen Blick auf die Spree.

Sie setzten sich an einen Schreibtisch. „Frau Elena Reichenberger hat für Sie gearbeitet?“, fragte die Kommissarin.

Dr. Kilics Miene wurde abweisend. „Nein, wie kommen Sie darauf?“

„Aber Sie kennen Sie?“

„Ja. Wir haben ihr mit Informationen für ihre Masterarbeit geholfen. Wir unterstützen viele Studenten.“

„Frau Reichenberger hat sich am vergangenen Sonntag das Leben genommen.“

Dr. Kilic sah die Kommissarin erschrocken an. „Oh!“

„Sie hat sich an einer Spreebrücke im Tiergarten erhängt“, erklärte Birgit. „Es gibt da einige Dinge, die wir noch nicht verstehen. Beispielsweise wurde Frau Reichenbergers Wohnung durchsucht und wir wissen nicht, wieso und von wem. Und sie wurde vor einiger Zeit Opfer eines Überfalls. Deswegen fragen wir nun genauer nach.“ Sie zog ihren Laptop aus ihrer Ledertasche und öffnete ihn. Sie hatte gestern Abend noch einige Dokumente, die die Spurensicherung auf Rennerstiegs Rechner gefunden hatte, in einem speziellen Ordner zusammengestellt.

„Ich weiß nicht, ob ich da helfen kann“, meinte Frau Kilic.

„Sagt Ihnen diese Tabelle etwas?“ Die Kommissarin öffnete eine Tabelle, in der es um Aubergine und Paprika ging.

Dr. Kilic beugte sich interessiert nach vorn. „Das ist eine Untersuchungsreihe, die sich mit den Auswirkungen einer Substanz namens *fresh season* auf die hier oben genannten Früchte zu beschäftigen scheint“, erklärte sie. „*Fresh season* wird dazu genutzt, um solche Früchte länger haltbar zu machen. Jedenfalls sehen sie dann länger frisch aus, wenn sie im Laden liegen. Ob sie`s auch tatsächlich sind, ist allerdings eine andere Frage. Zudem ist der Stoff nicht unumstritten hinsichtlich bestimmter gesundheitlicher Risiken. Wo haben Sie das her?“

„Das stammt von Frau Reichenbergers Rechner.“

„Sie wollte ihre Arbeit über PR-Strategien in der Lebensmittelindustrie schreiben. Es sollte also um die Vermarktung der Waren gehen, sie war ja auch Politologin. Hier handelt es sich aber um Lebensmittelchemie."

„Sind diese Daten irgendwie brisant?"

Dr. Kilic zuckte mit den Schultern. „Besaß Elena denn noch mehr solcher Tabellen?"

Birgit Allenare nickte und öffnete einige weitere Dateien und Diagramme

„Da geht es immer um das *fresh season*", erklärte Dr. Kilic. „Die Substanz wird auch als DD3 bezeichnet, das klingt natürlich nicht so schön, deswegen der amerikanische Name. Das Problem besteht darin, dass DD3 möglicherweise krebserregend ist. Das ist aber noch nicht erwiesen. Es handelt sich um eine typische Designersubstanz, von der amerikanischen Lebensmittelindustrie erschaffen, und nun auf ihrem Siegeszug rund um die globalisierte Welt."

„Können Sie mir mehr darüber erzählen?"

„Einer der Bestandteile von DD3 ist Glycidol. Das wird als Stabilisator für alle möglichen Pflanzenöle eingesetzt, es schützt die Molekülverbindungen vor den schädlichen Wirkungen von Licht, um es mal so auszudrücken, und es ist nicht weiter bedenklich. Unter bestimmten Bedingungen kann aus Glycidol aber ein Stoff namens Glycida-Ester entstehen. Oder auch Glycida-3-Ester-Plus. Das ist so was ähnliches wie Äther. Und dieses Glycida-Ester oder Ester-Plus ist ganz sicher krebserregend. Es ist nun aber umstritten, ob sich im DD3 oder in den damit behandelten Früchten dieser Stoff bildet oder nicht. Mit diesem Problem scheinen sich diese Versuchsreihen zu beschäftigen. Ich hoffe, dass ich mich halbwegs verständlich ausgedrückt habe?"

„Die Früchte sehen länger frisch aus, wenn sie mit diesem Zeugs behandelt werden. Aber möglicherweise kann man davon Krebs bekommen?"

„Ja, im Kern verhält es sich so."

„Wird das DD3 denn in Deutschland benutzt?", fragte die Kommissarin.

„Die allermeisten dieser Früchte werden ja gar nicht hier erzeugt. Die kommen aus dem Mittelmeerraum, vor allem aus Spanien und aus Italien. Dort könnte *fresh season* genutzt werden. Die Einfuhr dieser Früchte könnte dann verboten werden, wenn die krebserregende Wirkung nachgewiesen wäre. Und natürlich auch die Verwendung des DD3."

„Das klingt alles sehr nach Konjunktiv."

„Ja sicher. Das ist ja auch alles noch unklar. Und man sollte niemals etwas behaupten, was man nicht auch tatsächlich beweisen kann. Sonst kann es schnell sehr teuer werden."

„Und es ist kompliziert, eine solche krebserregende Wirkung nachzuweisen?"

„Ziemlich kompliziert. Das liegt einerseits am Gegenstand selbst: Es braucht aufwändige Versuchs- und Messreihen, um eine Gesundheitsgefährdung nachzuweisen, beziehungsweise um fremde Faktoren verlässlich auszuschließen. Diese Forschung ist natürlich teuer und Geld ist knapp. Jedenfalls bei den unabhängigen Forschungsinstituten. Es geht bei dem DD3 eben um massive finanzielle Interessen. Und die befördern den Nachweis einer Gesundheitsgefährdung natürlich nicht gerade."

„Ahja."

„*Fresh season* bedeutet ein Milliardengeschäft", fuhr Dr. Kilic fort. „Wie gesagt: Es sorgt dafür, dass die Waren, die im Supermarkt oder beim Discounter im Regal liegen, für einige Tage länger frisch und vollwertig aussehen. Letztlich ist das alles nur schöner Schein, auf die Erhaltung der Vitamine hat das DD3 gar keinen Einfluss. Aber was soll's? Sie müssen wissen, dass heute ein großer Teil der Früchte, die in den Regalen liegen, weggeworfen wird. Und zwar, weil sie nicht mehr hundertprozentig neuwertig aussehen. Das ist vollkommen unsinnig: Wenn ein Apfel an einer Stelle angeschlagen ist, dann kann man das wegschneiden und den restlichen Apfel gut essen. Aber das macht halt niemand. Die Kunden verlangen Ware, die aussieht wie aus dem Ei gepellt. Also wird der Apfel weggeschmissen. Wenn Sie eine Plastikschale mit Pfirsichen haben, fünfhundert Gramm, und eine Frucht ist ein bisschen angetätscht, so werfen die Läden die ganze Schale weg. Es wäre nämlich viel zu teuer, jemanden zu bezahlen, der die Packung öffnet, den unschönen Pfirsich aussortiert und den Rest lose ins Regal legt. Also werden ganze Paletten voller Tomaten, Zuchini oder anderer Früchte und Gemüse einfach auf den Müll gekippt, wenn nur ein paar davon nicht mehr hundertprozentig schön sind. Im besseren Fall landen die Sachen bei der Armenspeisung irgendeiner Tafel. Wenn die Früchte aber mit *fresh season* behandelt sind und deswegen länger schön aussehen, dann kann man natürlich auch sehr viel mehr davon verkaufen."

„Ach so", meinte Birgit Allenare.

„Rechnen Sie das einfach hoch: Es geht ja nicht nur um den deutschen Markt. Es geht um Nordamerika und die EU. Letztlich geht es um den globalen Lebensmittelmarkt. *Fresh season* bedeutet Hunderte Milliarden an Gewinn. Pro Jahr. Milliarden pro Monat. Ich habe vor einiger Zeit einen Aufsatz gelesen, in dem sogar vor einem Marktkollaps aufgrund des DD3 gewarnt wurde. Wir haben ja heute schon eine massive Überproduktion an Lebensmitteln. Das klingt vielleicht ein bisschen merkwürdig angesichts des weltweiten Hungers oder angesichts der Armut selbst hier in Deutschland. Es ist aber so! Allein die EU produziert ein solches Übermaß an hochsubventioniertem Hähnchenfleisch, dass sie es für Dumpingpreise in Afrika verschleudern müssen. Auch wenn sie damit die lokalen Märkte und Kleinbauern ruinieren. So viele Menschen sind heute arm, obwohl die Welt noch niemals so reich war. Und mit dem DD3 wird die Menge der zu verkaufenden Lebensmittel noch mal ganz extrem gesteigert."

„Wie wird es denn angewendet?", fragte Birgit Allenare.

„Die Früchte werden damit besprüht", erklärte Dr. Kilic. „*Fresh season* konserviert die Schale. Innen ist die Frucht vielleicht schon verrottet und faulig, aber sie sieht immer noch toll aus."

„Dann ist das doch reiner Betrug."

„Naja. Was ist kein Betrug?"

„Wenn ein Krebsrisiko nachgewiesen wäre, dann wäre das Geschäft aber beendet."

„Sicher. Jedenfalls das legale. In der EU und sicher auch in Nordamerika würde die Verwendung von DD3 untersagt."

„Wie weit ist die Forschung inzwischen gediehen?"

„Die entscheidenden Weichen werden wie immer in den USA gestellt", sagte Dr. Kilic. „Dort gibt es die mit Abstand größten Kapazitäten. Die Forschung in Deutschland ist nicht so toll. Bei uns ist alles unterfinanziert und es wird überall nur gespart. Wenn Sie an der Uni für ein Hungerhonorar Privatdozentin werden, dann können Sie schon von Glück sagen, ja. Und der Weg zur wissenschaftlichen Karriere führt halt auch nicht über die Kritik von Industrieinteressen. In den USA gibt es immerhin ein paar Institute, die massiv Verbraucherinteressen wahrnehmen."

„Elena Reichenberger war im vergangenen Winter in Pittsburgh", erklärte Birgit Allenare. „Warten Sie mal!" Sie suchte nach dem Foto, das den jungen Mann mit den Wuschelhaaren vor dem Institutsgebäude zeigte. „Kennen Sie den?"

„Woher sollte ich den kennen? Aber er sieht nett aus. Und *Institute of Biochemistry* ist ja schon mal vielversprechend."

„Sein Vorname lautet Bill."

Dr. Kilic schwieg. Aber dann hatte sie eine Idee. „Darf ich mal?" Sie schaltete den alten Rechner ein, der auf dem Tisch stand und seine Zeit brauchte, bis er Windows endlich geladen hatte, ging ins Internet und suchte die Website der *University of Pittsburgh.* Von dort ging sie weiter zum *Institute of Biochemistry* und dann zur Liste der Institutsmitarbeiter. In der Tat entdeckte sie einen Bill Parsons, der als *Associate Professor* am Institut arbeitete. Sie klickte auf den Namen und eine Aufnahme des jungen Mannes mit den Wuschelhaaren erschien. Er stand in einem weißen Hemd vor einer Tafel, die mit chemischen Formeln beschrieben war, machte ein wichtiges Gesicht und schien gerade einen Vortrag zu halten. Ein kurzer Text erklärte, dass er vierunddreißig Jahre alt war, in Ames, Iowa, geboren, und sich vor allem mit der Biochemie in der Lebensmittelherstellung beschäftigte.

„Das ist er!", rief Birgit Allenare. Nun fügten sich endlich einige Steine zusammen. „Frau Reichenberger hat übrigens noch mehr Fotos von ihm gemacht. Sie scheinen sich ganz gut gekannt zu haben."

„Dann hat also Parsons ihr die Daten überlassen?"

„Es sieht so aus. Wir werden ihn fragen." Birgit dachte einen Augenblick nach. „Sie war ja die Tochter von Professor Reichenberger-Stein, dem Chef von *EAT WELL*. Das ist eine typische Lobbyistenvereinigung?"

„Ohne jeden Zweifel", stellte Dr. Kilic fest und reckte angriffslustig das Kinn nach vorn.

„Haben die mit *fresh season* zu tun?", fragte die Kommissarin.

„Naja, die promoten und pushen alles, was die Branche hervorbringt. Kritik an der Branche bekämpfen sie dagegen mit allen Mitteln. In Deutschland gibt es allerdings noch keine öffentliche Diskussion über das DD3. Wir versuchen natürlich, die anzustoßen. Aber bislang verfügen wir ja über noch keine handfesten Forschungsergebnisse, auf die wir uns berufen könnten. Wegen möglicher Schadensersatzklagen müssen wir sehr vorsichtig sein. Bei den Summen, die auf dem Lebensmittelmarkt umgesetzt werden, können Sie leicht errechnen, dass solche Forderungen uns sehr schnell in den Bankrott treiben würden."

„Es könnte also sein, dass Frau Reichenberger gegen die Organisation ihres Vaters in Stellung gehen wollte?"

„Vielleicht."

„Was meinen Sie?"

„Wir hatten den Eindruck, dass Elenas Position ein bisschen widersprüchlich war."

Birgit Allenare wurde nun endgültig neugierig. „Wie kommen Sie darauf?"

„Naja..."

Birgit wartete.

„Da wurde uns ein sonderbares Dokument zugespielt", erklärte Dr. Kilic vorsichtig. „Und zwar über die Überweisung von 25 000.- US-Dollars auf ihr Konto. Getätigt von einer mehr als dubiosen Firma, die in einer Steueroase auf den Kanalinseln sitzt. Die ausführende Bank sitzt in Singapur." Sie brach ab.

„Wir wissen von dem Geld", erklärte die Kommissarin. „Es ging tatsächlich auf Frau Reichenbergers Konto ein. Deklariert war es als Beraterhonorar. Was oder wen sie beraten hat oder nicht hat, wissen wir bislang nicht. Sie wollte die Dollars aber gar nicht haben und sie hat sie wieder zurück überwiesen. Daraufhin hat die Bank das Geld ein zweites Mal auf ihr Konto geschoben. Wir können uns da noch keinen Reim drauf machen. Wann ging das Dokument bei Ihnen ein?"

„Das war vor vielleicht vierzehn Tagen. Per E-Mail."

„Von wem stammte die Mail?"

„Die war anonym. Sie können sich ja leicht eine Adresse organisieren und unerkannt bleiben. Wir erhalten öfters solche Hinweise. Manche davon sind wertvoll für unsere Arbeit, deswegen sehen wir die uns immer an. Auch in den Lobbyvereinigungen gibt es inzwischen Leute, die diesen ganzen Betrug nicht mehr mitmachen wollen."

„Haben Sie Frau Reichenberger auf die Dollars angesprochen?"

„Ja."

„Und?"

„Sie ist weggelaufen. Sie hat gesagt, dass das eine Riesenschweinerei sei. Dann hat sie angefangen zu weinen und ist aus dem Zimmer gerannt."

„Wann war das?", fragte Birgit Allenare.

„Vor einer Woche. Donnerstag. Glauben Sie, dass das was mit ihrem Selbstmord zu tun hat?

„Ich weiß es nicht. Auf alle Fälle ist es sehr verständlich, dass Sie sie auf das Geld angesprochen haben. Haben Sie sie danach noch einmal gesehen?"

„Nein."

Beide schwiegen.

„Da gibt es noch etwas", sagte Frau Kilic.

„Ja?"

„Da sind Fotos gekommen. Ebenfalls als E-mail-Anhang. Das waren pornographische Bilder. Wir hatten den Eindruck, dass sie auf den Strich geht oder so."

„Oh. Kann ich die Bilder mal sehen?"

„Ich weiß nicht."

„Das war vielleicht alles ein abgekartetes Spiel. Ich wäre dankbar, wenn Sie mir helfen würden."

Dr. Kilic wandte sich wieder dem Rechner zu, wählte einen Account aus und öffnete ein Foto. Es zeigte Elena Reichenberger, die sich auf einem schwarzen Ledersofa räkelte. Ihr langes Haar fiel ihr lasziv über das Gesicht und das einzige, was sie trug waren lange, schwarze Strümpfe und hochhackige Pumps. Sie sah ausgesprochen verführerisch aus und war sich dieser Wirkung wohl auch bewusst.

Die große Überraschung war: Über dem Sofa hing das pornographische Gemälde von Justus Müller-Badisch, das die Polizisten erst heute früh in Daniel Meisters Wohnzimmer gesehen in der Heinrich-Mann-Straße hatte. Ohne Zweifel räkelte Frau Reichenberger sich auf Meisters Couch.

„Wie finden Sie das?“, fragte Frau Kilic.

„Sie sah doch gut aus! Ich weiß übrigens, wo diese Aufnahme gemacht wurde. Haben Sie noch mehr davon?“

„Ja.“ Frau Kilic öffnete einige weitere Aufnahmen, die ohne Zweifel ebenfalls in Daniel Meisters Wohnung geschossen worden waren. Alle zeigten eine nackte Elena Reichenberger.

„Könnten Sie mir diese Fotos schicken?“ Birgit zog ihre Visitenkarte hervor, auf der nicht nur ihr Dienstsitz und ihre diversen Telefonnummern vermerkt waren, sondern auch ihre E-Mail-Adresse, und reichte sie der Verbraucherschützerin.

„Kann ich das einfach so machen?“

„Sicher.“

„Wo wurden die Bilder denn aufgenommen?“

„Das kann ich Ihnen im Augenblick nicht sagen“, antwortete die Kommissarin. „Aber es sieht alles nach einem Komplott aus.“

„Wir haben ihr ja nur bei ihrer Uni-Arbeit geholfen.“

„Haben Sie vielleicht noch mehr Überraschungen auf Lager?“, fragte Birgit Allenare.

„Nein. War das noch nicht genug?.“

„Doch!“ Die Kommissarin lächelte und blätterte in ihren Notizen. „Wie kamen Sie denn mit Frau Reichenberger in Kontakt?“

„Ich nehme an, dass sie hier irgendwann mal aufgetaucht ist.“

„Wissen Sie noch, wann das war?“

„Ich glaube, im vergangenen Sommer. Vielleicht vor einem Jahr."

„Welche Fragen stellte sie genau?"

„Wir führen tägliche etliche Beratungen durch. Ich müsste mal nachsehen, wir fertigen immer ein kleines Protokoll an." Sie beschäftigte sich mit ihrem Rechner. „Es ging ihr von Anfang an um die Vermarktung von Früchten", erklärte sie nach einem Augenblick. „Das war das Thema ihrer Masterarbeit am Otto-Suhr-Institut. Sie interessierte sich vor allem für die manipulativen Strategien, nach denen die Verkaufsregale bestückt werden. Da hat sie sogar an einer unserer Arbeitsgruppen teilgenommen." Sie klickte auf ihrem Rechner. „Irgendwann muss sie dann auf das *fresh season* gekommen sein. Ich habe ihr gesagt, dass das ein heißes Eisen ist."

„Woher wusste sie denn davon?"

„Es wird immer eine Menge geredet. An der Uni. Bei Initiativen. Elena hatte Kontakt zu *Free Nature.* Das sind Radikale, so eine Art Pedant zu *Sea Shepherd. Sea Shepherd* ist ein wilder Ableger von Greenpeace, die rammen Schiffe, die Walfang betreiben und ähnliches. *Free Nature* verwüstet Felder mit gentechnisch manipulierten Pflanzen und solche Sachen. Es gibt sogar Gerüchte, dass sie Brände in bestimmten Instituten gelegt haben sollen. *Fairfood* hat mit denen nichts zu schaffen, wir arbeiten seriös und im Rahmen der Gesetze. Aber *Free Nature* hat Elena wohl auf das *fresh season* aufmerksam gemacht. So steht es hier jedenfalls."

„Wo finde ich diese *Free Nature*?"

„Naja, die haben keine Räumlichkeiten, so wie wir. Erstmal existieren die nur im Netz. Es gibt natürlich auch eine praktische Ebene. Aber inwiefern diese Ebene für die Polizei greifbar ist, weiß ich wirklich nicht."

Birgit Allenare klappte ihr Notizbuch zu. „Frau Reichenbergers Rechner wurde aus ihrer Wohnung entfernt. Deswegen können wir ihre Post nicht einsehen."

„Vielleicht gibt es ja V-Leute bei *Free Nature*?"

„Das könnte sein."

„Leider hat der Staat sich schon lange davon verabschiedet, die Branche im Sinne der Verbraucher zu beaufsichtigen und zu regulieren“, sagte Dr. Kilic. „Das beste Beispiel ist die Lebensmittelampel, die jeder, der auch nur ein bisschen was von der Sache versteht, für sinnvoll ansieht und die dennoch durch reinen Lobbyisteneinfluss verhindert wurde.“

„Ich bin bloß von der Mordkommission“, sagte die Kommissarin. „Die ist da nicht zuständig.“

17.

Robert Mannheim wurde bei *EAT WELL* bereits sehnsüchtig erwartet. Kaum war er durch die gläserne Eingangstür getreten, als Emilija ihm auch schon von ihrem Tischchen aus beflissen zulächelte und den Hörer ihres Telefons abnahm. Nur einen Moment später trat Professor Reichenberger-Stein höchstselbst aus seinem Büro.

Er sah angespannt und unruhig aus. Die Wolfsaugen musterten den Kommissar forschend. „Herr Mannheim, gut dass Sie da sind.“ Er streckte seinem Besucher tatsächlich die Rechte entgegen.

Mannheim verzichtete lieber auf den Handschlag. „Guten Tag.“

„Bitte, treten Sie ein!“

Reichenberger-Stein wies auf den Tisch aus edlem Holz. „Ich habe bereits gehört, dass Dr. Meisters Wagen vergangene Nacht angezündet wurde. Aber es ist noch etwas viel Besorgniserregenderes geschehen. Erinnern Sie sich an unseren Dr. von Welzow?“

Mannheim nickte. „Meine Kollegin und ich haben gestern mit ihm gesprochen.“

„Nun. Er ist seit heute früh verschwunden.“ Der Professor rang die Hände. „Er hat sich kurz nach sieben vor seinem Haus in Tegel-Konradshöhe in seinen Wagen gesetzt, um hier her zu fahren. Aber er ist nie angekommen. Dabei hatten wir ein Meeting, bei dem er eine Präsentation halten sollte. Ich habe vor zwei Stunden mit seiner Frau gesprochen und er wollte den Vortrag natürlich geben. Um pünktlich zu sein, hatte er sogar darauf verzichtet, seinen kleinen Sohn bei der Schule vorbei zu fahren, was er für gewöhnlich tut."

„Naja, vielleicht hatte er einen Unfall." Doch der Kommissar kannte die Antwort schon.

„Nein, nein. Ich habe Emilija selbstverständlich gebeten, in den Krankenhäusern anzurufen. Sie hat sogar bei Ihren Kollegen von der Verkehrspolizei nachgefragt. Dr. von Welzow ist verschwunden. Jetzt ist es schon Mittag!"

„Nach unserer Erfahrung ist das noch keine lange Zeit", beruhigte der Kommissar. „Menschen verschwinden immer wieder und tauchen dann auch wieder auf, manchmal mit den kuriosesten Begründungen. Vielleicht ist alles ganz harmlos. Vielleicht hat er sich gestern Hals über Kopf verliebt und liegt irgendwo in einem Hotelbett. Vielleicht ist er auf die Idee gekommen, alles stehen und liegen zu lassen und nach Südamerika auszuwandern."

„Nein, nein!", wiederholte Reichenberger-Stein. „Sie verkennen die Lage. Dr. von Welzow ist nicht durchgebrannt. Da ist etwas passiert."

„Wie kommen Sie darauf?"

„Na." Reichenberger-Stein schien sprachlos.

„Was für ein Vortrag war das denn, den er halten sollte?", fragte Mannheim.

Der Professor schien den Sinn dieser Frage nicht ganz zu begreifen. Er rutschte unruhig auf seinem Stuhl vor und zurück. „Ach, nichts Besonderes. Wir bieten unter anderem Rechtsberatung für unsere Partner an. Das wollen wir verstärken und einen Instrumentenkasten zur Verfügung stellen. Man muss sich schließlich gegen Verleumdungen wehren können. Dr. von Welzow wollte über den Stand der Arbeiten referieren."

„Wer war bei dem Meeting anwesend?" Mannheim zog sein Notizbuch hervor.

„Dr. Wibster. Herr Franz. Frau Schusterus. Dr. Nass. Frau Schnede. Ich selbst natürlich."

Der Kommissar notierte sich die Namen. „Hat jemand dieser Herren und Damen eine Verbindung zu Dr. von Welzow, die über das rein berufliche hinaus geht?"

„Nicht dass ich wüsste."

„Dr. Meister war nicht anwesend?"

„Nein, juristische Details fallen nicht unter seine Kompetenz. Er ist unser Mann fürs Kommunikationsmanagement."

„Er verkauft *EAT WELL* ans breite Publikum?"

Reichenberger-Stein legte die Stirn in tadelnde Falten. „Ihre Formulierung ist vielleicht etwas burschikos. Aber unter anderem..."

„In welchem Fach hat Herr Meister eigentlich seinen Doktor gemacht?"

Reichenberger-Stein warf dem Kommissar einen irritierten Blick zu. „Er hat in Philosophie studiert. Nietzsche. Aber das kann mit Dr. von Welzows Verschwinden doch rein gar nichts zu tun haben."

„Wann haben Sie Dr. von Welzow zum letzten Mal gesehen?"

„Das war gestern Abend. Einer unserer Partner gab einen kleinen Empfang im *Edelweiß-Club*. Da eröffnen sich immer Sphären für informelle Gespräche."

„Mit wem hatte er denn gesprochen?"

„Das kann ich Ihnen so nicht sagen", erklärte der Professor ein wenig muffelig. Die grauen Wolfsaugen blickten kühl. „Aber da war sicher niemand, der ihm etwas Böses gewollt hätte."

„Wer hat den Empfang gegeben?"

„Der *Generalcampaine Handel*. Das ist ein Verbund diverser Partner, großer Handelsunternehmen eben, die gemeinsam auf die politischen Entscheidungsträger zugehen und ihre Hilfe anbieten wollen. "

„Ach so."

„Die Abgeordneten brauchen immer Entscheidungshilfen. Die *Generalcampaine* ist da ein wichtiger Player. Neben anderen natürlich."

„Ja. Mario Rennerstieg war am Montag Abend kurz vor seinem Tod bei Ihnen im Elvirasteig", erklärte Mannheim unvermittelt. „Was wollte er? Worüber haben Sie gesprochen?"

Reichenberger-Stein machte ein verblüfftes Gesicht.

„Wir haben sein Navigationsgerät ausgewertet. Er hatte es gegen 21.30 programmiert und ist vom Gendarmenmarkt, also vermutlich von diesem Büro aus, zu Ihnen nach Zehlendorf gefahren. Er muss also irgendwann nach 22 Uhr bei Ihnen gewesen sein. Vermutlich war das kurz nachdem ich mich verabschiedet hatte."

„Ja", bestätigte der Professor knapp.

„Sein Handy ist durch die Stunden im Wasser leider ziemlich in Mitleidenschaft gezogen worden. Aber die Kollegen arbeiten dran, es vielleicht doch wieder zum Funktionieren zu bringen. Was wollte er bei Ihnen?"

„Er hatte mich angerufen", erklärte Reichenberger-Stein gequält. „Es ging um ein paar Details. Es hatte da einen Hackerangriff auf unser Netzwerk gegeben. Wir hätten das auch noch am folgenden Morgen besprechen können. Aber ich habe es mir zum Prinzip gemacht, immer für meine Mitarbeiter da zu sein."

„Das ist schön von Ihnen", meinte Mannheim sarkastisch. „Da wir gerade bei Hackern sind: Mario Rennerstieg ist wohl in den Rechner Ihrer Tochter Elena eingedrungen. Ging es darum in Ihrem abendlichen Gespräch?"

„Wie kommen Sie denn darauf, dass er Elenas Rechner angegriffen hat?"

„Wir haben auf Rennerstiegs Laptop sehr intime Daten Ihrer Tochter sichergestellt. Darunter sogar Teile eines Tagebuches, private Fotos und von ihr selbst verfasste Gedichte. Rennerstieg war doch Computerexperte. Hatte er einen Trojaner auf Elenas Rechner installiert?"

„Woher soll ich das denn wissen?"

Mannheim warf dem Professor einen genervten Blick zu. „Ich will Ihnen helfen", erklärte er. „Ich stehe auf Ihrer Seite. Ich bin die Polizei und es ist meine Aufgabe, die Bürger zu beschützen. Einer ihrer Mitarbeiter ist tot und ein anderer wurde möglicherweise entführt. Aber ich kann Ihnen nicht helfen, wenn Sie nicht kooperieren. Wenn Sie mir nichts erzählen! Ich sehe ja die Reihe: Den Selbstmord Ihrer Tochter, den Mord an Rennerstieg, den Brandanschlag auf Dr. Meisters Auto, das Verschwinden von Dr. von Welzow. Wie soll das weitergehen?"

„Ich weiß es nicht." Für eine Sekunde fiel Reichenberger-Steins Maske und er sah so alt und mutlos aus, wie er sich wohl tatsächlich fühlte.

„Warum haben Sie mir nichts von Rennerstiegs Besuch erzählt?"

„Warum? Warum? Ich habe keine Ahnung, aus welchem Grund er kurz darauf umgebracht wurde. Oder von wem er getötet wurde. Aber glauben Sie mir das?"

„Ich glaube überhaupt nichts", sagte Mannheim. „Ich höre nur zu!"

„Ja, Rennerstieg war in Elenas Computer eingedrungen. Ich weiß nicht, warum er das gemacht hat. Ich glaube, das hat er aus eigenem Antrieb getan. Das hat er mir jedenfalls so erzählt. Es scheint ihm Spaß gemacht zu haben, fremde Rechner zu hacken."

Für Mannheim ergab diese Aussage keinen großen Sinn. Doch diese Bewertung behielt er lieber für sich. „Wie hat er das denn überhaupt gemacht?", fragte er. „Hat er das erzählt?"

„Er hat Elena eine Mail geschickt. Von meiner E-Mail-Adresse hier im Büro aus. Es war wohl nicht schwierig, da rein zu kommen. Meine Tochter hat die Mail geöffnet und damit war der Trojaner auf ihrem Rechner installiert. Ein normales Virenschutzprogramm konnte ihn wohl nicht erkennen. Rennerstieg konnte sich nun in ihren Daten bewegen, wie er wollte. Das geht offenbar alles ganz einfach."

„Aber was hat er gefunden, dass er so dringend mit Ihnen sprechen wollte?"

Der Professor blickte aus dem Fenster auf die Kuppel des Französischen Doms. „Elena hatte Kontakt mit einigen von unseren Kritikern aufgenommen", erklärte er mit einem Tonfall, als schäme er sich. „Ich will Sie da nicht mit Details langweilen. Ich musste wissen, ob sie vor ihrem Tod vielleicht bestimmte Daten weiter gegeben hatte. In einer Kurzschlusshandlung sozusagen. Deswegen sind Herr Rennerstieg und ich ein paar Punkte durchgegangen."

„Die Polizei arbeitet mit Einzelheiten", sagte Mannheim. „Von welchen Kritikern sprechen Sie?"

„Ach, diese ganzen Öko-Apostel: Tierschützer, Veganer, Weltverbesserer. Die gibt's doch wie Sand am Meer."

„Welche Daten meinen Sie?"

„Elena war im vergangenen Winter in die Staaten geflogen", erzählte Reichenberger gequält. Es schien ihm einen fast körperlichen Schmerz zu bereiten, dass sein eigen Fleisch und Blut ihn verraten hatte. „Nach Pittsburgh, um genau zu sein. Dort hat sie sich mit einem Mitarbeiter von Professor Weidberg, einem international bekannten Lebensmittelchemiker und bekennendem Globalisierungskritiker, eingelassen und der hat ihr Zugang zu seinen Forschungsdaten eröffnet. Illegal, nehme ich an."

Der Kommissar machte ein interessiertes Gesicht. „Wer ist dieser Weidberg?"

„Wie gesagt: Er ist Professor an der *University of Pittsburgh*. Und er hasst die Lebensmittelindustrie. Er behauptet, wir würden in Asien und Afrika die Kleinbauern ruinieren. Ganz besonders hasst er die Lebensmittelbörse in Chicago. Naja, er vertritt eben eine andere Position als wir."

„Seine Forschungsergebnisse könnten Ihnen hier in Deutschland gefährlich werden?"

„Gefährlich ist zu viel gesagt. Aber Ärger könnten sie machen. Natürlich, wir leben in einer globalisierten Welt. Und Elena pflegte halt auch Kontakt zu Radikalen."

„Was für Radikale?", fragte Mannheim.

„Ach, Kritiker von Gentechnik und so. Wie gesagt: Öko-Apostel. Für die hegte sie gelegentlich Sympathien."

„Ihre Befürchtungen haben mit einem Stoff namens *fresh season* zu tun?"

Reichenberger-Stein warf dem Kommissar einen erstaunten Blick zu. „Woher wissen Sie von *fresh season*?"

„Wir haben in Herrn Rennerstiegs Rechner drüber gelesen." Tatsächlich hatte Birgit Allenare ihren Kollegen telefonisch über das Gespräch mit Dr. Kilic informiert.

Der Professor schöpfte gequält Atem. In diesem Augenblick begriff Mannheim, dass der mächtige Chef von *EAT WELL* den Gang der Ereignisse in keiner Weise mehr im Griff hatte.

„Das *fresh season* wird dazu verwandt, Obst und Gemüse länger frisch zu erhalten“, erklärte Reichenberger-Stein. „Prof. Weidberg hat sich in die Idee verbissen, dass es unter bestimmten, sehr eng eingegrenzten Umständen krebserregend sein könnte und forscht in dieser Richtung. Ich kann Ihnen versichern, dass das totaler Quatsch ist. *Fresh season* wird sich als wahrer Segen erweisen. Aber es gibt eben viele Leute, die verstehen nicht viel von Wissenschaft und regen sich gerne auf. Viele Menschen sind vollkommen irrational... Und auf der anderen Seite verlangen unsere Kunden ganz exquisite Ware. Die arbeiten hart für ihr Geld und stellen dafür verständlicherweise höchste Ansprüche. Wenn eine Frucht nicht mehr absolut schön aussieht, kann man sie nicht mehr verkaufen. Ich sage Ihnen: Dass ist verrückt, aber es ist die Wahrheit! Wir machen alles, was die Kunden wünschen, auf diese Weise verdienen wir schließlich unser Geld. Also arbeiten wir dran, die Früchte länger frisch zu erhalten. Aber jede Innovation wirft eben auch Probleme auf. Das ist eine wissenschaftliche Binse, nicht wahr. Ich weiß auch nicht, wie Elena auf das *fresh season* kam, sie arbeitete ja an ihrer Examensarbeit zum Thema Marketing. Aber irgendwie muss sie mitbekommen haben, dass sich da womöglich was anbahnt. Natürlich wollte sie alles ganz genau wissen und ist deswegen in die USA geflogen. Sie hatte dann diese Daten in ihrem Besitz, sie muss Weidbergs Mitarbeiter wohl vollkommen den Kopf verdreht haben, darin war sie ein Naturtalent. Wie ihre Mutter übrigens. In einem Streit hat sie mir damit gedroht, alles ins Netz zu stellen. Das ganze Material. Ich bin auch für Transparenz, aber man soll die Menschen nicht mit Dingen behelligen, die sie ohnehin nicht verstehen. Ich habe mit meinen Mitarbeitern über das Thema gesprochen und so ist Herr Rennerstieg wohl auf die Idee gekommen, den Rechner anzugreifen. Als sie dann tot war...“ Er brach ab. „Ich musste einfach wissen, was sie genau in der Hand gehabt und was sie möglicherweise weitergegeben hatte.“

„Weitergegeben an wen?“

„Was weiß ich denn?“, fauchte Reichenberger-Stein. „Genau das will ich ja selbst wissen. Was denken Sie, mit welch harten Bandagen heute in der Branche gekämpft wird? Und gleichzeitig ist es eine Art Volkssport geworden, gegen alles zu sein, was irgendwie von weitem nach Fortschritt riecht. Seien es neue Technologien, seien es Flughäfen, Bahnhöfe oder Kraftwerke. Sofort erhebt sich Widerstand! Auf der Stelle wird mit Dreck geworfen! Ich habe mal geschrieben, als das Rad erfunden wurde, gab es in Deutschland womöglich Proteste, weil einige Idioten glaubten, sie würden jetzt überrollt. Und wenn jemand einen gewissen Erfolg verzeichnen kann, dann wird er erst recht zur Zielscheibe von Neid und Missgunst."

„Tja", sagte Mannheim. Womöglich machten Macht und Reichtum ja tatsächlich paranoid. „Wieso hat Ihre Tochter Ihnen gedroht?"

„Da gingen Persönliches und Berufliches durcheinander. Wir hatten Probleme."

„Welcher Art?", bohrte der Kommissar.

Reichenber-Stein richtete seinen Oberkörper kerzengerade auf als wolle er seine Kräfte straffen. „Elena warf mir gelegentlich vor, ich hätte mich nicht ausreichend um sie und ihre Schwester gekümmert, als die zwei noch klein waren. Vielleicht habe ich ja tatsächlich einiges falsch gemacht. Mein Gott, ganz sicher sogar. Man macht immer Fehler, vor allem wenn man viel arbeitet und häufig auf Reisen ist. Und Elena konnte mitunter sehr moralisch sein, wenn Sie wissen, was ich meine. Das hat sie ebenfalls von ihrer Mutter geerbt. Da half dann gar nichts mehr. Da hat sie dann nur noch rot gesehen."

„Ich habe ebenfalls eine Tochter", sagte Mannheim, „Ich weiß, dass das manchmal ein schwieriges Verhältnis sein kann."

„Allerdings", pflichtete Reichenberger-Stein mit ebenso genervtem wie selbstgerechtem Tonfall bei.

„Aber man muss damit zurecht kommen. Sind denn schon irgendwelche Daten irgendwo aufgetaucht?"

„Bisher nicht. Soweit wir das wissen."

Mannheim warf dem Professor einen fragenden Blick zu.

„Das Netz ist ja unendlich."

„Ja, klar."

„Mein Gott“, rief Reichenberger-Stein. „Wir werden pausenlos von Leuten angegriffen, die zwar keine Ahnung von der Sache haben, aber verbissen nach jeder Schwäche suchen. Darin scheinen die ihren Lebenssinn zu finden. Das sind Spinner. Die kennen nichts als ihren Wohlstand. Die meinen, das Leben sei ein Spiel. Deutschland geht es so gut wie niemals zuvor, und die sind dennoch gegen alles.“

Mannheim nickte. Wenn Reichenberger-Stein auf Fragen seiner Töchter ebenfalls mit solchen mehr oder weniger paranoiden Tiraden reagiert hatte, dann wurden Elenas Depressionen und Sybills Magersucht ihm immer verständlicher. Immer wieder gab es Skandale mit Lebensmitteln, die massiv mit Schadstoffen belastet waren. Oder die in kaum noch genießbarem Zustand aus reiner Profitgier auf den Markt gebracht wurden. Zudem lebten in Deutschland Millionen Menschen, die zur kostenlosen Lebensmittelverteilung gehen mussten, um wenigstens halbwegs über die Runden zu kommen. Doch all das schien in Reichenberger-Steins Vorstellungswelt nicht zu existieren.

„Lassen Sie uns noch einmal auf den Montagabend zurückkommen“, bat er. „Wie war das genau? Wo haben Sie mit Herrn Rennerstieg gesprochen?“

„In meinem Arbeitszimmer. In dem auch wir uns unterhalten haben.“

„Es hätte also passieren können, dass ich ihm begegnet wäre?“

„Ich habe die Termine entsprechend abgestimmt.“

„Ach so. Wie lange dauerte Ihr Gespräch ungefähr?“

„Vielleicht eine halbe Stunde.“

„Danach ist Herr Rennerstieg mit seinem Wagen weggefahren? Mit dem BMW?“

„Ja.“

„Haben Sie das gesehen?“

„Ich habe ihn zur Haustür gebracht. Er ist dann weggefahren. Was soll er sonst gemacht haben?“

„Hat er gesagt, wohin er wollte?“

„Nein. Aus welchem Grund hätte er das tun sollen?“

„Ist Ihnen irgendwas an seinem Verhalten aufgefallen? War er während des Gesprächs vielleicht unruhig? Wirkte er ängstlich? Besorgt?“

„Nein, überhaupt nicht. Er war wie immer. Konzentriert, sachlich. Deswegen verstehe ich ja auch überhaupt nicht, dass er kurz darauf getötet wurde. Das ergibt für mich keinen Sinn!“

In dessen letzten Worten schwang wieder ein gequältes Aufstöhnen mit, das wahrhaftig zu sein schien.

„Ist Ihnen vielleicht irgend etwas aufgefallen, als Sie Herrn Rennerstieg zur Haustür gebracht haben?“, fragte Mannheim. „Hat vielleicht ein fremder Wagen auf der Straße gestanden? Es kommt auf jedes Detail an!“

Reichenberger-Stein schüttelte den Kopf. „Nein, da war nichts. Aber ich habe auf so etwas ja auch gar nicht geachtet. Weshalb hätte ich das denn tun sollen?“

„Was haben Sie dann gemacht?“

„Ich habe noch ein Glas Rotwein getrunken. Naja, es waren wohl einige Gläser. Ich war bis zum frühen Morgen auf. Ich habe an Elena gedacht. Was sollte ich denn machen? Zum Schlachtensee gehen und mich ertränken? Dazu kann ich zu gut schwimmen.“ Seine Augen wurden feucht.

Der Kommissar schob sein Notizbuch in die Tasche seines Sakkos. „Wie gesagt: Ich habe ebenfalls eine Tochter. Ich wüsste nicht, was ich tun würde, wenn sie sterben würde. Wir werden Dr. von Welzow zur Fahndung ausschreiben. Auch nach seinem Wagen werden wir suchen. Vielleicht klärt sich ja alles sehr schnell auf. Und wir werden natürlich auch mit seiner Frau sprechen.“

„Ja.“

„Sie hören von uns“, sagte der Kommissar mit einem leicht drohenden Unterton.

18.

Charlene von Welzow war eine schlanke Frau mit lockigen, brünetten Haaren und braunen Augen. Sie war einige Jahre jünger als ihr Mann, Anfang dreißig, und mit ihrer straffen Körperhaltung, ihrer gesunden Gesichtsfarbe und ihrem distanziert freundlichen Lächeln erschien sie Birgit Allenare wie ein weibliches Musterbild der selbstbewussten und emanzipierten Middle-Class.

Sie berichtete, dass ihr Mann heute früh gegen sieben Uhr mit seinem Wagen in die Stadt gefahren war. Er war wegen seines Vortrages unter Zeitdruck gewesen und hatte deswegen ihren Sohn Manuel ausnahmsweise nicht bei seiner Kita vorbeibringen können. Gegen zehn Uhr hatte Emilija Voratschowa, die Sekretärin von *EAT WELL*, in der Pankower *Wohlstand-für-Alle-Grundschule*, in der Frau von Welzow als Lehrerin arbeitete, angerufen, um sich nach seinem Verbleib zu erkundigen. Etwa eine halbe Stunde später, in der Pause, hatte Charlene dann mit Prof. Reichenberger-Stein persönlich telefoniert. Sie konnte sich keinen Reim auf das Verschwinden ihres Mannes machen, allerdings wirkte sie recht gefasst.

„Was für einen Wagen fährt Ihr Mann?“, erkundigte sich Birgit Allenare. Es war jetzt gegen vierzehn Uhr. Die Familie von Welzow lebte in der oberen Etage eines schönen, großzügigen Hauses in der Sperberstraße im Reinickendorfer Stadtteil Konradshöhe. Das einstöckige, weiß gestrichene Gebäude beherbergte zwei Familien und war umgeben von einem gut gepflegten Garten mit Blumenbeeten, Grillofen und Kinderschaukel, nur durch einen Zaun vom Fußweg am Havelufer getrennt. Vom Wohnzimmer der Familie aus hatte man einen schönen Blick auf den trägen, in der Frühsommersonne schimmernden Fluss, an dessen Ufer sich gerade eine Gruppe von wandernden Rentnern niedergelassen hatte. Auf den ersten Blick war hier die Berliner Welt noch in Ordnung.

„Nico fährt einen dunklen Mercedes. E-Klasse.“ Frau von Welzow nannte die KFZ-Nummer.

Die Kommissarin notierte sich die Nummer. „Ich bräuchte ein neueres Foto Ihres Mannes“, erklärte sie.

„Klar.“ Charlene von Welzow verließ den Raum. Birgit Allenare blieb an dem großen Esstisch sitzen und blickte sich um: Ein Sofa mit Couchtisch, hohe Bücherregale, allerlei Unterhaltungselektronik, eine Ecke voller Kinderspielzeug, eine offene Küche. Die Familie lebte in gediegenem Wohlstand.

Nach einem Augenblick kehrte Frau von Welzow mit einem Bild ihres Mannes zurück.

„Danke.“ Die Kommissarin musterte Nico von Welzows beinahe weiche Gesichtszüge. Wahrscheinlich war er ein gutmütiger Vater. „Wir werden Ihren Mann zur Fahndung ausschreiben“, sagte sie. „Es ist gut möglich, dass wir ihn in ein paar Stunden schon gefunden haben.“ Sie sah Charlene an und bemerkte nun doch Anspannung in der Miene der jungen Frau. „Wo stand der Mercedes in der vergangenen Nacht?“

„Auf der Straße.“

„Sie haben keine Garage?“

„Es gibt eine. Aber die gehört zu der Wohnung im Erdgeschoss.“

„Menschen verschwinden manchmal aus den sonderbarsten, manchmal aber auch aus den naheliegendsten Gründen. Hat Ihr Mann eine Geliebte? Ich muss Sie das fragen.“

Charlene von Welzow sah die Kommissarin an. „Nein. Das glaube ich nicht.“ Sie schien nachzudenken, konnte aber ihre Anspannung nicht verbergen. „Ich hatte jedenfalls niemals das Gefühl.“

„Gibt es Probleme in Ihrer Ehe?“

„Nein. Es gibt natürlich eine Menge Alltag. Wir sind beide berufstätig und entsprechend eingespannt. Die Jungs haben selbstverständlich ihre Ansprüche. Aber es läuft gut. Ich könnte mir gar keinen besseren Mann vorstellen als Nico. Ich habe immer geglaubt, oder gehofft, dass er ganz genauso empfindet.“ Sie sah verletzlich aus.

„Haben Sie andere Sorgen?“, fragte die Kommissarin. „Vielleicht wegen Geld?“

„Nein. Geld haben wir genug."

„Aber warum könnte Ihr Mann verschwinden? Gibt es vielleicht irgendwas aus seiner Vergangenheit, das ich wissen müsste?"

Charlene von Welzow lächelte ratlos. „Nico ist ein absolut lieber und netter Mensch. Ich kann mir überhaupt nicht vorstellen, dass jemand einen Groll gegen ihn haben könnte."

„Wie lange kennen Sie sich?"

„Gut zehn Jahre. Er hat an der Humbold-Uni Jura studiert und damals haben wir uns kennengelernt."

„Sie sind ebenfalls Juristin?"

„Nein. Ich habe Englisch und Französisch studiert. Ich wollte ans Gymnasium, bin dann aber an der Grundschule gelandet. Drüben in Pankow, das ist wenigstens kein so weiter Fahrweg. In Berlin muss man nehmen, was man kriegen kann."

„Sie haben zwei gemeinsame Söhne?"

„Tom und Manuel. Tom ist sieben geworden und Manu vier."

„War in der letzten Zeit irgendwas besonderes? Hatten Sie vielleicht Ärger."

„Nein, es war alles wie immer."

„Worüber haben Sie und Ihr Mann sich heute früh unterhalten?"

„Morgens geht es bei uns immer hektisch zu. Ich musste nach Tom und Manuel sehen. Vor allem Manu will manchmal nicht so recht. Er ist immer so langsam und verträumt. Ich musste das Frühstück machen. Nico hat sich in seinem Arbeitszimmer noch rasch einen Text ausgedruckt. Dann haben wir kurz zusammen eine Tasse Kaffee getrunken und dann musste er auch schon los."

„Gestern Abend ist Ihr Mann erst spät nach Hause gekommen?"

Charlene nickte. „Er hatte ein Meeting."

„Im *Edelweiß-Club*?"

„Das weiß ich nicht. Irgendwo in Mitte eben."

„Ihr Mann verdient gut?"

„Ja, natürlich." Sie schien von dieser Frage überrascht.

„Gestern früh wurde ein Kollege Ihres Mannes tot im Wannsee gefunden", erklärte Birgit Allenare. „Herr Mario Rennerstieg.

Er arbeitete als IT-Fachmann für *EAT WELL*. Jemand hat ihn mit einer Axt erschlagen. Und heute in den frühen Morgenstunden ist die Jaguarlimousine von Dr. Daniel Meister ausgebrannt."

„Oh..." Charlene von Welzow warf der Kommissarin einen verunsicherten Blick zu.

„Ich kann also nicht ausschließen, dass das Verschwinden Ihres Mannes vielleicht mit seinem Job zu tun hat."

„Aber Nico hat doch nur seinen Job erledigt."

„Was macht Ihr Mann denn genau?"

„Er ist juristischer Senior Konsultant. Also sozusagen der Anwalt und juristische Berater für alles. Der Chef der juristischen Abteilung. Nico hat ein Prädikatsexamen abgelegt, konnte sich seinen Job also aussuchen. Wir wollten in Berlin bleiben und *EAT WELL* zahlt in der Tat gut. Deswegen hat Nico sich für die entschieden. "

„Hat er vielleicht mal erzählt, dass er bedroht wurde? Gab's vielleicht mal komische Anrufe? Hier oder in seinem Büro?"

„Nein, nicht dass ich wüsste."

„Was macht er denn so im Einzelnen?"

„Das weiß ich nicht. Da müssen Sie den Professor fragen." Die junge Frau strich sich eine Locke aus dem Gesicht und nagte nervös an ihrer Unterlippe.

„Sagt Ihnen der Name *fresh season* etwas?", fragte Birgit ins Blaue hinein. „Oder DD3? Das ist eine neue Substanz, mit der das Gemüse in den Supermarktregalen länger frisch gehalten werden sollen."

„Keine Ahnung." Aber dann fiel ihr doch etwas ein. „Nico hat kürzlich mal von einer neuen Methode erzählt, die auf den europäischen Märkten installiert werden soll. Ich glaube, dabei geht es tatsächlich um Früchte aus den Mittelmeerländern. Tomaten, Zuchinis und so. Der Professor hat einen großen Bonus in Aussicht gestellt, wenn das gut läuft."

„Könnte es denn Schwierigkeiten geben?"

„Ich weiß es nicht. Naja, Boni werden eigentlich immer gezahlt. Anders kann man gute Leute heute gar nicht mehr in den Unternehmen halten. Die wären sehr schnell weg."

„Mit welchen Summen rechnen Sie denn so?"

„Das kann man schwer sagen."

„So ungefähr vielleicht?"

„Hunderttausend eventuell, möglicherweise auch mehr."

„Und wann sollten die ausgezahlt werden?"

„Große Boni kommen in der Regel zum Jahresende. Wir haben drüber gesprochen, weil wir hier noch immer zur Miete wohnen", erklärte Charlene. „Wir würden diese obere Etage und das Dach natürlich gerne kaufen – on the long run ist Kaufen ohnehin billiger und da käme der Bonus natürlich gut."

„Klar. Wissen Sie, woher dieses Geld fließen würde?"

„Na, die Stiftung, also *EAT WELL*, wird von den Partnern finanziert. Das ist die Lebensmittelbranche. Die Ernährungsindustrie. Von daher kommt das Geld. Kommunikation bedeutet heute alles und *EAT WELL* kommuniziert. Wenn die Firmen gute Geschäfte machen, geben sie auch was an ihre Mitarbeiter weiter."

„Ja, das ist schön", konnte Birgit sich nicht enthalten zu sagen.

„Ich weiß, dass da manches merkwürdig scheinen muss", erklärte Charlene von Welzow ein wenig drucksend. „Als Lehrerin verdient man ja auch nicht so wahnsinnig viel. Jedenfalls im Vergleich mit Nicos Einkommen. Und das, obwohl man studiert hat und eine Menge Verantwortung trägt. Das ist schon ungerecht."

„Manche Leute meinen, dass dieses *fresh season* krebserregend sei. Und dennoch soll es auf dem europäischen Markt verwendet werden. Wenn die Früchte länger frisch aussehen, kann man natürlich mehr davon verkaufen und größere Gewinne machen."

„Davon weiß ich nichts", sagte Frau von Welzow abweisend. „Naja", meinte sie dann aber, „ich finde es ja auch sonderbar, dass wir in unserer Familie die allermeisten Lebensmittel im Bioladen kaufen und Nico das Geld dafür bei einem Lobbyistenverband verdient, der unter anderem Junkfood propagiert. In der Schule gebe ich mir jede Mühe, den Kindern Wissen über gesunde Ernährung zu vermitteln. Aber von meinem Lehrerinnengehalt allein könnten wir uns unseren Lebensstil oder diese Wohnung halt auch nicht leisten. Es sind doch die Politiker, die immer nachgeben und sich auf die Seite der Industrie stellen..." Sie brach ab.

Die Kommissarin klappte ihr Notizbuch zu und schob es in ihre lederne Umhängetasche. Die afrikanischen Immigranten, die in Spanien die Tomaten für einen Elendslohn ernteten, bekamen unter Garantie keine Boni. Ebenso wenig wie die Leiharbeiter, die in Deutschland die Früchte verluden. Oder die in den Discountern schufteten. „Ich lasse jetzt unsere Fahndungsmaschine anlaufen", erklärte sie. „Vielleicht haben wir Ihren Mann ja in ein paar Stunden schon gefunden."

„Hoffentlich". Die beiden Frauen erhoben sich. „Ich bringe Sie noch raus."

„Gerne." Birgit Allenare lächelte aufmunternd. „Wann kommt Ihr großer Sohn aus der Schule?"

„Um vier."

„Ich muss meinen nachher aus seiner Kita abholen."

19.

Birgit blieb unschlüssig in ihrem Wagen sitzen. Sie fand Charlene von Welzow gar nicht unsympathisch. Die junge Frau hatte eine Menge in ihrem Leben erreicht: Sie hatte einen Mann, mit dem sie sich gut zu verstehen schien, sie hatte zwei Söhne, Geld, ein Haus. Die Kommissarin selbst war alleinerziehend und ihr Alltag bestand aus einem ewigen Kampf gegen Stress, Termindruck und Frust, der sie irgendwann einmal umbringen würde. Sie mochte fremde Familien, vielleicht weil auch sie selbst schon das Kind einer alleinerziehenden Mutter gewesen war. Sie hatte keine Ahnung, welches Spiel im Augenblick gegeben wurde, aber ihr Gefühl sagte ihr, dass die von Welzows darin nur kleine Player waren.

Sie zog ihr Handy aus ihrer Tasche und wählte Nataschas Nummer. „Hi", sagte sie. „Könntest du mal wegen einem Nikolaus von Welzow recherchieren. Er arbeitet ebenfalls für *EAT WELL*. Ist anscheinend ein Einser-Jurist. Ich schätze ihn auf Anfang vierzig, seine Frau heißt Charlene und ist Lehrerin an der *Wohlstand-für-Alle-Grundschule*. Vielleicht hat er ja ein geheimes Laster, oder so. Gut, ich warte auf deinen Rückruf."

„Wohlstand für Alle…“, murmelte Natascha. „Ich setze mich gleich dran.“

Die Kommissarin betrachtete das große, sonnenbeschienene Haus, in dem die Familie lebte. Konradshöhe war ein ausgesprochen gutbürgerlicher Wohnbezirk. In den schmalen, verkehrsberuhigten Straßen standen alte Bäume und die Häuschen hatten höchstens zwei Geschosse und waren von großen Gärten umgeben. Nach einiger Zeit kam ein blonder Junge aus der Haustür. Das musste der vierjährige Manuel sein. Er hatte ein rotes Bobbycar und fuhr unermüdlich auf dem betonierten Fahrweg zwischen Garage und Straße hin und her.

Birgit Allenares Wagen stand ein Stück weit die Straße hinunter, so dass er vom Haus aus kaum auffallen konnte. Nachdenklich beobachtete sie den spielenden Jungen. Auf der Welt hatte alles seinen Preis und irgendwer musste auch für diesen satten Wohlstand zahlen. Sie machte sich wieder an die Arbeit und wählte die Nummer des Staatsschutzes: Hauptkommissar Stefan Schwan hatte vor Jahren mit ihr und Robert Mannheim bei der Mordkommission gearbeitet, dann jedoch den bohemehaften Lebensstil seiner Jugendjahre entsorgt und weitere Stufen auf der Karriereleiter erklommen. Seit zwei Jahren war er Gruppenleiter beim Polizeilichen Staatsschutz des LKA Berlin.

„Hi, Birgit hier“, sagte sie.

„Signorina. Wie geht’s denn so?“ Stefan hatte sie schon immer heftigst angeflirtet.

„Ganz gut. Und selbst?“

„Ochja. Ist Robby immer noch so schlechter Laune wie früher?“

„Seit Lily bei ihm wohnt, ist er wie ausgewechselt.“

„Vielleicht sollte ich wieder bei euch anfangen?“

„Immer.“ Sie hielten einen Augenblick Small Talk. „Ich habe ein paar Fragen“, sagte Birgit schließlich. „Wir bearbeiten diesen IT-Spezialisten aus der Havel, Mario Rennerstieg.“

„Habe ich schon von gehört.“

„Und?“

„*EAT WELL* ist eine große Nummer. Der Chef gehört zu den oberen Zehntausend. Von ganz Deutschland."

„Kannst du ein bisschen aus dem Nähkästchen plaudern?"

„Da war ich noch nie drinnen."

„Jaja. Wie würdest du *EAT WELL* charakterisieren?"

„*Money makes the world go round.* Wohlgemerkt: Wir sprechen über eine Branche, in der die Milliarden im Wochentakt umgesetzt werden. Außerdem hält gutes Essen bekanntlich nicht nur Leib und Seele zusammen, sondern auch die Gesellschaft: Die Mittelschichten verlangen gutes Essen und wollen nichts von den Armen hören!"

„Wahrscheinlich. Heute früh ist der Jaguar eines führenden *EAT WELL* Managers abgefackelt worden und nun ist auch noch der Top-Jurist verschwunden." Sie berichtete in kurzen Worten, was geschehen war.

„Das klingt nicht gut", sagte Stefan.

„Was könnten die Hintergründe sein?"

Er lachte. „Alles und jedes. Diese Leute verfügen nicht nur über das große Geld, sondern auch über Geheimnisse. Da kann die Mafia hinter stecken, die internationale Konkurrenz, irgendeine Geldgeschichte, was weiß ich."

„Tja", meinte Birgit.

„Eins ist komisch: Bislang steht Reichenberger-Stein noch nicht bei uns auf der Matte. Doch das sollte er eigentlich tun. Schließlich scheint ihm gerade sein gesamter Laden um die Ohren zu fliegen. Eigentlich müsste er jetzt aus Leibeskräften Mord und Totschlag schreien und die schwerbewaffnete Kavallerie zu seinem Schutz anfordern. Aber er hält merkwürdig still."

Die Kommissarin fand diesen Gedanken einleuchtend. „Und was bedeutet das?"

„Das müsst ihr herausfinden. In kürzester Zeit gibt es einen Toten, einen Vermissten und ein abgefackeltes Auto. Berlin ist inzwischen Metropole. Oder versucht es jedenfalls."

„Also hängt Reichenberger-Stein mit drin?"

„Das hast du gesagt", meinte Stefan. „Du warst schon immer ein bisschen schnell im Schlussfolgern, Signorina. Vielleicht hat er auch einfach Angst. Vielleicht geht es um ganz was anderes. Das alles stinkt!"

„Kennst du den *Edelweiß-Club*?", fragte Birgit.

„Willst du dir einen Politiker kaufen?"

„Reichenberger-Stein und der verschwundene Jurist waren gestern Abend dort. Auf irgendeinem Empfang."

„Der *Edelweiß-Club* ist erste Adresse. Dort verkehren alle, die in der Hauptstadt mitmischen: Politiker, Lobbyisten, Industrielle, Banker, Medienchefs, ein paar Künstler und Schauspielerinnen als Zierwerk. Herausragendes Essen, herausragender Wein, gutgebaute Damen – alles, was das mächtige Herz begehrt. In gehobener Atmosphäre trifft man Entscheidungen auf informeller Ebene. Wer weiß, was dort alles ausgehandelt wird? Drei ehemalige Außenminister verkehren dort regelmäßig." Stefans Stimme klang, als sage diese Bemerkung buchstäblich alles über den Club. „Man kann nur auf persönliche Empfehlung hin aufgenommen werden und der Mitgliedsbeitrag ist fünfstellig."

„Also ist der Club genau der richtige Ort für *EAT WELL*?"

„Die könnten ihn erfunden haben", meinte Stefan sarkastisch. „Er liegt übrigens am Spittelmarkt und soll einen tollen Dachgarten mit Topblick über die Stadt haben. Immer nur das Beste."

Birgit sah, wie Charlene von Welzow aus der Haustür trat. Sie rief Manuel etwas zu. Der Junge blickte kurz auf, wandte sich dann aber wieder seinem Auto zu. Frau von Welzow lief unwillig zu ihm hin und nahm ihn bei der Hand. Mit der Linken hob sie das Bobby-Car auf und zerrte ihn in Richtung Haustür. Der Junge war natürlich nicht begeistert, folgte aber widerstrebend. Beide verschwanden im Haus.

„Kennst du einen Daniel Meister?", fragte Birgit.

„Nein, wer ist das?"

„Der Besitzer des Jaguars. Wie steht es mit *fairfood*?"

„Das sind für seriöse Verbraucherschützer."

„*Free Nature*?"

„Die haben ein Rad ab: Ultraradikale."

„Kannst du dir vorstellen, dass die den Jaguar angezündet haben?"

„Vorstellen kann ich mir Vieles“, meinte Stefan. „Gewalt gegen Sachen schließen die nicht aus. Sie praktizieren sie sogar. Allerdings machen sie das nicht heimlich, sondern versuchen ihre Aktionen in aller Regel als Medienevents zu inszenieren. Sie befreien Hühner aus ihren Ställen, verwüsten Genfelder und ähnliches. Vergangenen Januar hätten sie um ein Haar auf der *Grünen Woche* eine Rauchbombe gezündet, der Wachschutz konnte sie gerade noch davon abhalten. Da wäre den Besuchern aber der Schweinsbraten in der Kehle stecken geblieben. Kann schon sein, dass es bei *Free Nature* auch Pyromanen gibt, die gerne Autos anzünden. Aber bisher veranstalteten die immer ein Riesen-Tamtam um ihre Taten.“

„Wie komme ich an *Free Nature* ran? Gibt's da ein Büro? Einen Ansprechpartner?“

„Du kannst es mal über Facebook versuchen. *Free Nature* ist so ein informeller Zirkel, die Leute kennen sich natürlich, aber wir kennen sie nicht. Und bislang haben sie ja auch noch nichts wirklich Böses getan. Rein inhaltlich gesehen sind ihre Thesen vielleicht ein bisschen radikal, aber keineswegs abwegig.“

In diesem Augenblick trat Charlene von Welzow wieder aus der Haustür. Sie hatte eine kurze Lederjacke übergeworfen und lief mit schnellen Schritten durch den Garten zur Straße. Sie stieg in einen roten Smart.

„Höre mal, ich muss Schluss machen“, sagte Birgit Allenare.

Der Smart bog aus seiner Parklücke, wendete und fuhr die Straße in östlicher Richtung hinunter, vorbei am Wagen der Kommissarin. Die duckte sich rasch unter das Armaturenbrett. „Tschüss!“, sagte sie und unterbrach das Gespräch. Nach anderthalb Sekunden richtete sie den Oberkörper wieder auf. Sie konnte nur hoffen, dass Frau von Welzow sie nicht gesehen hatte. Sie startete den Motor, stieß rücklings aus der Parklücke und nahm die Verfolgung auf.

20.

Von den Wasserwerken bis zur Partnervermittlung, vom öffentlichen Nahverkehr bis zur Alterssicherung und zur Gesundheitsversorgung – alle Lebensbereiche sind nur noch Geschäftsfelder für geldgierige Finanzinvestoren. Die Rede vom „Wohlstand für Alle“ ist bloß noch eine Phrase. Heute leben wir wieder in Verhältnissen, die an den Manchesterkapitalismus des Neunzehnten Jahrhunderts erinnern. Menschen und Natur sind zum Freiwild geworden.

Robert Mannheim hatte sich Natascha Cislowskis I-Pad ausgeliehen, saß in der mittwöchlich-grausamen Fortbildung zum Thema *Arbeitsschritte der Kriminalistik aus der Sicht betriebswirtschaftlicher Effizienz* und surfte über die Seite von *free nature*. Übermäßig abwegig fand er die Ansichten dieser Leute gar nicht, nur die Rhetorik war ihm ein bisschen zu melodramatisch. Es war schon immer seine altmodische Ansicht gewesen, dass Krankenhäuser oder die Alterssicherung nicht in die Hände von Finanzspekulanten gehörten. Er folgte den Links und surfte über eine schier endlose Liste vom Aussterben bedrohter Tier- und Pflanzenarten, kam auf einen Link zur weltweiten Klimaveränderung und weiter auf eine Seite, die sich mit dem Einsatz von Antibiotika in der Fischzucht und den daraus entstehenden Gefahren beschäftigt: Schlimmste Keime lauerten überall. Dann überlas er eine Kritik an der deutschen Fleischindustrie: An etlichen Orten sollten Mastbetriebe für 60 000, wenn nicht gar 80 000 Ferkel gebaut werden, gigantische Anlagen zur Aufzucht von Fleisch und Wurst, denn das kleine Deutschland wollte bei der Nahrungsmittelproduktion mit Riesenländern wie den USA und Brasilien mithalten; Mannheim betrachtete Fotografien von kleinen Ferkeln, die ihr ganzes, erbärmliches, kurzes Leben auf engstem Raum und im Dämmerlicht gehalten wurden, damit sie sich nicht zu viel bewegten und in möglichst kurzer Zeit möglichst effizient gemästet werden konnten. Er konnte sich lebhaft vorstellen, wie elendig Mensch und Tier in diesen Schweinefabriken behandelt wurden. Aber das erzeugte Fleisch war billig. Und alles musste ja billig, billig, billig sein. Er betrachtete illegal aufgenommene Fotos von verendenden Ferkeln und um ein Haar wäre ihm das Mittagessen wieder hochgekommen. Bevor er sich den Tag endgültig verdarb, schloss er diese Seiten lieber.

Die Dozenten der Fortbildung hießen Herr Herault und Frau Resche, beide waren jung und attraktiv, mit einem massiven Ego gesegnet, arbeiteten für eine international etablierte Unternehmungsberatung, verdienten ohne jeden Zweifel maßlos mehr Geld als die Polizisten, die ihnen gegenüber saßen, und fühlten sich ihren Kunden weit überlegen. Mannheim nannte sie in seiner Fantasie die Mitglieder der neuen Herrenrasse. Vor allem wussten sie auf alles eine Antwort. Und sie liebten Power-Point-Präsentationen: Alle Dinge des Leben brachten sie auf ein Schaubild von bunten Kreisen und Pfeilen, die sie an die Wand projizierten. Sie unterrichteten nach einem straffen Arbeitsplan und dozierten über die *Differenz zwischen Effektivität und Effizienz*, über die *Kostenwirtschaftlichkeit* und das *ökonomische Prinzip von Ertrag und Aufwand. Optimierung* und *Controlling* waren ihnen ganz besonders wichtig. In der Polizeiarbeit bedeutete das Personal den höchsten Kostenfaktor und musste deshalb reduziert werden – auf diese simple Botschaft liefen ihre Ausführungen und Schaubilder unweigerlich immer hinaus. Das einzige, was auf gar keinen Fall reduziert werden durfte, war natürlich ihr eigenes Honorar. Mannheim hörte schon lange nicht mehr zu. Er fragte sich, ob es in der untergehenden DDR nicht ganz ähnlich gewesen war: Während Staat und Gesellschaft sich auflösten, während die Bürger zu Zehntausenden zunächst im Geiste und dann auch körperlich über die Grenze strebten, dozierten die von der Partei gepamperten Jungkarrieristen unverdrossen über die Segnungen und die große Zukunft des Sozialismus. Sicher war die Ideologie eine ganz andere gewesen, aber vergleichbar waren der starre Tunnelblick, die autistische Verachtung der Wirklichkeit und die massive Selbstgerechtigkeit.

Mario Herault und Jaqueline Resche hatten den Kommissar dazu gebracht, auf den Entwicklungsstand eines Gymnasiasten zurückzufallen, der zwar gezwungenermaßen seine Unterrichtszeit absitzt, sich aber mit ganz anderen Themen beschäftigt. Er öffnete sein Postfach. Die fleißige Natascha hatte ein Dossier über die Familie Reichenberger zusammengestellt. Er las: *Paul Günther Rei-*

chenberger-Stein, 64 Jahre, in Hannover geboren und dort in ärmlichen Verhältnissen aufgewachsen, studierte Chemie mit den Schwerpunkten Bio- und Lebensmittelchemie, zudem einige Semester Philosophie. Nach Promotion und Habilitation im Fach Chemie erhielt er einen Lehrstuhl an der Universität in Hannover. Damals heiratete er seine Frau Anna, geborene Witsch. Mitte der Siebziger ging Reichenberger-Stein für gut zehn Jahre in die USA und unterrichtete an Universitäten in Wisconsin, South Carolina und Maryland. 1986 Rückkehr nach Deutschland. Tätigkeit als Referent am damaligen Ministerium für Landwirtschaft und Forsten. Tätigkeit in mehreren Verbänden der chemischen Industrie. Selbstmord seiner Frau Anna. Seit knapp zehn Jahren ist er Chef von EAT WELL. Geschätztes Jahreseinkommen: 3,5 Millionen Euro. Geschätztes Vermögen: 12 Millionen Euro (Zahlen nach: Richmans-Watch.traf). Es ist sogar mal ein Buch über Reichenberger-Stein erschienen: „Der Mann, der den Welthunger bekämpft – Ohne ihn wäre die Welt ärmer und hungriger".

Mannheim verdrehte die Augen, klickte weiter und wandte sich der Recherche über Sybill Reichenberger zu: *Geboren in Baltimore, Maryland, USA, deutsche und amerikanische Staatsbürgerin, 38 Jahre alt, studierte sie zunächst zwei Semester Kunstgeschichte in Heidelberg, wechselte dann aber zu den Fächern Englisch und Französisch. Sie legte ihr Staatsexamen in Köln ab und absolvierte ein Referendariat an einem dortigen Gymnasium. Danach arbeitete sie als Produzentin für mehrere kommerzielle Sender, bis sie ihre erste Show moderierte: „Leistungsträger unter sich – kein Platz für Looser". Es folgten: „Triebtätern auf der Spur" und „Mein Freund der Pfarrer hilft", eine abstruse Talkrunde am Nachmittag. Seit zwei Jahren produziert und moderiert sie: „Wir wollen die Besten!". Diese Sendung ist ein wirklicher Quotenhit (wo kommen nur diese vielen Idiotien her?, Natascha). Frau Reichenbergers geschätztes Jahreseinkommen: Eine Million Euro. Sie hat zwei Kochbücher veröffentlicht: „Tolles Essen – tolle Leistung", und: „Das essen die Chefs".* Natascha hatte noch hinzugefügt: *Mutmaßlich mehrere Aufenthalte in einer Schweizer Klinik wegen schwerer Essstörungen. Gerüchte über Suicidversuche.*

Zudem hatte sie einen Artikel, der in einem bekannten Hochglanzmagazin erschienen war, verlinkt: *Ich will, dass jeder seine faire Chance bekommt!* Der Untertitel lautete: *Ich gebe immer mein Bestes für die Anderen! Ein Besuch bei der sympathischen Sybill Reichenberger.* Der Text begann mit folgenden Worten: *Sie sagt, sie sei immer die große Schwester gewesen, die sich für ihre Familie eingesetzt habe. Und das tut sie auch heute noch für die Kandidatinnen und Kandidaten ihrer Show: „Ich kann es nicht sehen, wenn ein junger und hoffnungsfroher Mensch scheitert. Dann muss ich alles nur Menschenmögliche unternehmen, um ihm zu helfen, ihn wieder aufzurichten, ihn noch mal anzufeuern und zu motivieren", erklärt Sybill Reichenberger, die sich seit vielen Jahren auch intensiv im Charitybereich engagiert. Wir sitzen im Livingroom ihrer großzügigen Wohnung in Berlin-Mitte, vor ihr steht ein Glas Saft...*

Mannheim konnte ein genervtes Stöhnen nicht unterdrücken. Er öffnete Nataschas Dokument über Elena Reichenberger, das aber nichts Neues enthielt. Er spürte einen gereizten Blick, sah auf und bemerkte Jaqueline Resche, die ihn missmutig ansah. Sie sprach gerade über Personaleinsparungen durch erhöhten Einsatz von IT-Technologie bei den Ermittlungen. Auf ihrem hohen Wildlederpumps sah sie gar nicht schlecht aus. Mannheim schloss sein Postfach und öffnete POLIX, um sich über die Ereignisse der vergangenen vierundzwanzig Stunden zu informieren. In der Nacht hatte es am S-Bahnhof Alexanderplatz eine Schlägerei mit zwei Schwerverletzten gegeben. Außerdem war der PKW eines Flughafenmanagers angezündet worden. In diesem Augenblick spielten Johnny Cash und Joe Strummer *The pirate song*, ein Lied von Bob Marley, und alle blickten auf Mannheim. Es war Natascha. „Ja". Er erhob sich, nahm seine Jacke und verließ den Raum. Im Flur blieb er an das nächste Fenster gelehnt stehen. „Was gibt's, du rettender Engel?", säuselte er.

„Wie bitte?"

„War nur ein Spaß"

Sie schluckte irritiert. „Die Kollegen haben von Welzows Mercedes gefunden", sagte sie. „Birgit hatte ihn vor einer knappen Stunde zur Fahndung gemeldet."

„Ist ja schnell gegangen. Soll sie da doch auch vorbei schauen."

„Sie führt gerade eine Observation durch."

„Habe ich was verpasst?"

„Sie observiert Frau von Welzow. Kannst du nach dem Wagen sehen? Er steht in Spandau. Tiefwerderweg."

„Was ist mit dem Fahrer?"

„Herr von Welzow bleibt verschwunden. Aber es gibt dort ein Feuchtgebiet, einige Weiden und ein bisschen Wald. Eine Hundertschaft mit Suchhunden ist bereits auf dem Weg."

„Okay, ich sehe es mir an!"

21.

Charlene von Welzow fuhr in östlicher Richtung durch den Tegeler Forst. Die Sonnenstrahlen sickerten durch die frühlingsgrünen Blätter der Buchen und zauberten ein schimmerndes, helles Muster auf den Asphalt der Fahrbahn. Birgit Allenare folgte mit gebührendem Abstand. Jetzt, am frühen Nachmittag, gab es nur wenig Verkehr und sie ließ sich weiter zurück fallen. Birgit Allenare suchte in ihren CDs, bis sie Bellini gefunden hatte; seit einigen Wochen war *Norma* ihre Lieblingsoper. Sie fuhren am Tegeler Hafen vorbei, der Verkehr wurde stärker und die Kommissarin holte vorsichtshalber ein Stück auf. Charlenes roter Smart bog auf den Waidmannsluster Damm ab und sie erreichten die Stadtautobahn. Die Fahrt ging nach Süden in Richtung Charlottenburg. Birgit achtete darauf, dass sie Charlenes Wagen gerade noch im Blick behielt.

Sie folgten der Autobahn rund zehn Kilometer und fuhren dann auf dem Kaiserdamm in Richtung Osten: Ernst Reuter Platz. Straße des 17. Juni. Die Kommissarin wusste, wohin die junge Frau wollte. Tatsächlich bog ihr Smart in die Friedrichstraße ein und fuhr zum Gendarmenmarkt.

Birgit Allenare beobachtete, wie Charlene einparkte und zu Fuß weiterging. Sie blieb in ihrem Wagen sitzen. Die Mittagssonne knallte herunter. Der Gendarmenmarkt wimmelte von Touristen. Charlene lief eilig zu dem Bürohaus, in dem *EAT WELL* residierte, während die Kommissarin um den Platz herum fuhr, aber keine Parkmöglichkeit fand und schließlich schräg gegenüber von *EAT WELL* in zweiter Reihe anhielt. Frau von Welzow ging gerade am Schaufenster von *Pretty Beloved Arts* vorbei, als im gleichen Augenblick Daniel Meister aus der Tür trat. Ganz offenbar hatte er sie abgepasst. Sie blieb stehen und Meister vollführte eine freundlich grüßende Geste, die sie jedoch nicht erwiderte. Stattdessen redete sie sofort und hektisch auf ihn ein.

Birgit ließ die Seitenscheibe ihres Wagens nach unten surren. Sie drehte Bellini leise, zog ihr Handy aus der Tasche und machte Fotos. Dann zoomte sie die beiden näher heran und fotografierte rasch Bild auf Bild. Charlene sprach noch immer auf Meister ein. Er fasste sie am Arm, anscheinend um sie zu beruhigen, doch sie schüttelte seinen Griff empört ab. Eine Frau in Panik. Seine Gesichtszüge verfinsterten sich für einen kurzen Augenblick, doch dann lächelte er wieder. Mit seinem kantigen Gesicht und seinem massigen Körper konnte er einen bedrohlichen Eindruck erwecken. Er hörte Charlene nun aufmerksam zu, legte die Stirn in Falten.

Sie fasste in die Innentasche ihrer Lederjacke, zog ein Blatt Papier hervor, entfaltete es und reichte es Meister. Der überlas es rasch. Seine Miene wurde ratlos.

Beide sahen wie vor den Kopf geschlagen aus. Auf das Papier schienen sie sich keinen Reim machen zu können. Meister stellte einige Fragen und Charlene antwortete. Mit ihrem Handy schoss die Kommissarin Foto auf Foto. Sie konnte nur beten, dass in den nächsten Augenblicken keiner der beiden zufällig zu ihr herüber blickte.

Dann wurde ihr die Aktion zu heiß. Sie startete den Motor, fuhr über die Kreuzung, stoppte zwanzig Meter die Markgrafenstraße aufwärts und sprang aus dem Wagen. Im Schutz eines Lieferfahrzeugs spähte sie zu den beiden hinüber.

Sie hoffte, dass sie nichts Wichtiges verpasst hatte. Meister sprach nun auf Charlene ein, die sich eine Locke aus dem Gesicht strich. Seine Augen hatten sich zu schmalen Schlitzen verengt. Er sah aus wie ein Tier, das in der nächsten Sekunde angreifen wird. Charlene schien sich ein wenig zu beruhigen.

Dann verabschiedeten sie sich. Die junge Frau drehte sich um und ging hastig zurück zu ihrem Wagen. Meister blieb einen Augenblick unschlüssig stehen, dann zog er sein Smartphone aus der Tasche seines Sakkos und hob es ans Ohr.

Er telefonierte kaum eine Minute, steckte das Handy wieder weg und ging mit schnellen Schritten durch das Touristengewühl in Richtung Unter-den-Linden. Birgit Allenare ließ ihn auf dem gegenüberliegenden Bürgersteig passieren, fotografierte erneut und bemerkte, wie nun mehrere Passanten auf sie aufmerksam wurden: Drei ältere Touristen blieben stehen und blickten sie blöde an. Sie entschloss sich, Meister zu folgen, ließ ihren Wagen in zweiter Reihe stehen und folgte dem Manager mit etwa zwanzig Schritten Abstand. Sie gingen an der Staatsoper vorbei und über die Straße Unter-den-Linden. Dort setzte er sich an einen freien Tisch in einem Straßencafé am Festungsgraben.

Birgit Allenare blieb hinter einer Hausecke stehen. Meister bestellte sich einen Kaffee, zog ein Päckchen Zigaretten aus der Tasche und zündete sich eine davon an. Sie hatte gar nicht gewusst, dass er rauchte. Er schwitzte in der heißen Sonne und tupfte sich mit einem Taschentuch den Schweiß von der Stirn.

Die Kommissarin wartete.

Mehrere Minuten vergingen. Meister rauchte. Er wirkte unruhig, beschäftigte sich mit seinem Handy.

Doch dann trat ein Mann auf ihn zu und setzte sich ebenfalls an den Tisch. Birgit schätzte den Fremden auf ungefähr fünfzig Jahre: Er war von hoch gewachsener, schlanker Gestalt, hatte blondes Haar und trug Blue-Jeans, Jeansjacke und Cowboystiefel.

Die beiden Männer begrüßten sich mit kurzem Kopfnicken. In den nächsten Minuten sprach Meister und der Cowboy hörte zu. Dann klickte der Manager auf seinem Smartphone und der Blonde blickte auf das Display. Birgit Allenare schoss in rascher Folge Aufnahme auf Aufnahme.

Dann war das Gespräch auch schon wieder beendet, es hatte keine fünf Minuten gedauert. Der Cowboy erhob sich und ging in Richtung Pergamonmuseum. Die Kommissarin entschied, ihm zu folgen. Wenn sie sich weiter an Meister hielt, war die Gefahr zu groß, dass der zufällig den Kopf drehte und sie erkannte. Also eilte sie in einem Bogen an dem Straßencafé vorbei und folgte dem Fremden durch das Touristengewühl. Sie gingen an der Museumsinsel entlang, vorbei an Verkaufsständen mit Kunstgewerbe, Büchern, jeder Menge alter DDR-Orden und anderem Krimskrams. Vor dem Wohnhaus von Angela Merkel standen wie üblich zwei uniformierte Kollegen. Hinter dem Bodemuseum überquerten sie die Spree und gingen in Richtung Oranienburger Straße. Dann stieg der Cowboy in einen verdreckten Range Rover, in einen dieser bulligen Geländewagen mit Ersatzrad an der Hecktür. Birgit blickte sich hilfesuchend um. Zum Glück kam gerade ein freies Taxi die Straße entlang. Sie winkte, um es anzuhalten, stieg ein.

„Folgen Sie dem Wagen da!"

„Hä?" Der Taxifahrer war ein vielleicht dreißigjähriger Mann mediterraner Herkunft.

Sie zog ihren Dienstausweis. „Jetzt machen Sie schon!"

„Oh!" Der Fahrer nahm die Verfolgung auf.

„Halten Sie immer ein bisschen Abstand, aber verlieren Sie ihn nicht!"

„Klar. Ich hab das im Griff."

„Schön." Endlich war der Machismo mal zu etwas Sinnvollem Nutze.

„Worum geht es?", fragte der Taxifahrer. Sie bogen in die Chausseestraße ein und fuhren in Richtung Wedding.

„Das wüsste ich auch gerne." Birgit zog ihr Handy aus der Tasche und wählte Nataschas Nummer. „Hi! Ich maile dir jetzt mehrere Fotos eines etwa fünfzigjährigen Mannes. Finde so schnell wie möglich raus, wer das ist. Lass alles andere stehen und liegen, ja! Ich sitze hier in einem Taxi und fahre hinter ihm her. Ruf mich sofort zurück!" Sie beendete das Gespräch, ging auf ihre Fotos, wählte zwei Aufnahmen des Cowboys und sandte sie an Natascha.

Der Taxifahrer legte eine gekonnte Beschattung hin. Chausseestraße. Müllerstraße. Hinter dem U-Bahnhof Seestraße bog der Geländewagen in eine der Seitenstraßen ab. Der Taxifahrer folgte.

„Wo will der hin?"

„Keine Ahnung."

Der Range Rover stoppte und fuhr in eine freie Parklücke.

„Fahren Sie ein paar Meter weiter und halten Sie an!", kommandierte Birgit.

„Okay, Lady!" Der Taxifahrer tat wie geheißen. Die Kommissarin drehte den Kopf nach hinten und spähte aus dem Rückfenster: Der Blonde verschwand gerade im Eingang eines Hauses.

Sie blieb einen Augenblick sitzen. Dann stieg sie aus und schlenderte zu der Haustür. Rasch überlas sie die Klingelschilder. Im Hinterhaus hatte die Firma *Security 2000 – Sicherheit in Berlin* ihren Sitz. Das waren die Sicherheitsexperten von *EAT WELL.*

Die Kommissarin kehrte zum Taxi zurück. Der Fahrer warf ihr einen fragenden Blick zu. Sie wusste nicht recht, was sie nun tun sollte. Dass Meister sich an seine Securityfirma gewandt hatte, war nicht befremdlich. Ihr Handy läutete.

Es war Natascha. „Der Typ heißt Peter Neitzke", erklärte sie. „Ihm gehört eine Sicherheitsfirma mit Namen *Security 2000.* Ich habe sein Bild in die Gesichtserkennung von *Facebook* eingegeben und so habe ich ihn gefunden. Er wohnt im Wedding. Bei google findet man ihn auch unter Stasi-Neitzke."

„Sonst noch was?"

„Für fünf Minuten ist das eine ganze Menge", antwortete Natascha beleidigt. „Die Kollegen haben übrigens von Welzows Wagen gefunden. In Spandau. Robby ist unterwegs."

„Gut." Birgit beendete das Gespräch.

Der Taxifahrer zischte: „Pfft! Pfft!", und deutete zur Rückfront seines Wagens.

Die Kommissarin wandte den Kopf und sah, wie Neitzke und ein weiterer Mann aus dem Haus traten. Sie schätzte seinen Begleiter auf Anfang zwanzig: Es war einen bulliger Bodybuildingtyp mit einem kurz geschorenen Schädel. Dazu passend trug er ausgeschwaschene, hellblaue Jeans und ein weißes T-Shirt, unter dem sich seine massigen Muskelberge abzeichneten.

Die beiden setzten sich in Neitzkes Wagen. Der Kurzgeschorene fuhr. Der Taxifahrer nahm ohne besondere Aufforderung die Verfolgung auf. Die Fahrt ging zurück zur Seestraße, von dort auf den Stadtring und weiter auf die A 111.

„Sie haben die Verfolgung im Griff?"

„Ich habe über Cervantes promoviert", erklärte der Taxifahrer.

„Dann kann ja nichts mehr schiefgehen."

Hinter Tegel bog der Geländewagen in Richtung Westen ab.

„Scheiße", rief Birgit.

„Was gibt's, Lady?"

„Nichts."

Neitzke wollte nach Konradshöhe zu Charlene von Welzow.

In der Tat stoppte er vor dem Haus der Familie. Er und der Muskelmann stiegen aus dem Wagen und klingelten. Das Taxi stand etwa dreißig Meter entfernt und Birgit beobachtete die Szene mit angespannter Miene. Nach einer kurzen Diskussion an der Gegensprechanlage verschwanden die beiden im Innern des Gebäudes.

Die Kommissarin stieß einen extrem pornographischen Fluch aus.

„Sie warten hier! Klar!", kommandierte sie.

Sie stieg aus dem Wagen und lief zum Haus.

22.

Nico von Welzows Mercedes stand auf einem kleinen Parkplatz am Ende der Straße. Die Tiefwerder Wiesen sind ein Auengebiet an der Havel, zu Spandau gehörend, zum überwiegenden Teil längst trockengelegt und mit kleinen Häuschen bebaut, in denen Ausflugscafés, Ruder- und Segelvereine und kleine Bootstischlereien untergebracht sind. Während es in der Innenstadt zuging wie in London oder Paris, schien hier draußen die Zeit stehen geblieben zu sein. Der Kommissar fuhr die langgezogene Dorfstraße entlang, vorbei an einer Disco namens *Ballhaus Spandau*, in der er vor vielen, vielen Jahren gelegentlich selbst gewesen war und die tatsächlich noch immer existierte, bis er mehrere Fahrzeuge der Berliner Polizei am Straßenrand erblickte. Uniformierte Beamte der Schutzpolizei und Kollegen in den infantil aussehenden Ganzkörperanzügen der Spurensicherung standen neben einer dunklen

Mercedeslimousine in der Sonne und rauchten Zigaretten. Er stoppte an der Seite des kleinen Parkplatzes und stieg aus.

„Tach, Kollegen!“

Man antwortete mit einem allgemeinen „Hallo“.

Mannheim warf einen Blick in den Mercedes. Alfons Söllner, der sich gerade mit einem breiten Klebestreifen zur Aufnahme von Faserspuren über die Rückbank beugte, hob den Blick. „Hi, Robby. Heute ist endlich mal schönes Wetter!“

„Klar. Und? Schon was gefunden?“

„Nee, noch nicht.“

Ein uniformierter Beamter, ein ungefähr vierzigjähriger Mann, trat auf den Kommissar zu. „Kurt Retzlow, Abschnitt 23“, stellte er sich vor.

Mannheim nickte.

„Die Kollegen haben den Wagen jefunden.“ Retzlow deutete auf einen jungen Mann mit Bürstenhaarschnitt und eine blonde Polizistin, die neben einem Streifenwagen standen. „Sie fahren mit Elektrostreife.“

„Oh gut.“

„Allet erneuerbare Energie. Ausser Steckdose.“ Retzlow zog einen Müsliriegel aus der Tasche.

Mannheim deutete auf den Riegel. „Der besteht ausschließlich aus Zucker und Fett. Iss reines Junkfood.“ Das hatte er vor einer halben Stunde im Internet gelesen.

Retzlow riss die Verpackung auf.

„Der Vermisste arbeitet als Manager bei der Nahrungsmittelindustrie“, erklärte Mannheim. „Deswegen komme ich drauf.“

„Ja, die stellen heute fast nur noch Scheiß her“, warf Söllner aus dem Mercedes heraus ein.

„So schlimm isses nu auch nich“, meinte Retzlow.

„Logo, man muss das Zeug nur gut durchbraten“, sagte Mannheim.

„Wat iss denn los?“, blaffte Retzlow.

Mannheim schätzte, dass der Ortsteil Konradshöhe, wo von Welzow am Morgen los gefahren war, knappe zehn Kilometer entfernt war. Je nach Verkehrslage brauchte man für die Fahrt über die

Stadtautobahn bis hierher fünfzehn bis zwanzig Minuten. Der Parkplatz in Tiefwerder war, obwohl im Berliner Stadtgebiet gelegen, dennoch versteckt.

„Die Kollegin mit dem Hund iss bereits aufm Weg", sagte Retzlow. „Ich fordere einen Zug an, der die Wiesen durchsucht."

„Warten wir erst Mal den Hund ab", antwortete Mannheim. „Es kann gut sein, dass sie ihn hier nur umgeladen haben."

Von dem Parkplatz aus führte eine Fußgängerbrücke über einen kleinen Kanal, an dem zahlreiche Datschen standen – eines der diversen Berliner Klein-Venedigs, zu einem halbwegs naturbelassenen Feuchtgebiet, auf dem eine Herde von urtümlich aussehenden Wasserbüffeln hinter Elektrozaun grasten. Mannheim und Lily waren vor einigen Wochen einmal Sonntags früh hier spazieren gegangen. Weiter hinten gab es noch andere Kanäle und sogar ein kleines Waldstück. Aber um eine Leiche dort hin zu transportieren, hätte man eine Schubkarre oder ähnliches benutzen müssen. Der Täter hätte die Schubkarre mitsamt Leiche durch Klein-Venedig schieben müssen.

„Bis jetzt finde ich keine einzige Kratzspur", erklärte Söllner. „Auch die Schlösser sehen vollkommen okay aus. Ich muss mir das im Fahrzeughof aber noch mal jenauer ansehen."

„Was ist mit dem Kofferraum?"

Söllner ging um den Wagen herum und öffnete den Kofferraum. Die Beamten erblickten leere Wasserkästen und einen Grill.

Ein Kombi der Schutzpolizei stoppte auf dem Parkplatz und eine hoch gewachsene, rothaarige Kollegin stieg aus. „Guten Tag rundum!", rief sie leutselig und öffnete die Tür zum Fond des Wagens. Ein großer Boxer sprang fröhlich ins Freie.

„Hallo Beate", grüßte Retzlow. Der Boxer lief zu ihm hin und schnupperte zur Begrüßung vergnügt schwanzwedelnd an seinen Hosenbeinen.

Retzlow tätschelte ihn zwischen den Ohren. „Hallo Fanta! Bist ein juter Hund."

„Beate Zechlin", stellte die Rothaarige sich vor.

„Hallo“, antwortete Mannheim und stellte sich ebenfalls vor. Der Boxer baute sich vor ihm auf und musterte ihn mit skeptischen Blicken.

„Du bist doch unsere Beste“, sagte Retzlow zu Fanta.

„Kennt ihr diesen Sketch von Loriot mit dem sprechenden Hund?“, konnte Mannheim sich nicht enthalten zu fragen.

„Wat isn dir über die Leber jeloofen?“, meinte Retzlow.

„Walten Sie Ihres Amtes“, wandte Mannheim sich an Beate Zechlin.

Die Rothaarige nahm den Boxer an eine lange Leine und führte ihn zu dem Mercedes. Der Hund schnüffelte ausgiebig. Dann drehte er sich um, rannte wie von der Tarantel gestochen zu Alfons Söllner hin und knurrte ihn bitterböse an.

„Ich habe ja nur meine Arbeit getan“, entschuldigte sich Söllner und warf dem Boxer einen erschrockenen Blick zu.

„Fanta!“ Frau Zechlin führte den Hund zurück zu dem Mercedes.

„Fanta ist reinrassig“, erklärte Kurt Retzlow. „Sie heißt eijentlich Fantasia Isabella Klara Renata von der Dunckelsburg.“

„Echt?“, meinte Mannheim.

Die Boxerhündin hatte erneut Witterung aufgenommen. Sie rannte von der Fahrertür des Mercedes quer über den Parkplatz und blieb auf der anderen Straßenseite stehen. Dort parkte ein Polizeibully.

„Fahrt den Wagen weg!“, kommandierte die Rothaarige.

Ein Kollege fuhr den Bully zur Seite. Fanta stellte sich vor den Parkplatz und knurrte.

„Noch ein Versuch“, sagte Beate Zechlin und führte Hundefrau von der Dunckelsburg zurück zu dem Mercedes. Die schnüffelte aufgeregt an einer der hinteren Türen. Dann rannte sie wieder hinüber zu der Stelle, wo der Bully gestanden hatte. Nun blieb sie allerdings an der Seite des Parkplatzes stehen.

„Oi! Oi!“ Frau Zechlin tätschelte Fantas Kopf, zog ein wenig Hundekuchen aus ihrer Jackentasche und hielt ihn der Hündin hin. Fanta fraß freudig und dankbar.

„Also“, erklärte Mannheim. „Herr von Welzow wurde hier in einen anderen Wagen umgeladen. Die Entführung war sorgfältig vorbereitet. Herr von Welzow ist von der Fahrertür des Mercedes gekommen und hier in den zweiten Wagen eingestiegen.“ Er deutete auf die Stelle vor dem Parkplatz. „Der Entführer ist hier eingestiegen!“ Er wies auf die Seite des Platzes, wo Fanta beim zweiten Mal angeschlagen hat. „Das sieht doch aus, als hätten wir es mit einem Transporter zu tun: Das Opfer ist hinten eingestiegen, der Entführer an der Fahrertür.“

Alfons Söllner, Kurt Retzlow und die Hundeführerin nickten bestätigend. Auch Fanta schien Mannheims Argumentation einzuleuchten, sie lief jedenfalls zu ihm hin und leckte ihm die Hand.

„Lieber Hund“, knurrte Mannheim ein wenig angeekelt. Er wandte sich an den Kollegen Retzlow. „Jemand muss irgendwas gesehen haben! Deine Leute sollen jeden fragen, der im Umkreis von fünf Kilometern wohnt. Natürlich auch die Laubenpieper drüben im Naturschutzgebiet. Ich brauche unbedingt Angaben zu dem Wagen. Wir müssen das Fahrzeug identifizieren!“

Kurt Rezlow stieg in einen der Polizeibullys, um über Funk seine Anweisungen zu erteilen. Alfons Söllner winkte unterdessen seine drei Kollegen vom *Kompetenzteam Spurensicherung* herbei. Sie begannen, die Stelle, an der der Transporter gestanden hatte, akribisch abzusuchen.

Mannheim sah ihnen zu. Er hatte immer ein gutes Gefühl, wenn die Polizeimaschine ins Laufen kam. Die Mühlen der deutschen Behörde arbeiteten zwar langsam und manchmal etwas umständlich, aber im Endeffekt funktionierten sie.

Blondie spielten *The Tide is high* und er nahm das Gespräch entgegen. Es war wieder mal Natascha. „Die Kacke ist voll am dampfen“, sagte sie gänzlich undamenhaft. „Birgit hat gerade die große Kavallerie angefordert!“

23.

Die schöne Kommissarin setzte mit einem Sprung über das Gartentürchen und rannte zum Haus. Sie läutete Sturm bei von Welzow.

Keine Reaktion.

Birgit Allenare dückte den Klingelknopf ein zweites und ein drittes Mal.

Wieder ergebnislos.

Also versuchte sie es bei Rikers, die im Erdgeschoss wohnten.

„Ja bitte?“, fragte eine Frauenstimme nach einem Augenblick.

„Kripo Berlin. Bitte öffnen Sie!“

„Wie bitte?“

„Machen Sie die Tür auf! Sofort!“

Der Summer ertönte und Birgit stieß die Tür auf und stürmte die Treppe nach oben zur Wohnung der von Welzows. Wieder klingelte sie Sturm.

Niemand öffnete.

Sie lauschte.

Aus dem Innern der Wohnung hörte sie den halblauten Schrei eines Kindes.

Sie läutete erneut. „Charlene, öffnen Sie die Tür!“, schrie sie. „Aufmachen, Polizei!“ Mit dem Daumen drückte sie den Klingelknopf.

Keine Reaktion

Sie zog sie ihren Revolver, zielte von oben auf das Türschloss und feuerte. Der Schuss krachte und die Wohnungstür sprang auf.

Sie stürmte ins Innere.

Der kurzgeschorene Muskelmann stand drei Schritte hinter der Tür. Er glotzte die Kommissarin verblüfft an. In der Hand hielt er eine Pistole.

„Waffe weg!“, fauchte sie.

Er reagierte nicht. Also zielte sie auf seinen Kopf, den Colt mit beiden Händen haltend.

„Waffe runter, du Arsch!“

Jetzt ließ er seine Pistole fallen.

„Hände hoch! Drehen Sie sich zur Wand!“, schrie sie ihn an.

Stattdessen trat der Muskelmann mit ausgestreckten Armen auf sie zu.

Birgit Allenare zögerte nicht. Sie hob den Fuß und trat ihm mit aller Kraft zwischen die Beine. Der Muskelmann stieß einen schrillen Schrei aus, presste seine Riesenhände in den Schoß und krümmte sich vor Schmerzen zusammen. Aus glasigen Augen stierte er die Kommissarin an.

Sie drückte den Lauf des Colts hart gegen seine Stirn. „Ganz ruhig, Mann!“

Er schnaufte.

In diesem Augenblick erschien Stasi-Neitzke in der Tür zum Wohnungsflur. Er starrte die Kommissarin an.

Birgit drückte den Lauf ihrer Waffe weiter gegen die Stirn des Muskelmannes. „Kripo Berlin. Hände über den Kopf!“, herrschte sie Neitzke an.

„Okay!“ Neitzke hob langsam die Arme.

„Sie ebenfalls!“, fauchte sie den Muskelmann an. Sie trat zwei Schritte nach hinten zurück.

Der Kurzgeschorene richtete den Oberkörper auf und hob langsam die Arme über den Kopf. Seine Gesichtszüge waren schmerzverzerrt. Er glotzte aus hasserfüllten Augen.

„Zur Wand drehen! Du auch!“, herrschte sie den Muskelmann an.

Beide Männer folgten gehorsam der Aufforderung.

„Die Hände auf den Rücken! Hophop!“

Sie zog die Handschellen aus ihrem Gürtel, trat zu dem Muskelmann und ließ die Eisen zuschnappen. Dann trat sie ihm schnell und hart in die Kniekehle, so dass er auf seine Knie stürzte. Er stöhnte laut und gequält auf.

Für Stasi-Neitzke hatte Birgit keine Handschellen mehr. „Legen Sie die Handflächen gegen die Wand!“, schrie sie in seinen Nacken und rammte ihm hart den Colt in den Rücken.

„Okay! Kein Problem, Lady!“ Der hochgewachsene, blonde Mann folgte dem Befehl.

Sie stieß seine Füße auseinander, trat einen Schritt nach hinten zurück, zog ihr Handy aus der Jackentasche und wählte die Notnummer. Den Colt hielt sie in der rechten Hand. Sie bemerkte nun, dass sie zitterte. „Ich brauche Hilfe. Schnell. Ich habe zwei Festnahmen!“ Sie nannte die Adresse.

Charlene von Welzow erschien in der Tür zu ihrem Wohnzimmer. Sie sah blass und verschreckt aus. Der vierjährige Manuel, der vor einer Stunde draußen mit dem Bobbycar gespielt hat, hielt sich mit ängstlicher Miene an ihrem Hosenbein fest. Sein älterer Bruder war anscheinend noch in seinem Schülerladen.

„Alles ist in Ordnung!“, rief die Kommissarin. „Bleiben Sie im Wohnzimmer!“

„Ich habe denen gesagt, dass sie wieder gehen sollen!“

„Ja, sicher. Gehen Sie zurück ins Wohnzimmer!“ In der gleichen Sekunde hörte Birgit ein Geräusch in ihrem Rücken. Sie wirbelte, den Colt in der rechten Hand haltend, auf dem Absatz ihres Stiefels herum, blieb mit dem Rücken zur Wand stehen.

In der Tür war eine ungefähr siebzigjährige, grauhaarige Dame in Jeans und Ethnopullover erschienen und machte ein erschrockenes Gesicht.

„Das ist Frau Rikers“, erklärte Charlene.

„Verschwinden Sie! Hauen Sie ab!“ rief Birgit Allenare der Alten zu. Sie drehte sich um und zielte wieder auf die beiden Securitymänner.

„Aber die schöne Tür...“

„Tun Sie, was sie sagt“, riet Charlene atemlos.

„Weg von der Scheißtür!“, schnauzte die Kommissarin.

Einige Minuten vergingen. Alle verharrten reglos. Birgit Allenare hielt den Colt nun wieder mit beiden Händen und ließ die Männer nicht aus den Augen.

Dann war das Motorengeräusch eines Hubschraubers zu hören. Und nun endlich eine Polizeisirene. Die Kommissarin hatte sich selten so auf das Eintreffen ihrer Kollegen gefreut.

Die Sirene wurde lauter. Dann waren auf der Treppe schnelle, schwere Schritte zu hören.

Drei uniformierte Schutzpolizisten erschienen mit gezogenen Waffen in der Wohnungstür.

„Die beiden!“ Birgit Allenare wies mit dem Colt auf die zwei Sicherheitsleute. „Festnehmen! Die Pistole dort gehört dem Jüngeren!“

Die Schutzpolizisten stürmten vorwärts. Drei weitere Kollegen erschienen im Treppenhaus. Peter Neitzke und der Kahlgeschorene wurden mit gespreizten Beinen gegen die Wand gepresst und auf Waffen durchsucht: Neitzke führte ebenfalls eine Pistole, eine Walther P22, mit sich und sein junger Mitarbeiter war zudem mit einem Butterfly-Messer bewaffnet, das in seinem Stiefel steckte.

„He, du Messerstecher“, blaffte ein Kollege ihn an.

Im nächsten Augenblick stürmte ein ganzes SEK in voller Kampfausrüstung, mit geschlossenen Helmen und Maschinenpistolen, in die Wohnung. Birgit Allenare trat zu Charlene von Welzow und ihrem kleinen Sohn hin, der die an Kampfroboter erinnernden Beamten erschrocken betrachtete. Durch das Fenster sah sie, dass auf der Havel nun sogar ein Polizeiboot vorgefahren war und am Uferweg anlegte.

„Alles in Ordnung?“, fragte sie Charlene.

Die junge Frau nickte knapp. Sie sah geschockt und blass aus.

Die beiden Festgenommenen lagen nun mit gefesselten Händen und gespreizten Beinen mitten in dem Wohnzimmer auf dem Bauch. Auf jedem knieten zwei bullige SEK-Männer.

„Ich habe denen gesagt, dass sie wieder gehen sollen“, erzählte Charlene mit zitternder Stimme. „Ich hätte sie erst gar nicht herein lassen sollen. Aber sie haben sich auf Dr. Meister berufen.“

Die Kommissarin steckte ihren Colt weg.

„Wie kommen Sie so schnell her?“, fragte Charlene.

„Das erzähle ich Ihnen gleich. Ich habe unten auf der Straße in meinem Wagen gewartet und bin Ihnen bis nach Mitte nachgefahren.“

„Oh...“

Endlich erschien auch Robert Mannheim auf der Szene. Mit der Grazie eines dicken Bären bewegte er sich durch das Tohuwabohu.

„Was ist passiert?", wandte er sich an seine Kollegin.

„Ich erzähle es dir!" Birgit schob Charlene und ihren Sohn behutsam durch die Tür ins Wohnzimmer und winkte eine junge, nett aussehende Kollegin herbei. „Die Kollegin bleibt bei Ihnen!", wandte sie sich an Charlene. Sie schloss die Wohnzimmertür und zog Mannheim zur Seite. In raschen, atemlosen Worten berichtete sie, was in der vergangenen Stunde vorgefallen war. Er hörte schweigend und mit düsterer Miene zu. Durch das Fenster beobachtete er, wie zwei beleibte, ältere Kollegen der Wasserschutzpolizei über einen Landungssteg von ihrem Boot ans Ufer balancierten.

„Was ist mit denen?", fragte der Gruppenleiter des SEKs und wies auf die am Boden liegenden Security-Leute.

„Die sind vorläufig festgenommen. Bringt sie zum Platz der Luftbrücke", kommandierte Birgit Allenare. „Sprechen wir jetzt mit ihr!"

„Gut!"

Die beiden Kripobeamten öffneten die Tür zum Wohnzimmer und traten ein. Charlene von Welzow saß in einem Sessel und ihr Sohn saß mit verschreckter Miene auf ihrem Schoß. Sie streichelte seinen Kopf. Sie schien sich wieder einigermaßen gefasst zu haben.

„Danke!", sagte Birgit und die nette Kollegin verließ den Raum.

Die Polizisten zogen Stühle heran und setzten sich Frau von Welzow gegenüber. Mannheim musterte sie aufmerksam. „Wir haben den Wagen Ihres Mannes gefunden", erklärte er mit sanfter und beruhigender Stimme. „Und zwar in Spandau, an der Havel. Wahrscheinlich musste er dort in einen Transporter umsteigen. Unsere Kollegen befragen gerade die Anwohner nach diesem Wagen. Vielleicht finden wir eine Spur."

Charlene von Welzow nickte schwach.

„Was haben Sie mit Daniel Meister besprochen?", fragte Birgit Allenare.

„Sie haben mich beobachtet?"

„Ja." Die Kommissarin berichtete kurz, wie sie der jungen Frau gefolgt war. „Was wollten Sie von ihm?"

„Ich wollte eigentlich mit dem Professor sprechen", erklärte Charlene. „Aber der hat heute Nachmittag einen Termin in einem Ministerium. So habe ich mit Dr. Meister gesprochen. Eine E-Mail war gekommen. Ich soll Reichenberger-Stein dazu bewegen, dass er dreieinhalb Millionen Euro an verschiedene Organisationen überweist. Dann wird Nico wieder frei kommen."

„Was sind das für Organisationen?", fragte Mannnheim. Diese Millionen waren so ziemlich das geschätzte Jahreseinkommen des Professors.

„Vor allem NGOs. Nichtregierungsorganisationen. Andernfalls wäre er erledigt. Ich weiß, dass das alles irre klingt. Wahrscheinlich ist es das ja auch." Tränen stiegen in ihre Augen.

„Was war das für eine Mail?", fragte Birgit.

„Die ist gekommen, kurz nachdem Sie gegangen waren. Das ist Irrsinn. Warten Sie!" Sie erhob sich. „Das Notebook ist drüben!"

„Einen Augenblick!" Birgit ging zur Tür und öffnete sie. Neitzke und sein Mitarbeiter wurden gerade abgeführt. „Hier muss irgendwo ein Notebook sein." Sie blickte sich um. „Da auf dem Tisch."

Eine Kollegin reichte ihr den Rechner und sie kehrte zu Frau von Welzow zurück. Die schaltete den Computer ein. Sie rief ihre E-Mails auf und öffnete eine davon.

Der Absender lautete: *DerschwarzeRächer@coolewebs.de*. Als Thema der Mail war *Wollen Sie Ihren netten Mann zurück?* genannt.

Mannheim und Birgit Allenare beugten sich nach vorn und lasen: *Frau von Welzow, wenn Ihr Mann leben soll, übergeben Sie Günter Reichenberger-Stein noch heute die Liste, die Sie im Anhang finden. Er soll 3,5 Millionen Euros als Spenden an die genannten Organisationen verteilen. Wie er das Geld splittet, ist seine Sache. Wenn er dies nicht innerhalb von drei Tagen tut, und zwar öffentlich, ist er erledigt. Er weiß schon, worüber ich spreche. Sorry, dass ich Ihrem Mann Umstände bereite. Aber so ganz unschuldig ist er halt auch nicht. PS: Wenn der Professor nicht tut, was ich verlange, wird Ihr*

Mann sterben!!! Denken Sie gut darüber nach, wie Sie ihn motivieren können.

Mannheim schüttelte irritiert den Kopf. „Was ist das denn für eine Liste?“

„Bitte, sehen Sie!“

Charlene von Welzow öffnete den Anhang und die Beamten überlasen eine scheinbar endlos lange Liste von Organisationen und Vereinen. Viele dieser Grupierungen beschäftigten sich mit Verbraucherschutz oder hatten mit der Qualität und Sicherheit von Lebensmitteln zu tun. *Fairfood* stand auf der Liste, ebenso wie *free nature, free food* oder *free gardens. Es* gab Naturschutz- und Tierschutzorganisationen, Vereine, die sich gegen die Jagd, gegen die Hühnerhaltung oder den Einsatz von Antibiotika in der Tierzucht einsetzten. Anscheinend sämtliche Kritiker der Lebensmittelindustrie sollten mit Spenden bedacht werden. Andere Organisationen beschäftigten sich mit den Rechten von Krankenhauspatienten oder agitierten gegen Fluglärm, argumentierten für die Regulierung der internationalen Finanzmärkte oder forderten einen massiven Kampf gegen Steuerhinterziehung. Das Flüchtlingshilfswerk der Vereinten Nationen. Auch zahlreiche Arbeitsloseninitiativen und Armentafeln sollten gefördert werden, darunter auch die *Berliner Tafel. Misereor* und *Brot für die Welt* waren ebenfalls dabei, die *Caritas* und das *Müttergenesungswerk.* Auf der Liste standen deutsche Organisationen, ebenso wie britische, französische, italienische, spanische oder amerikanische. Sogar einige NGOs mit Sitz in Hongkong und Shanghai sollten bedacht werden. Es gab Gruppierungen, die sich für den Schutz der Menschenrechte einsetzten, für die Rechte von Gefangenen, von Zivilisten in Kriegen oder die gegen Waffenhandel und den Einsatz von Kriegsminen arbeiteten. *Occupy New York* und *Occupy Berlin* waren dabei. Auch *Greenpeace, Amnestie International* und das *Rote Kreuz* waren erwähnt. Selbst die *Piraten*, die *Grünen* und die *Linkspartei* sollten Spenden erhalten.

„Was ist das denn?“, knurrte Mannheim verblüfft. „Will da einer die Welt verbessern?“

Auch Birgit Allenare war perplex. „Das ist ja voll krass!“

„Das ist ein Attentat auf den Professor“, sagte Mannheim. „Viele dieser Gruppen zählen doch zu den geborenen Feinden von *EAT WELL* und überhaupt von allen Lobbyverbänden.“

„Was sagte Daniel Meister dazu?“, fragte Birgit.

„Der fiel fast vom Glauben ab“, meinte Charlene. „Dem fiel dazu nichts mehr ein. Und das will etwas heißen.“

„Schicken Sie uns bitte Kopien der Liste und der Mail“, sagte Birgit. Sie zückte wieder ihr Kärtchen mit der E-Mail-Adresse. „Ich habe die Liste dann gleich auf meinem Handy.“

„Ja.“ Charlene tippte auf ihrem Notebook.

„Der Professor hat sich zu der Liste noch nicht geäußert?“, vergewisserte sich Mannheim und überlas noch einmal die lange Reihe der Namen. Er hatte noch gar nicht gewusst, dass es sogar ein *Occupy Tokio* gab.

„Nein. Aber wenn er wirklich 3,5 Millionen an diese Organisationen spendet, dann ist er in der Branche erledigt. Diese Verbraucherschützer werden verachtet wie Dreck, ja. Darüber hat Nico sich öfters aufgeregt.“ Ein neues Zittern ging durch Charlenes Körper, ihre Nerven waren kurz vorm Durchdrehen. Sie blickte irritiert auf ihre Armbanduhr. „Ich muss Tom von seiner Schule abholen.“

„Das machen wir“, sagte Birgit sofort. „Ich schicke zwei Beamtinnen in Zivil. Machen Sie sich keine Sorgen. Es ist die *Wohlstand für Alle Grundschule*?Ich werde auch einen Arzt rufen, der Ihnen ein Beruhigungsmittel gibt.“ Sie erhob sich und ging ins Nebenzimmer, um die notwendigen Anweisungen zu erteilen.

„Ich will kein Beruhigungsmittel!“

„Ist vielleicht besser“, meinte Mannheim mit begütigender Stimme. „Mit einem Arzt sollten Sie auf alle Fälle sprechen! Erzählen Sie uns doch bitte noch kurz, was Neitzke und sein kahlgeschorener Compagnon hier genau wollten. Wie ist das abgelaufen?“

„Sie haben unten geklingelt. Sie haben gesagt, dass Dr. Meister sie schickt. Also habe ich sie herein gelassen. Aber als ich sie im Treppenhaus sah, wusste ich schon, dass ich diese Typen nicht in meiner Wohnung will. Ich wollte die Tür schließen, aber sie haben mich einfach zur Seite geschoben. Was sollte ich denn machen? Manuel war doch die ganze Zeit dabei."

„Wo war der überhaupt, während Sie mit dem Wagen unterwegs waren?", fragte Mannheim.

„Er war im Parterre, bei Frau Rikers. Sie hilft mir öfters. Sie ist nett."

„Was ist dann passiert?", fragte Birgit, die wieder zurückgekommen war. „Zwei Beamtinnen sind übrigens unterwegs zur Schule."

„Sie sind in die Wohnung gekommen und haben sich breit gemacht", sagte Charlene. „Ich habe gesagt, sie sollen wieder gehen, aber sie haben nur 'Jaja, Madame' geantwortet. Die haben die Ohren auf Durchzug gestellt. Dann wollte ich Meister anrufen, aber der Ältere der beiden hat mir das Handy weggenommen. Er hat gesagt, es wäre alles nur zu meinem Besten, ich solle mich jetzt mal beruhigen, ich sei ja am Ende mit meinen Nerven." Sie begann heftig zu zittern. „Ich habe dann gefragt, was sie hier eigentlich wollen? Sie haben gesagt, sie würden auf mich aufpassen. Dass ich nicht auch noch gestohlen würde..." Sie brach ab und würgte Tränen. „Dann sind Sie ja auch schon gekommen." Sie sah die Kommissarin dankbar an. „Was soll das alles? Was haben Nico und ich denn getan? Wir sind doch einfach nur eine ganz normale Familie!"

„Was soll das heißen: Er sei auch nicht ganz unschuldig?"

„Keine Ahnung."

„Sie werden für einige Tage Polizeischutz erhalten", erklärte der Kommissar. „Wenn Sie wollen, bleiben die Beamten hier in Ihrer Wohnung, sie können sich aber auch unten auf der Straße postieren. Das liegt ganz in Ihrer Entscheidung. Lassen Sie uns jetzt unsere Arbeit machen: Vielleicht finden wir ja eine Spur zu Ihrem Mann. Gegen Neitzke und seinen Mitarbeiter werden wir Ermittlungsverfahren einleiten. Spontan fallen mir da schon mal die Tatbestände der Freiheitsberaubung, der Nötigung und des Hausfriedensbruchs ein. Hinzu kommt noch Widerstand gegen die Staatsgewalt und ihre Waffen werden wir uns auch noch ganz genau ansehen."

24.

„Ihr Name lautet Mario Tadzio Strachwitz. Sie sind zweiundzwanzig Jahre alt, wurden in Bernau in Brandenburg geboren und vor drei Jahren wurde gegen Sie wegen Körperverletzung ermittelt. Sie hatten damals einen Job im Türstehermilieu. Außerdem verfügen Sie über Kontakte in die rechtsradikale Szene. Sie besitzen keinen Waffenschein, den würden Sie auch gar nicht bekommen, waren aber mit einer Walther SSP und einem Butterflymesser bewaffnet. Unter anderem werfen wir Ihnen Hausfriedensbruch, Nötigung und Freiheitsberaubung zum Nachteil von Frau Charlene von Welzow vor. Vor allem haben Sie meine Kollegin mit einer Schusswaffe bedroht. Nimmt man das alles zusammen, so ist Bewährung ohne Zweifel ausgeschlossen. Auf Sie warten Jahre im Knast."

„Scheiße", stieß der Muskelmann hervor.

„Ganz genau: Scheiße", wiederholte Robert Mannheim. Er und der Beschuldigte saßen sich an einem weißen Resopaltisch in einem der neuen, nach psychologischen Gesichtspunkten gestalteten Verhörräume im Präsidium am Platz der Luftbrücke gegenüber. Die Wände, Decken und Fußböden des quadratischen Zimmers waren weiß und wirkten extrem klinisch, die Deckenbeleuchtung war gleißend grell und es gab einen großen Spiegel, durch den die Kollegen das Interview beobachten konnten. Der Raum hatte eine bedrückende und einschüchternde Aura.

„Die Pistole, mit der Sie meine Kollegin bedroht haben, ist auf ihren Chef Peter Neitzke zugelassen", fuhr der Kommissar fort und legte die wuchtige Stirn in drohende Falten. „Wusste er, dass Sie die Waffe bei sich trugen?"

„Wat?"

„Ob er wusste, dass Sie die Waffe hatten?"

„Ick weeß nich."

„Das müssen Sie doch wissen!"

„Ick will meinen Anwalt sprechen!"

„Wie ist sein Name?"

„Fragen Sie Herrn Neitzke."

Mannheim warf dem jungen Mann einen genervten Blick zu. „Sie haben schon ganz recht: Es sieht nicht gut für Sie aus! Woher haben Sie das Butterflymesser?"

„Gefunden", meinte Strachwitz einsilbig.

„Wo haben Sie es gefunden?", blaffte Mannheim.

„Uff 'er Straße vor'm Haus."

„Auf der Straße vor wessen Haus?"

„In Konradshöhe."

„Das glauben Sie doch selbst nicht!", schnauzte der Kommissar. „Hören Sie auf, mir solchen Scheiß zu erzählen!"

„Ick will mein Anwalt sprechen." Mario Strachwitz saß kerzengerade und mit krampfhaft angespannten Muskeln auf seinem Stuhl. Wenn er eisern bei seinem Standardspruch blieb, war nicht viel aus ihm heraus zu holen.

„Das ist Ihr Recht", erklärte Mannheim. „Ich sage gleich meiner Kollegin Bescheid. Sie unterhält sich gerade mit Ihrem Chef. Mal sehen, was er sagt."

Strachwitz schwieg.

„Ich nehme an, Sie und Herr Neitzke haben denselben Anwalt?"

„Klar." Strachwitz klang erleichtert.

„Meine Kollegin hat geläutet, aber Sie haben die Tür nicht geöffnet! Sie hat auch laut Polizei gerufen!"

„Wat?"

„Meine Kollegin hat an der Tür der Familie von Welzow geklingelt, aber Sie und Ihr Chef haben nicht geöffnet. Also hat sie das Schloss mit ihrer Schusswaffe zerstört. Daraufhin haben Sie sie mit der Walther P22 bedroht."

„Det war ein Missverständnis."

„Haben Sie den Ruf Polizei nicht gehört?"

„Meine Ohren..."

„Sie hören schlecht?"

„Yes."

„Warum haben Sie auf meine Kollegin gezielt?"

„Det war 'ne Panikreaktion."

„Hatten Sie Angst vor ihr?"

Strachwitz schwieg. Seine kantigen Kiefer mahlten. Ironie schien ihn zu überfordern. „Klar“, knurrte er dann.

„Frau von Welzow hat Sie und Herrn Neitzke aufgefordert, die Wohnung zu verlassen“, erklärte Mannheim in seinem düstersten Tonfall. „Dieser Aufforderung sind Sie nicht nachgekommen. Warum? Es handelt sich um Freiheitsberaubung. Von wem ging die aus? Ich nehme an, Sie waren nur der Helfershelfer?“

Des Kurzgeschorenen schwieg. „Ick will mein Anwalt sprechen“, sagte er. „Det ist mein Recht, det Sie mir nicht verweigern dürfen.“

„Ihre Platte hat 'nen Sprung, was?“

„Wie?“

„Nichts. Sie waren bewaffnet bis an die Zähne. Schon mal was von Sicherheitsverwahrung gehört.“

„Nix.“

„Wie: Nix?“

Strachwitz verschränkte die Arme vor der Brust und blickte zur Decke.

„Hallo!“, rief Mannheim. „Hier spielt die Musik!“

Strachwitz blickte weiter zur Decke. Es schien sich um eine Art Totstellreflex zu handeln.

Mannheim erhob sich von seinem Stuhl. „Ich sage meiner Kollegin Bescheid. Ihr Chef wird den Anwalt anrufen.“ Er drehte sich um und verließ den Raum. Im Flur öffnete er eine Tür und betrat das Zimmer, von dem aus man Birgit Allenare bei der Vernehmung von Peter Neitzke zusehen konnte. Zwei Kollegen saßen an einem Tisch, blickten durch das Spiegelglas und machten wichtige Gesichter und Notizen.

„Sie waren also in der NVA und nicht bei der Stasi?“, fragte die Kommissarin gerade.

„Ja. Diese Bezeichnung Stasi-Neitzke ist eine miese Beleidigung. Gegen die gehe ich gerichtlich vor und habe bereits mehrere Verfahren gewonnen.“ Der hoch gewachsene Mann reckte angriffslustig das Kinn heraus. Er trug noch immer seine Jeansjacke und sein blondes Haar schien mit Gel fixiert.

„Seit wann arbeiten Sie für *EAT WELL*?“

„Wir arbeiten für diverse Kunden. Für *EAT WELL* sind wir seit rund drei Jahren tätig. Wir bieten Objektschutz und Personenschutz."

„Ihre Firma läuft gut?"

„Natürlich."

„Wie viel Ihres Umsatzes entfällt auf *EAT WELL*?"

„Bitte, das geht Sie nichts an", sagte Neitzke. „Aber sicher: *EAT WELL* gehört zu unseren herausragenden Kunden."

„Dr. Meister ist Ihr Ansprechpartner bei *EAT WELL*?"

„Ja."

Mannheim nahm den Hörer ab. Bei Birgit läutete das Telefon und sie nahm das Gespräch entgegen.

„Hat er schon seinen Anwalt angerufen?", fragte Mannheim.

„Ja."

„Strachwitz will den gleichen haben."

„Kein Problem. Er ist schon unterwegs." Sie legte auf.

„Wer ist es?", wandte Mannheim sich an seine beiden Kollegen.

„Hajo Gerbert." Der Kollege war ein ungefähr dreißigjähriger, sehniger Mann mit einem dunklen Drei-Tage-Bart. „Der vertritt regelmäßig das Security-Milieu. Unter anderem Türsteher, denen die Faust zu locker sitzt und ähnliche Fälle."

„Iss ja toll."

„Kommen wir also zum Nachmittag zurück!", forderte Birgit scharf. Mannheim wunderte sich manchmal, mit welcher Dominanz sie auftreten konnte. „Noch einmal: Warum sind Sie Frau von Welzows Aufforderung nicht gefolgt und haben ihre Wohnung unverzüglich verlassen?"

Peter Neitzke räusperte sich und sah sie an. Er hatte Mumm in den Knochen. „Das war alles ein großes Missverständnis. Wir haben geklingelt und sie hat uns rein gelassen. Sie war mit ihren Nerven ja absolut runter. Sie hatte Angst wegen ihres Mannes. Kein Wunder, sie wusste sich nicht mehr zu helfen, das arme Frauchen. Wir waren kaum drei Minuten da, als sie anfing, unzusammenhängende, wirre Sachen zu reden. Ich wusste zunächst überhaupt nicht, was sie eigentlich wollte. Ja, das war das Problem! Ich hab sie gar nicht richtig verstanden! Sie erzählte was von Dr. Meister und von dem Professor, und dann haben auch Sie schon die Tür aufgeschossen und in der Gegend herum geballert!"

„Ich habe überhaupt nicht in der Gegend herumgeballert!", versetzte die Kommissarin scharf. „Ich habe geläutet und 'Aufmachen, Polizei!' gerufen. Es war Gefahr im Verzug."

„Aha", meinte der Cowboy sarkastisch.

„Hat Herr Meister Sie angestiftet, Frau von Welzow ihrer Freiheit zu berauben?"

„Ich sage Ihnen doch: Das war alles ein dummes Missverständnis. Wenn sie klar und deutlich gesagt hätte: Gehen Sie!, so hätten wir sofort ihre Wohnung unverzüglich verlassen. Gar keen Problem!"

„Frau von Welzow hat Sie unmissverständlich zum Gehen aufgefordert!"

„Das habe ich so nicht gehört." Neitzke machte ein Gesicht, als gehe er gerade zur gerade Jugendweihe und könne kein Wässerchen ihn trüben.

„Wir werden sehen, wem der Richter glaubt. Was wollten Sie eigentlich in Konradshöhe?"

„Dr. Meister hatte mich gebeten, ein wenig auf Frau von Welzow aufzupassen. Ihr Mann ist entführt worden."

„Ihr Mitarbeiter Mario Strachwitz hat mich mit einer Schusswaffe bedroht. Einer Walther P 22. Er besitzt keinen Waffenschein. Die Walther ist auf Ihren Namen zugelassen."

„Dieser Vorfall tut mir Leid", sagte Neitzke zerknirscht. „Herr Strachwitz hätte diese Pistole niemals führen dürfen, geschweige denn damit auf einen Menschen zielen. Aber ich wusste nicht, dass er die Waffe an sich genommen hat."

„Sie gehen in Ihrer Firma ein bisschen lax mit den Schusswaffen um?"

„Nein, ich verstehe überhaupt nicht, wie das passieren konnte."

„Wo befinden sich die Waffen?"

„In einem Waffenschrank."

„Und wer hat alles einen Schlüssel?"

„Es gibt einen Zahlencode. Den kennen nur ich und meine Frau." Neitzke machte ein bekümmertes Gesicht. „Diese Sache ist meine Schuld. Das war mein Versagen. Sorry!"

„Was ist mit dem Messer?"

„Von dem habe ich erst erfahren, nachdem Ihre Kollegen es ihm abgenommen hatten."

„Komische Mitarbeiter haben Sie?"

„Der war die längste Zeit bei mir", schnauzte Neitzke.

„Herr Meister hat Sie angerufen", sagte Birgit Allenare. „Sie haben sich kaum fünfzehn Minuten später in einem Straßencafé getroffen und kurz gesprochen, danach sind Sie sofort nach Konradshöhe gefahren. Für Dr. Meister stehen Sie Gewehr bei Fuß?"

Neitzke musterte die Kommissarin mit ebenso verblüffter wie misstrauischer Miene. „Haben Sie uns observieren lassen?", fragte er argwöhnisch.

„Das tut nichts zur Sache. Sie waren jedenfalls sofort zu Stelle."

„Ja, ich war zufällig gerade frei."

„Wie gut kennen Sie Herrn Meister?"

„Ich kenne ihn beruflich."

„Waren Sie schon mal in seiner Privatwohnung?"

„Nein."

„Hatten Sie schon mal mit Professor Reichenberger-Stein zu tun?"

„Im Rahmen von Personenschutzaufgaben habe ich gelegentlich mit ihm zu tun. Wenn der Professor wichtige Partner zu Gast hat, aus den USA oder aus China, dann organisieren wir den Fahrdienst und gewährleisten zugleich die Sicherheit."

„Persönlich hatten sie nie mit Reichenberger-Stein zu tun?"

„Wir sind nur die Bodyguards", erklärte er ehrlich erstaunt. „Wir sind die kleinen Handlanger."

„Gut. Wir werden Sie morgen früh dem Staatsanwalt vorführen", erklärte Birgit Allenare. „Unter anderem werfen wir Ihnen Freiheitsberaubung vor. Dafür gibt es keine Bewährungstrafe. Sie werden im Knast verschwinden."

Jetzt hatte Neitzke Mühe, seine Fassung zu wahren. „Es war ein Missverständnis“, würgte er.

„Das werden wir sehen. Und Sie haben auch mir nicht geöffnet. Im Gegenteil: Ihr Mitarbeiter hat mich mit einer Schusswaffe bedroht.“

„Verdammt, das habe ich nicht zu verantworten“, schnauzte Neitzke. Jetzt konnte Birgit Angst in seinen Augen erkennen. „Sie können mir nicht anhängen, was dieser bekloppte Arsch gemacht hat.“

„Meinen Sie? Sie sind der Chef von's Janze!“

In diesem Augenblick klopfte es an der Tür des Raumes, von dem aus Mannheim und seine beiden Kollegen das Interview beobachteten. Eine uniformierte Beamtin öffnete und ein großgewachsener, dicker Mann in einem dunklen Anzug trat ein. Er hatte massige, feiste Gesichtszüge mit einem Doppelkinn, dunkles Haar und trug einen Stoppelbart. Der Kommissar fühlte sich bei seinem Anblick unwillkürlich an einen Eber erinnert.

„Hajo Gerbert“, sagte er und atmete ein bisschen schwer. „Ich vertrete Herrn Neitzke als Rechtsanwalt.“ Er warf einen prüfenden Blick durch die Spiegelglasscheibe. „Ich sehe, Sie sind schon fleißig bei der Arbeit. Ja? Ich hoffe, dass Sie meinem Mandanten nicht seine Rechte verwehrt haben?“

„Ganz und gar nicht.“ Mannheim stellte sich vor. „Sie vertreten ebenfalls Mario Strachwitz?“

„Es handelt sich um Herrn Neitzkes Mitarbeiter?“

„Ja.“

Gerbert nickte. „Klaro.“

„Wir haben die beiden Herrn während eines Einsatzes festgenommen. Im Kern legen wir Ihnen Freiheitsberaubung zur Last. Hinzu kommen Widerstand gegen die Staatsgewalt, Verstoß gegen das Waffengesetz und ähnliches. Herr Strachwitz war mit einer Walther P 22 bewaffnet, für die er keinen Waffenschein besitzt, und er hatte ein Buttlerflymesser dabei. Mit der Pistole hat er auf meine Kollegin gezielt. Sie konnte ihn aber überwältigen.“

„Tja..." Der Eber zog die buschigen Brauen nach oben und atmete schnaufend aus. „Wo kann ich mit meinen Mandanten unter vier Augen sprechen?"

„Bitte, meine Kollegin bringt Sie in den Interviewraum. Wen wollen Sie als ersten sehen?"

Rechtsanwalt Gerbert warf einen Blick auf Peter Strachwitz.

„In Ordnung", sagte Mannheim. Er öffnete die Tür. „Führst du den Rechtsanwalt in die Z 2?", wandte er sich an die Kollegin, die noch draußen auf dem Flur stand. Er drehte sich zu Gerbert. „Bitte."

Der Anwalt verließ den Raum. Mannheim nahm den Hörer ab. „Der Anwalt ist da und will mit ihm sprechen",sagte er.

„Schön", antwortete Birgit Allenare. Sie informierte Strachwitz, dass das Interview beendet sei, erhob sich und verließ das Verhörzimmer. Drei Sekunden später trat sie in den Beobachtungsraum.

„Wie findet ihr ihn?", fragte sie.

„Keine Beleidigungen im Dienst", feixte einer der Kollegen.

„Hört ja keiner."

Gerade holte ein uniformierter Kollege Strachwitz aus dem Verhörzimmer ab.

„Die werden leugnen", meinte Mannheim. „Aber es wird ihnen nichts nutzen. Sie haben sich verzockt."

„Meister hat sich verzockt", sagte Birgit.

„Aber das werden wir ihm kaum nachweisen können, solange die beiden Figuren dicht halten."

Es ging bereits auf neunzehn Uhr zu. „Scheiße", rief Birgit. „Ich muss Heiko anrufen und ihm absagen. Max ist bei Sally, er hat Anspruch auf ein bisschen Zeit." Max war ihr sechsjähriger Sohn, Sally ihre Kreuzberger Nachbarin. Sie nahm ihr Handy und verließ den Raum.

„Wir nehmen uns die zwei heute Abend noch mal vor", sagte der Kollege mit dem Drei-Tage-Bart. „Die Aussicht auf Haftstrafen wird sie einschüchtern."

„Die Firma *EAT WELL* ist das eigentliche Thema", erklärte Mannheim. „Diese Typen sind ja wirklich nur die Kampfhunde.

Möglicherweise können wir einen Deal mit Strachwitz machen. Falls er überhaupt etwas über seinen Auftraggeber zu sagen hat."

Nach drei Minuten erschien Birgit Allenare wieder in dem Verhörraum. Sie sah wütend aus. Mannheim warf ihr einen fragenden Blick zu.

„Dieser blöde Arsch", stieß sie hervor. „Jetzt fühlt er sich zurückgesetzt. Was soll ich denn machen, eh? Ich habe ein kleines Kind. Jetzt tut er frustriert, der Herr Egoshooter."

„Ach Schätzchen", brummte Mannheim.

Sie warf ihm einen genervten Blick zu. „Iss doch so! Scheiße!"

Er legte ihr tröstend die Hand auf die Schulter.

„Ach Robby..."

„Ich habe versucht, Reichenberger-Stein zu erreichen", erklärte er. „Laut seiner Sekretärin befindet er sich aber in einem Powermeeting und darf nicht gestört werden. In seiner Privatwohnung läuft auch nur der Anrufbeantworter."

„Den schnappen wir uns", fauchte Birgit.

„Aber erst morgen. Wir haben mit allen Verständnis und behandeln sie wie rohe Eier." Mannheim grinste. „Immerhin ist Meister ab zweiundzwanzig Uhr in seiner Wohnung in der Heinrich-Mann-Straße anzutreffen. Zuvor muss er noch mit irgendwelchen Lobbyisten in irgendeinem Sternerestautrant die Strippen ziehen."

„Toll", warf der Kollege mit dem Drei-Tage-Bart ein.

„Ich komme mit", sagte Birgit.

„Hm?"

„Sally benutzt das Babyphon."

„Na schön. Ich kann dich in der Dieffenbachstraße abholen. Ich will vorher noch mal zu Katjunka."

Sie warf ihm einen fragenden Blick zu.

„Ich hab da eine Idee. So gegen neun?" Dann fiel ihm etwas vollkommen anderes ein: „Verdammt, ich muss Lilly anrufen. Die muss heute ohne mich zu Abend essen." Er zog sein Handy aus der Tasche und klickte auf seine eigene Nummer. „Hallo, mein Schätzchen", säuselte er.

25.

Es war bereits dunkel, als Robert Mannheim in der Neuköllner Pflügerstraße aus seinem alten Mercedes stieg. Im *Pflügerback* herrschte noch reger Betrieb, da es nun aber abendkühl geworden war, hatte man die Plastikstühle nach drinnen geräumt. Schräg gegenüber fand in der Galerie *Wasserstiel* eine Vernissage statt; jedenfalls war der kleine Raum zum Bersten gefüllt und wimmelte es auf der Bürgersteig von miniberockten jungen Damen und Herren in schicken Sakkos, rauchend und weinglasbewaffnet. Der Kommissar ging durch zum Hof zu dem Seitenflügel, in dem Katjunka wohnte. In Elena Reichenbergers ehemaliger Wohnung, die die Spurensicherung inzwischen wieder frei gegeben hatte, waren die Fenster dunkel. Dagegen brannte in Katjunkas Küche Licht. Mannheim stieg die Treppe nach oben und läutete.

Der Muskelmann öffnete in Sporthose und Muscleshirt. Auch Godzilla ließ seine neugierige Schnauze sehen.

„Wat iss?"

„Ich hab noch mal 'ne Frage", erklärte Mannheim.

„Ehm..."

„Darf ich reinkommen."

„Ick hab schon allet erzählt."

„Es geht um was anderes."

„Na schön, Herr Kommissar."

Sie gingen in die Küche und setzten sich an den Tisch. Katjunkas Freundin war wohl unterwegs. Mannheim zog ein Foto von Peter Neitzke hervor und legte es vor dem Muskelmann auf den Tisch. „Haben Sie den schon mal gesehen?"

„Wer iss det?"

„Kennen Sie ihn?"

„Nee."

„Sehen Sie ihn sich doch mal genauer an!"

„Hm."

Auch Godzilla sprang am Tisch hoch, als wolle er einen Blick auf das Foto werfen. Katjunka versetzte ihm jedoch einen harten Stoß gegen den Kopf. „Verschwinde, du Komiker!"

„Und?“, fragte Mannheim und zog ein zweites Foto von Neitzke aus seiner Tasche, während der Kampfhund sich beleidigt aus der Küche trollte.

„Ehm...“, machte Katjunka.

„Det wär toll, wenn Sie mir helfen könnten. Die Polizei ist auf die Mithilfe der Bürger angewiesen. Vielleicht gibt es sogar 'ne Belohnung.“

„Det könnte wirklich der Perverse sein, der die ermordete Frau im Hausflur anjefallen hat“, sagte Katjunka.

„Ahja.“

Katjunka nickte und zündete sich eine Zigarette an.

„Sind Sie sicher?“

„Naja, det jing ja allet sehr schnell. Und et war schon spät. Ick will ja kenen Unschuldigen beschuldigen. Aber er könnte et sein.“

„Gut, das war es schon“, sagte der Kommissar. „Sie haben uns sehr geholfen. Kommen Sie doch morgen bitte mal am Platz der Luftbrücke vorbei. Sagen wir so gegen 14 Uhr? Fragen Sie an der Pforte einfach nach der Fünften Mordkommission, das sind meine nette Kollegin und ich. Wir machen dann eine Gegenüberstellung, die die Situation damals im Hausflur ein bisschen nachempfindet.“

„Muss det sein?“

Mannheim nickte. „Sie kriegen Aufwandsentschädigung.“

„Det iss jut.“

„Dann erwarten wir Sie!“ Der Kommissar erhob sich.

„Jut.“

Mannheim verließ die Wohnung und ging über den Hof zurück zur Straße. Er war bester Dinge. Er hätte Birgit fragen sollen, wo man hier in der Gegend einigermaßen gut essen konnte. Sie kannte sich hier aus, denn die Dieffenbachstraße, in der sie wohnte, befand sich fast in Laufnähe. Aber das war kein Problem, er würde schon etwas finden.

26.

Die Pankower Heinrich-Mann-Straße lag in spätabendlicher Ruhe. Robert Mannheim hatte auf der Neuköllner Seite des Landwehrkanals eine Trattoria gefunden und eine kleine Vorspeisenplatte, geschmortes Kaninchen mit grünen Bohnen und zum Dessert Pannocotta mit Erdbeeren verzehrt. Dazu hatte er eine Flasche Rosso de Montalcino getrunken. Er hatte noch einmal mit Lily telefoniert. Anschließend hatte er Birgit Allenare zu Hause abgeholt. Natürlich hatte sie bemerkt, dass er nicht mehr hundertprozentig nüchtern war, aber da sie wahrscheinlich selbst schon ein Gläschen getrunken hatte, überließ sie ihm das Steuer; immerhin waren sie die Polizei und mussten deswegen keine Alkoholkontrolle fürchten. Mannheim fuhr quer durch Mitte hinauf nach Pankow. In der Heinrich-Mann-Straße war es still und kein Mensch war mehr unterwegs, ein sanfter Wind vom nahen Bürgerpark säuselte leise durch die Blätter der Bäume und nur wenige Straßenlaternen erhellten die Szene. Die Polizisten parkten vor Daniel Meisters Wohnhaus. Mannheim sah, dass auf der gegenüberliegenden Straßenseite ein Geländewagen stand, in dem ein junger Mann hinter dem Steuer saß und eine Zigarette rauchte.

Birgit Allenares Handy meldete sich zu Wort. Es waren die Kollegen, die Charlene von Welzow in ihrem Haus beschützten. Die junge Frau hatte das Anwesen vor einer guten halben Stunde mit ihrem Wagen in südlicher Richtung verlassen.

„Sie hat nun das Haus des Professors am Elvirasteig erreicht“, erklärte der Kollege. „Aber allet iss dunkel, der Herr Professor scheint ausjeflogen. Frau von Welzow klingelt Sturm, aber niemand öffnet. Nu versucht se sogar, über die Tür zu klettern. Wat soll'n wir tun?“

„Lasst sie einfach machen“, sagte Birgit. „Aber passt auf, dass ihr nichts passiert, oder dass sie sich verletzt, oder ähnliches.“

„Jut. Die Frau iss völlig durch'n Wind?“

„Ganz sicher.“

Die Kommissarin beendete das Gespräch. Sie gingen über die Straße zu dem Geländewagen hinüber. Mannheim zog seine Identitätskarte des LKA Berlin aus der Tasche und hielt sie an das Seitenfenster des Fahrzeugs. „Abend!"

Der junge Mann hatte dicke Muskeln und kurze Haare. Er ließ die Scheibe nach unten surren und warf dem Kommissar einen gelangweilten Blick zu.

„Wie Sie sehen: Polizei Berlin. Haben Sie zufällig Führerschein und Fahrzeugpapiere dabei? Aber bitte nehmen Sie die Dokumente mit der linken Hand!" Man konnte nicht vorsichtig genug sein.

„Ick bin doch beinahe von dieselbe Firma", meinte der Muskelmann. Er griff mit der Linken in die Innentasche seiner Jeansjacke, zog eine Brieftasche hervor und reichte dem Kommissar die Dokumente. Mannheim betrachtete Führerschein, Fahrzeugpapiere, sowie einen merkwürdig kubistisch aussehenden Mitarbeiterausweis der Firma *Security 2000 – Sicherheit in Berlin*. Der Mann hieß Marvin Cernalske und arbeitete für Stasi-Neitzke. Auch der Geländewagen war auf Neitzkes Firma zugelassen.

„Was machen Sie hier?"

„Ick jewährleiste Personenschutz."

„Für Dr. Meister?" Mannheim blickte in Richtung des Wohnhauses, in dessen oberer Etage in mehreren Fenstern Licht brannte.

„Jibt's damit Probleme?"

„Passen Sie gut auf, dass niemand Sie entführt." Mannheim gab die Dokumente zurück und sie gingen zu Meisters Wohnhaus.

Der Manager sah müde und erschöpft aus. Er hatte dunkle Ringe unter den Augen und auf seinem Kinn wucherte ein Stoppelbart. Tatsächlich war er seit dem frühen Morgen auf den Beinen. Er hatte seine Krawatte gelockert und auch sein Haar saß nicht mehr ganz akkurat.

„Danke, dass Sie spät noch Zeit für uns haben", sagte der Kommissar.

Meister nickte. „Kommen Sie rein, bitte!"

Die Polizisten traten in die Wohnung und folgten Meister in das Wohnzimmer, in dem der Müller-Badisch hing. Ein großer, nach Art Deco aussehender Kronleuchter ließ den Raum in einem hellen und dennoch warmem Licht erstrahlen. Nach Mannheims Eindruck ergab sich der Eindruck der Wärme aus dem erdigen, mit einem Hauch von Pink gemischten Weiß, in dem das Zimmer gestrichen war; hier war alles andere als Billigfarbe aus dem Baumarkt verwendet worden. Sie setzten sich an den Tisch.

„Was kann ich für Sie tun?“, fragte Meister.

„Ich sehe, dass Sie sich Personenschutz besorgt haben“, erklärte der Kommissar.

„Ja, warum nicht?“

„Fühlen Sie sich bedroht?“

„Immerhin wurde letzte Nacht mein Wagen angezündet.“

„Was kostet so ein Personenschützer?“, erkundigte sich Birgit Allenare.

„Ich kann es mir leisten.“

„Ich nehme an, Sie wissen, dass wir Peter Neitzke und seinen Mitarbeiter verhaftet haben?“, fragte der Kommissar.

Der Manager nickte.

„Die Staatsanwaltschaft wird Anklage wegen Freiheitsberaubung erheben. Im Fall von Mario Strachwitz kommen noch Widerstand gegen die Staatsgewalt, unerlaubter Waffenbesitz und ein bewaffneter Angriff auf eine Polizeibeamtin hinzu.“

„Die beiden haben keineswegs in meinem Sinne oder gar Auftrag gehandelt“, erklärte Meister müde.

Birgit nahm ihr Notebook aus ihrer Umhängetasche und schaltete es ein. Sie zeigte Meister mehrere Aufnahmen, die sie am Nachmittag von ihm und Peter Neitzke in dem Café gemacht hatte.

„Mein Gott, haben Sie nicht Besseres zu tun, als schwer arbeitende Leute zu observieren?“, fragte er genervt.

„Wie bitte?“, fragte die Kommissarin. Sie blickte auf das Bild. „Was haben Sie da besprochen?“

„Ich habe Herrn Neitzke beauftragt, zu Charlene von Welzow zu fahren. Ich hatte kurz zuvor mit ihr gesprochen. Die beiden sollten auf sie aufpassen.“

„Nur dass Frau von Welzow sich von Neitzke und seinem Mitarbeiter dann bedroht und genötigt fühlte.“

Meister vollführte eine abwertende Geste. „Ich konnte nicht ahnen, dass er der Sache nicht gewachsen ist. Wir arbeiten schon seit Jahren mit *Security 2000* zusammen. Bisher lief das immer gut."

„Wieso heute nicht?"

„Ich weiß es nicht. Und außerdem ist ja wohl noch nicht wirklich klar, ob Frau von Welzow die Situation in ihrer Aufregung nicht vielleicht doch gründlich missverstanden hat. Ich habe Neitzke jedenfalls ausschließlich zu ihrem Schutz geschickt. "

„Ich habe keineswegs irgendetwas missverstanden, als Mario Strachwitz auf mich gezielt hat", versetzte Birgit Allenare scharf. Seit ihrem Einsatz am Nachmittag hatte sie das Charisma einer sprungbereiten Leopardin. „Ich habe es auch nicht missverstanden, dass auf meine Aufforderung und den lauten Zuruf Polizei hin die Tür nicht geöffnet wurde."

Daniel Meister machte ein unglückliches Gesicht. „Was dieser Idiot getan hat, ist absolut unentschuldbar. Aber dafür kann ich nichts."

„Wir werden die Herrn Neitzke und Strachwitz in den nächsten Tagen noch ausführlich zum Hergang befragen", erklärte Mannheim. „Uns liegt inzwischen zudem eine Aussage vor, derzufolge Peter Neitzke vor einigen Monaten Elena Reichenberger nachts in ihrem Hausflur überfallen und bedroht hat."

Der Manager konnte nicht verhindern, dass er blass wurde. „Elena? Wer behauptet das?", bellte er heiser.

„Wie gesagt: Wir haben einen Zeugen."

„Über diesen Überfall weiß ich nichts."

„Klar. Neitzke führt in der Branche übrigens den Namen Stasi-Neitzke."

„Und?"

„Ich dachte, *EAT WELL* setzt sich vehement für die Freiheit ein?"

„Das tun wir auch", bestätigte Meister. „Mein Gott, irgendwo musste Neitzke sein Handwerk eben lernen. Die Stasi war eine professionelle Organisation, die leider für das falsche System arbeitete."

„So kann man's natürlich auch sehen." Mannheim mühte sich, den Abscheu in seiner Stimme zu unterdrücken.

Birgit Allenare klickte auf ihrem Laptop und zeigte eine Aufnahme von Daniel Meister und Charlene von Welzow auf der Straße vor dem *EAT WELL* Gebäude.

„Schönes Bild", meinte der Manager desinteressiert.

„Ich frage mich, wer Stasi-Neitzke beauftragt hat, Elena Reichenberger zu überfallen? Auf eigene Initiative wird er ja wohl kaum gehandelt haben."

„Ich war es nicht."

„Zeig ihm mal das Foto mit dem Müller-Badisch", wandte Mannheim sich an seine Kollegin.

Birgit Allenare öffnete die Aktaufnahme, die Elena nackt auf Meisters Ledersofa unter dem Vaginagemälde zeigte.

„Wo haben Sie das her?", schnauzte er.

„Aufnahmen dieser Art wurden von einer anonymen Mailadresse aus an *fairfood* geschickt", erklärte die Kommissarin. „Dieses Foto wurde in diesem Raum gemacht. Warum haben Sie die Bilder an *fairfood* geschickt?"

„Habe ich das?", grinste Meister.

„Wer sollte es sonst gewesen sein?"

„Elenas Rechner wurde doch gehackt, wie Sie ermittelt haben. Vielleicht stammt die Aufnahme ja von dort. Auf Elenas Rechner hatten wohl einige Leute Zugriff."

Dieses Argument war nicht von der Hand zu weisen.

„Sie haben das Bild aber gemacht?"

„Wie Sie wissen, hatten wir ja mal dieses kleine Intermezzo."

„An *fairfood* wurden zudem Kopien von Kontodokumenten gemailt", übernahm Mannheim. „Die bezogen sich auf diese 25 000.- US-Dollar, die von der *Blue Dragoon Bank of Singapure* als Beraterhonorar auf Frau Reichenbergers Konto überwiesen wurden."

„Ich habe von Elenas krummen Geldgeschäften keinen blassen Schimmer. „Meister machte ein vollkommen unschuldiges Gesicht. „Ich glaube, das habe ich Ihnen aber bereits gesagt."

„Charlene von Welzow hat erzählt, dass bei *EAT WELL* mit größeren Boni gerechnet wird“, sagte Birgit.

„Mit Boni rechnet man immer.“

„Wollen Sie ebenfalls Ihre Wohnung kaufen?“

„Ich will das ganze Haus kaufen. Die Wohnung gehört mir schon. Außerdem brauche ich ein neues Auto.“

„Ach so. Aus welchem Grund könnte jemand diese Fotos und Kontoauszüge an *fairfood* geschickt haben?“

„Keine Ahnung. Aber ich sage immer: Die spinnen, die Ökos.“

In Mannheims Bauch stieg Wut auf die Arroganz und die scheinbar unendliche Selbstsicherheit des Managers auf. „Mir sieht das nach einer gezielten Rufmordkampagne gegen Elena Reichenberger aus.“

Meister schwieg.

„Vielleicht geht es aber in Wirklichkeit gegen den Professor. Was würde es bedeuten, wenn er tatsächlich die Millionen an all diese Organisationen spenden würde?“

„Tja...“

„Was sagen Sie zu der Liste der NGOs?“, fragte Birgit. „Professor Reichenberger-Stein soll ein ganzes Jahreseinkommen spenden. Unter anderem an alle möglichen Kritiker der Lebensmittelindustrie.“

„Ja, diese Liste ist komplett irre. Alle Verrückten dieser Welt in einer Reihe...“ Er schüttelte ratlos den Kopf.

„Leider war Ihr Chef heute telefonisch nicht zu erreichen.“

Meister konnte nicht verhindern, dass für eine kurze Sekunde ein Leuchten in seinen Augen erschien. „Naja,“ sagte er dann aber. „Er steht unter Schock. Das ist ja kein Wunder. Diese Forderung ist so ähnlich, als wolle man den Papst dazu zwingen, den Petersdom an Islamisten zu verschenken.“ Er konnte ein Grinsen gerade noch unterdrücken.

„Schöner Vergleich. Auch Frau von Welzow wollte mit ihm sprechen. Ebenfalls ohne jeden Erfolg. Hatten Sie Kontakt mit ihm?“

„Wir haben kurz telefoniert. Morgen früh ist er wieder auf dem Damm. Im Moment hat er sich wahrscheinlich in seinem abgedunkelten Haus verschanzt. Das muss noch so ein komischer Reflex aus dem Weltkrieg sein."

„Herr Reichenberger-Stein wäre in der Branche erledigt, wenn er dieser Forderung nachkäme?", fragte Birgit Allenare.

„Ganz sicher." Meister warf der Kommissarin einen Blick zu. „Der Vorstand von *EAT WELL* würde ihn vermutlich in die Psychiatrie einweisen lassen. Aber seine Zeit ist ohnehin abgelaufen: Er hatte im vergangenen Jahr einen schweren Herzinfarkt. Er ist krank und wird sich zurückziehen müssen."

In diesem Augenblick stieg in Mannheim eine Ahnung auf, welches Spiel tatsächlich gespielt wurde. Sicher hatte Meister Elenas kompromittierende Fotos ebenso wie ihre Bankdaten an *fairfood* gemailt. Und vielleicht hatte er auch Stasi-Neitzke auf sie angesetzt. Doch er hatte nach der Tochter getreten und auf den Vater gezielt. Er hatte über Bande gespielt.

„Wer würde den Professor auf dem Chefsessel beerben?", fragte Birgit.

„Keine Ahnung."

„Können Sie selbst sich da Hoffnungen machen?"

Meister winkte ab. „Ach wo. Ich bin nur ein kleiner Kommunikator im Weinberg des Herrn."

„Jetzt seien Sie mal nicht zu bescheiden."

„Ich bin bescheiden? Ich habe keinen Zweifel daran, dass ich jeden Cent meines Geldes auch wert bin. Übrigens zahle ich mich an Steuern wahrlich fast tot."

„Ja, schlimm. Lassen Sie uns mal über die Dreieinhalb-Millionen-Frage sprechen. Was haben diese Leute, die Herrn von Welzow entführt haben, gegen den Professor in der Hand, um ihn zu diesen Überweisungen zwingen zu können? Womit können sie ihn zwingen, sich in dieser Weise bloßzustellen und selbst zu zerstören? Was ist noch schlimmer?"

Meister schüttelte den Kopf. „Ich weiß es nicht."

„Hatte Elena etwas gegen *EAT WELL* in der Hand?"

Mannheim konnte Meister für eine halbe Sekunde lang am Gesicht ansehen, dass seine Frage nicht abwegig gewesen war.

Doch dann hatte der Manager sich wieder im Griff. „Keine Ahnung. Mir hat sie jedenfalls keine großen Geheimnisse anvertraut."

„Wer hätte einen Vorteil, wenn Professor Reichenberger stürzt?"

„Davon würden viele Leute profitieren. So funktioniert unser Wirtschaftssystem: Der Stärkste, der Klügste, der Härteste setzt sich durch. Übrigens wird Reichenberger weich fallen. Er ist ausgesprochen wohlhabend. Er kann sich dann erst mal in sein Haus in Florida zurückziehen und seine Wunden lecken."

„Sie haben kein Mitleid mit ihm?"

Meister warf dem Kommissar einen Blick zu. „Hatte ich Mitleid mit Florida-Rolf? Das Scheitern und der Untergang sind ein Teil des Lebens. Wer das leugnet, ist bestenfalls ein Weichei. Haben Sie schon eine Spur zu Nico von Welzow?" Mannheim hatte das Gefühl, dass der Manager sich tatsächlich für das Schicksal seines Kollegen interessierte.

„Wir haben am Nachmittag seinen Wagen gefunden. Die Spurensicherung ist jetzt dran. Könnte Herr von Welzow irgendwann einmal Chef werden?"

„Nico? Der ist viel zu nett. Nein, er ist ein guter Jurist, aber ein Chef ist er ganz bestimmt nicht."

„Wie stand es mit Rennerstieg?"

„Der war ein herausragender Informatiker. Aber für irgendwas Anderes hat er sich nicht interessiert. Er wollte arbeiten und von seinem Gehalt Weltreisen unternehmen. Wahrscheinlich litt er an einem DDR-Trauma und wollte deswegen ununterbrochen nach Asien oder Afrika fliegen." Meister strich sich mit der Hand über das Gesicht. „Ich bin müde", sagte er. „Auch ich bekomme mein Geld nicht umsonst."

„Sie wissen, dass wir gegen Sie als Auftraggeber von Peter Neitzke ermitteln?", fragte Mannheim.

„Sicher."

Die Polizisten erhoben sich. „Na schön", sagte Mannheim. „Dann wollen wir Sie nicht länger stören. Vielleicht sehen wir uns ja schon morgen wieder."

Daniel Meister warf ihm einen Blick zu als wolle er sagen: Du blöder Arsch, verpiss dich! „Schauen wir mal", meinte er aber.

Mannheim schob eine Neil Young CD in den Player, als sie wieder im Wagen saßen. Auch er war müde. Sein Blick fiel auf den Muskelmann in dem Range Rover auf der gegenüberliegenden Straßenseite. Leute wie Daniel Meister benötigten weder eine Kranken- noch eine Rentenversicherung. Sie brauchten noch nicht mal die Polizei. Mit ihrem endlosen Geld konnten sie sich alles privat kaufen.

27.

„Rene Katjunka hat gerade angerufen", erklärte Natascha. „Er will doch keine Aussage machen. Stattdessen widerruft er alles, was er dir gestern Abend erzählt hat. Das seien alles bloß Hirngespinste gewesen. Angeblich kann er sich an nichts mehr erinnern."

„Wie bitte?" Mannheim wehrte sich gegen die Enttäuschung und die Wut, die in ihm hoch stiegen. Der Tag fing ja toll an. „Was hat der Vollidiot denn?" Er war gerade ins Büro gekommen - es war kurz nach acht - und Natascha, zur Feier des Frühsommers in ledernen Hot Pants, hatte ihn mit der frohen Botschaft empfangen.

„Und er hat wirklich so früh am Tag hier angerufen?", fragte er und konnte sich einen Blick auf ihre Beine nicht verkneifen.

Sie nickte. „Gerade eben."

„Für gewöhnlich pennt der doch bis in die Puppen." Katjunka konnten nur Geld oder Angst antreiben. „Was hat er genau gesagt?"

„Nur, dass er es sich anders überlegt hat."

„Dieses Arschloch!"

Birgit Allenare schlenderte ins Büro, einen Becher heißen Kaffees in der Hand haltend. Sie warf ihre Tasche von sich. „Guten Morgen."

„Morgen. Katjunka macht einen Rückzieher!"

„Was?"

Natascha erzählte, was passiert war.

„Die setzen ihn unter Druck“, sagte Birgit Allenare.

„Wir fahren da gleich mal vorbei“, meinte Mannheim.

„Es gibt noch 'ne weitere Entwicklung“, sagte Natascha. „Die Kollegen, die in Tiefwerder die Anwohner befragt haben, wurden von drei Leuten auf einen Transporter der Firma *Zille Cars Berlin* hingewiesen, der angeblich in der Nacht auf dem Parkplatz gestanden hat.“

„Oha“, rief Mannheim. „Das ist doch mal was!“

„Es soll ein Transportbus mit schwarz verspiegelten Scheiben gewesen.“

„Warum erfahren wir erst heute früh von dem Wagen?“

Natascha zuckte mit den Schultern.

„Ich fahre da gleich vorbei“, sagte Birgit Allenare. Sie sah ihre Kollegin an. „Bereite schon mal 'ne einstweilige Verfügung vor, falls die nicht spuren.“

„Ist eigentlich was Besonderes bei den Interviews mit der *Security 2000* rausgekommen?“, fragte Mannheim. Er meinte die Vernehmungen der Herrn Neitzke und Strachwitz, ging auf POLIX und öffnete die entsprechende Datei. Rasch überlas er die Vernehmungsprotokolle. „Die schweigen wie die Fische“, sagte er.

„Habt ihr mal den *Paten* gesehen?“, fragte Natascha und wandte sich zum Gehen. *„Er schläft bei den Fischen...“*

„Die leider noch nicht.“

Auch Birgit Allenare hatte POLIX gestartet. Sie informierte sich über die Vorfälle der vergangenen Nacht: Nichts Besonderes.

Mannheims Telefon läutete. Er erkannte auf dem Display, das Gerd Borowski, der Referatsleiter der Mordkommissionen, durchrief. Er schaltete den Lautsprecher ein, so dass seine Kollegin mithören konnte. „Morgen, Chef.“

„Guten Morgen.“ Borowski Stimme barst mal wieder vor Tatkraft. „Wie läuft's mit dem entführten Manager?“

„Wir haben immerhin einen Hinweise auf einen Transporter, der gestern früh in Tiefwerder gestanden hat. Dem werden wir nachgehen.“

„Was ist mit seiner Frau?“

„Ich rufe da gleich mal an“, warf Birgit ein.

„Da die Kollegen vor Ort sich nicht gemeldet haben, scheint nichts Besonderes passiert zu sein“, meinte Mannheim.

„Was steht's mit diesem Informatiker, der mit einer Axt erschlagen wurde?“, fragte Borowski.

„Naja, beide Fälle hängen sicher zusammen. Ich werde nachher bei Professor Reichenberger-Stein, dem *EAT WELL* Chef, vorbeischauen.“

„Ja. Er ist sicher schockiert von den Ereignissen...“

„Bestimmt“, meinte Mannheim. Er fragte sich, worauf Borowski hinaus wollte. Möglicherweise hatte der Senator nachgefragt. Bei *EAT WELL* ging es um sehr viel Geld - Millionen und Milliarden. „Wir haben Hinweise auf eine Überweisung aus Singapur an Reichenberger-Steins Tochter. Die junge Dame war zuvor in den USA gewesen und hatte sich mit einem Wissenschaftler unterhalten, der sehr kritisch zur Lebensmittelindustrie steht. Es geht um irgend ein Zeugs, das *fresh season* heißt und dazu benutzt wird, Lebensmittel länger frisch zu halten.“

„Zerschlagen Sie da bloß kein Porzellan“, sagte Borowski.

Daher also wehte der Wind. „Jemand will den Professor dazu bringen, dreieinhalb Millionen an seine Kritiker zu überweisen“.

„Das habe ich gerade gelesen. Und es klingt wirklich irre.“

„Hier geht es nicht um Geld, hier geht es um Gefühle.“

Borowski atmete hörbar aus. „Das sage ich doch.“

Mannheim fiel nichts mehr ein.

„Gut, Sie halten mich auf dem Laufenden!“, sagte Borowski.

„Klar, Chef!“ Der Kommissar legte auf.

„Was will er?“, fragte Birgit Allenare. Sie googelte *Zille Cars Berlin*. Das Unternehmen hatte drei Filialen in Berlin und eine in Potsdam. Der Hauptsitz befand sich in der Zillestraße in Berlin Charlottenburg. Birgit notierte sich die Adresse.

„Wer weiß, wer da noch alles im Hintergrund lauert?“, fragte Mannheim und nahm Bezug auf die mutmaßlichen Motive von Chef Borowski. „Die Cosa Nostra? Hedge-Fonds? Heuschrecken? Bösartige Seeschlangen? Willst du mitkommen zu Katjunka.“

„Natürlich.“ Sie steckte den Zettel mit der Adresse ein.

„Also auf!“

Sie verließen das Büro. Es war ein toller Sommermorgen, die Sonne strahlte von einem blauen Himmel und die Luft war warm und sanft wie ein Kuss. Schöner war Berlin nur, wenn man dann am Abend unterwegs war. Die Polizisten fuhren über den Columbiadamm in Richtung Neukölln. Vorm *Pflügerback* saß bereits wieder eine ganze Gruppe, die Leute tranken einen morgendlichen Kaffee, der hier wahrscheinlich so gut wie nichts kostete, und verzehrten ein billiges Aufbackcroissant. Die Beamten gingen hoch zur Wohnung des abtrünnigen Zeugen.

Sie sahen sofort, was geschehen war: Rene Katjunka hatte ein blaues Auge, ein gewaltiges Veilchen, das nicht nur seine rechte Augenhöhle, sondern auch die obere Wange hatte zuschwellen lassen. Außerdem prangte eine Schramme an seiner Stirn. Seinen Körper, der ganz sicher weitere Blutergüsse aufwies, hatte er unter einem langärmeligen, rotkarierten Hemd und Jeans verborgen. So gut gekleidet hatte der Kommissar ihn bislang noch nie erlebt.

„Guten Morgen", sagte Mannheim. „Was ist denn mit Ihnen passiert? Dürfen wir mal kurz reinkommen?"

„Besser nich", antwortete Katjunka. Seine Stimme klang heiser. „Ick bin beschäftigt."

„Was machen Sie denn?", fragte Birgit Allenare.

Der junge Mann dachte kurz nach. „Ick putze. Muss mal ordentlich sauber machen."

„Oha", sagte Mannheim. „Wir müssen uns aber dennoch unterhalten. Sie haben heute früh im Präsidium angerufen und Ihre gestrige Aussage widerrufen?"

Katjunka nickte. „Det hatten Sie mir einjeredet."

„Wie bitte?"

„So isses doch."

„Das glaube ich aber kaum!" Irgendetwas irritierte den Kommissar ganz besonders. Dann begriff er, was es war. „Wo ist eigentlich Godzilla?", fragte er. Der Kampfhund hatte sich weder sehen noch hören lassen.

„Godzilla iss tot", erklärte Katjunka traurig.

„Wie das?"

„Er wurde anjefahren. Ick musste ihn einschläfern lassen.“ Katjunka kamen beinahe die Tränen.

Nun tauchte auch seine Freundin Jaqueline Piontek aus dem Schlafzimmer auf. Auch sie war heute mit Jeans und einem alten Männerhemd bekleidet. Sie blieb in der Schlafzimmertür stehen und spähte aus zusammengekniffenen Augen zu den Polizisten.

„Wann ist das passiert?“, fragte Birgit. „Gestern Abend?“

Katjunka nickte.

„Und wo wurde Godzilla angefahren?“

„Unten auf'er Straße. Ick wollte noch 'nen Spaziergang machen.“

„Dabei wurden Sie ebenfalls angefahren?“, fragte Mannheim.

Katjunka dachte wieder kurz nach. „Nee, ick bin gestürzt.“

„Das glauben Sie doch selbst nicht! Lassen Sie uns bitte herein.“

„Scheiße!“

„Bitte!“

Der Muskelmann gab seinen Widerstand auf und sie gingen in die Küche. Katjunka und Mannheim setzten sich an den Tisch, die blonde Jaqueline und Birgit Allenare blieben stehen. Katjunka zündete sich eine Zigarette an. Er sah sehr niedergeschlagen aus.

„Sind Sie ebenfalls gestürzt?“, wandte der Kommissar sich an Jaqueline.

Sie schüttelte verneinend den Kopf. „Nee.“

„Wo haben Sie Godzilla denn einschläfern lassen?“, fragte Mannheim.

„Inner Tierarztpraxis beim Tierheim“, sagte der Muskelmann niedergeschlagen. „Ick hatte ihn mit ner Taxe hinjebracht.“

„Sie werden doch nicht hinnehmen, dass die Ihren Hund umbringen“, sagte Mannheim.

Katjunka schwieg.

Irgendwann gestern Abend hatten die Kollegen Peter Neitzke während des Interviews mit der Anschuldigung konfrontiert, Elena Reichenberger nachts im Treppenhaus überfallen zu haben. Und Mannheim und seine Kollegin hatten das Gleiche gegenüber Daniel Meister behauptet. Neitzke wusste natürlich, wer ihn in jener

Nacht des Überfalls auf Elena gesehen hatte. Man hatte daraufhin sehr schnell gehandelt.

„Wir ermitteln gegen Peter Neitzke wegen Freiheitsberaubung und wegen Widerstands gegen die Staatsgewalt", erklärte der Kommissar. „Ein Mitarbeiter Neitzkes hat meine Kollegin mit einer Schusswaffe bedroht. Diese Kerle sind dran! Glauben Sie mir! Die verschwinden für lange Zeit im Knast!"

Katjunka antwortete nicht.

„Die können Ihnen nichts mehr anhaben!"

„Jeder weeß, daß es immer nur Bewährung jibt!"

„Nicht in diesem Fall."

Jaqueline ließ ein kurzes, hämisches und ohnmächtiges Lachen hören.

„Arbeiten Sie mit uns zusammen!", sagte Mannheim eindringlich.

Beide schwiegen.

Der Kommissar wusste, dass seine Appelle nichts bringen würden. Er wusste nämlich ganz genau so, dass er Katjunka nicht würde schützen können. Der Muskelmann hatte nicht mehr vorzubringen als seine Aussage zu dem Überfall auf Elena Reichenberger, bei dem ja niemand zu Schaden gekommen war. Für ein Zeugenschutzprogramm reichte das nicht.

„Was machen Sie jetzt? Kaufen Sie sich einen neuen Hund?"

Wieder brach Katjunka fast in Tränen aus.

„Lassen Sie ihn doch in Frieden!", fauchte nun Jaqueline den Kommissar an. „Sie sitzen in Ihret Büro, beziehen Ihr Jehalt und wälzen Ihre Akten. Sie haben doch keene Ahnung, was los iss! Was wirklich abjeht! Nix wissen Sie!"

„Ich weiß schon, was los ist", sagte Mannheim.

„Quatsch! Blödsinn! Scheiße!"

„Wenn keiner aussagt, können wir auch nichts gegen diese Leute unternehmen!"

„Scheiße! Scheiße!", schrie sie.

Mannheim legte seine Karte, auf der auch seine private Handynummer verzeichnet war, auf den Küchentisch. „Bitte brechen Sie den Kontakt mit uns nicht ab", sagte er und sah zuerst

Katjunka und dann Jaqueline an . „Ich kriege diese Kerle. Verlassen Sie sich drauf! Und womöglich kommt dann auch noch einmal Nötigung und Körperverletzung gegen einen Zeugen hinzu. Ich verstehe da keinen Spaß! Noch ist Deutschland ein Rechtsstaat. Noch haben diese Leute hier nicht das Sagen. Glauben Sie mir!“

Beide schwiegen.

„In Ihre Welt sieht det vielleicht so aus“, sagte die Blonde schließlich.

„Wenn was ist, rufen Sie mich an!“, sagte Mannheim.

„Machen Sie's gut“, sagte Birgit.

Die Polizisten verließen die Wohnung. Birgit holte aus dem *Pflügerback* zwei Coffee to go. Nachdem sie gezahlt hatte, zog sie ein Foto von Neitzke aus ihrer Umhängetasche und zeigte es herum. Etliche Leute sahen sich die Aufnahme an, aber keiner kannte den Security-Mann. Sie nahm die beiden Pappbecher und ging hinüber zu Mannheims Wagen.

„Was sind das für Leute?“, fragte sie nach einem Augenblick. „Ist das die Mafia?“

„Jedenfalls ist es nicht die italienische“, meinte der Kommissar und blickte hinüber zu den Arbeitslosen vor dem Backshop. „Den Hund haben die Leute umbringen lassen, die in unserem schönen Land das Geld und die Macht haben. In der obersten Etage sitzt der ehrenwerte Herr Professor und unten agieren die Büttel und Schläger. So ist das. Niemand soll es wagen, denen quer zu kommen.“

„Tun wir das nicht gerade?“, fragte Birgit.

„Ja. Aber wir sind die Polizei. Uns werden sie nichts tun. Soweit ist es in Deutschland dann doch noch nicht. Vielleicht bieten sie uns Geld an, falls sie bescheuert sind.“ Er grinste. „Und im Notfall hast du ja deinen Revolver. Damit werden wir uns zur Wehr setzen. Diese Sprache verstehen sie schon.“

„Na hoffentlich.“

28.

Professor Reichenberger-Stein sah blass und erschöpft aus. Seine Wangen schienen noch schmaler als gewöhnlich und unter seinen Augen lagen dunkle Ringe, so als habe er in der vergangenen Nacht nicht geschlafen. Auch Emilija wirkte angespannt.

„Was sagen Sie dazu?", fragte Reichenberger-Stein ohne jede Vorrede.

Der Kommissar stellte fest, dass Reichenbergers Hand ein klein wenig zitterte. Der Professor bemerkte seinen Blick und legte seine linke auf seine rechte Hand. Möglicherweise hatte er ja nicht nur einen Herzinfarkt erlitten, sondern war auch an einem Frühstadium von Parkinson erkrankt. Wenn Daniel Meister tatsächlich über Nietzsche promoviert hatte, dann kannte er natürlich auch dessen Satz: *Was fällt, das soll man auch noch stoßen.* Der war wie fürs Big Business formuliert.

„Wir haben eine Spur, die uns vielleicht zu Herrn von Welzow führen wird", sagte Mannheim. „Wir haben gestern sein Fahrzeug auf einem kleinen Parkplatz in Tiefwerder gefunden, das ist in Spandau, mehr als zehn Kilometer vom Wohnhaus der Familie von Welzow entfernt. Wir nehmen an, dass die Entführer ihn dort gezwungen haben, in einen Lieferwagen umzusteigen. Einige Anwohner habe gestern früh einen Transporter einer bestimmten Firma gesehen: *Zille Cars Berlin.* Die vermieten Leihwagen. Sagt Ihnen der Name irgendwas?"

„Nein", antwortete Reichenberger-Stein zerstreut. Das Schicksal seines Mitarbeiters schien ihn nicht mehr groß zu interessieren.

„Meine Kollegin geht dieser Spur gerade nach."

„Sie meinen die Dame mit den grünen Haaren?"

Mannheim warf dem Professor einen genervten Blick zu. Auf Kritik am Aussehen seiner Kollegin reagierte er in der Regel mit einem Würgereiz. „Was haben die gegen Sie in der Hand?", fragte er.

Das Zittern verstärkte sich. „Häh? Niemand hat was gegen mich in der Hand."

„Die Entführer wollen Sie zwingen, nahezu dreieinhalb Millionen Euro an diese NGOs zu spenden. Darunter sind diverse Organisationen, die man als erklärte Gegner von Ihnen und *EAT WELL* ansehen muss."

„Das sind Wahnsinnige."

„Vielleicht. Aber was haben die gegen Sie in der Hand?"

„Soll ich zusehen, wie die Nico von Welzow umbringen?"

„Vielleicht tun sie ihm ja gar nichts. Jedenfalls ist nicht gerade üblich, dass ein Chef dreieinhalb Millionen aufbringt, um einen Mitarbeiter zu retten."

„Ich würde das tun", rief der Professor schnappend.

„Das ehrt Sie. Ich bezweifle aber, dass die Entführer auf diese Karte setzen. Es wären jedenfalls die ersten Gangster mit denen ich zu tun hätte, die in dieser Weise dächten. Womit erpressen die Sie?"

Der Professor schwieg.

„Jemand will sie fertig machen!Sie sollen Geld an all diese Verbraucherschützer spenden. An *Occupy*. Oder an *Sea Shepheard.* Das sind die, die große Fischtrawler rammen. Sie vertreten doch die Fischereiindustrie? Wer hasst Sie so sehr, dass er Sie vernichten will?"

„Das sind Irre. Ich sage es doch. Das sind Leute wie dieser Wahnsinnige, der in Norwegen siebzig Leute erschossen hat. Wie hieß der noch? Brevick? So ähnlich denken die."

„Da besteht schon ein Unterschied, ob einer siebzig Menschen tötet oder ob er Sie dazu zwingen will, Geld an die *Caritas* zu spenden", meinte Mannheim trocken.

Reichenberger-Stein sah den Kommissar aus verkniffenen Augen an. „Sie haben gut reden!"

„Es gibt eine neue Entwicklung, über den nächtlichen Überfall auf Ihre Tochter Elena im Treppenhaus. Ein Nachbar, der damals zufällig dazu gekommen ist, hat Stasi-Neitzke, den Chef Ihrer Sicherheitsfirma, als den Täter identifiziert."

„Hm." Reichenberger-Stein machte ein irritiertes Gesicht.

„Leider hat dieser Zeuge seine Aussage nun aber wieder zurückgezogen. Jemand hat ihn verprügelt und seinen Kampfhund getötet. Der Mann ist total eingeschüchtert."

„Davon weiß ich nichts."

„Haben Sie eine Idee, aus welchem Grund Neitzke Ihre Tochter überfallen hat?"

„Nein. Ich kenne diesen Mann doch überhaupt nicht." Der Professor schüttelte genervt den Kopf. „Er hat mich ab und zu gefahren, ja. Wir begrüßen manchmal Partner, denen wir Personenschutz stellen. Das macht dann diese Firma. Die haben einen guten Ruf und sind nicht so teuer. Was ist das denn für ein Nachbar?"

„Seine Aussage gegen Neitzke schien mir glaubhaft, sein Rückzieher dagegen erpresst."

Der Professor machte ein ratloses Gesicht.

„Was hatte Elena gegen Sie in der Hand?"

„Nichts!"

„In Ihrer Branche geht es um Milliarden. Haben Sie vielleicht die Cosa Nostra auf dem Hals?"

„Ach Quatsch! Wir sind hier in Deutschland."

„Eben."

„Nein!"

„Halten Sie es für möglich, dass sich das alles in Wirklichkeit gegen Sie selbst richtet? Die Verleumdungen, die gegen Ihre Tochter vorgebracht wurden? Das Kidnapping von Herrn von Welzow? Vielleicht sogar der Mord an Mario Rennerstieg?"

Die grauen Augen des Professors verschleierten sich. Mit diesen Fragen schien er etwas anfangen zu können. „Wie meinen Sie das?", fragte er.

„Gegen Ihre Tochter wurde eine Verleumdungskampagne gefahren. Diese Kontoauszüge über die Überweisungen der *Blue Dragoon Bank* in Singapure wurden gegenüber *fairfood* öffentlich gemacht. Und dieser Organisation wurden Aktaufnahmen Ihrer Tochter zugespielt, die ohne Zweifel in Dr. Meisters Wohnung gemacht worden waren. Die beiden hatten ja mal eine kurze Affäre."

Reichenberger-Stein zog die Brauen nach oben, sagte aber nichts.

„Vielleicht wurde Ihre Tochter verleumdet, um in Wirklichkeit Sie zu treffen", spekulierte Mannheim. „Vielleicht hängt es auch damit zusammen, dass sie in Pittsburgh war und mit einem Mitarbeiter von Weidberg gesprochen hat, der Daten an sie weitergab, die dann wahrscheinlich ebenfalls von ihrem Rechner gestohlen wurden."

„Elenas Notebook haben Sie bislang nicht gefunden?"

„Nein."

„An dem *fresh season* ist nichts dran. Natürlich gibt's Probleme. Aber die gibt es immer. Leider gibt es heute halt viel mehr Hysterie, viel mehr Leute, die sich aufregen und wichtig machen wollen. Das ist das Internet..."

„Sie sind sicher, dass der Stoff nicht krebserregend ist?", fragte Mannheim.

„Mein Gott, alles hat seine zwei Seiten. Das beste Medikament kann gesundheitsschädlich sein, wenn man es falsch anwendet. Das liegt in der Verantwortung des Einzelnen, was er zu sich nimmt und was nicht. Die Leute verlangen eben frische Lebensmittel. Genauso wie sie billiges Fleisch wollen. Schweinehack für fünfzig Cent. Das kann doch gar keine Qualität haben. Aber das regelt eben der Markt. Gegen den Markt können Sie eine Menge sagen, aber wir haben nichts Besseres. Wollen Sie in einem Land leben, in dem die Menschen von früh bis spät bevormundet werden? Wo eine kommunistische Partei regiert? Ich nicht. Aber wer selbst entscheidet, muss auch selbst die Folgen tragen."

„Die Menschen sollten sich drauf verlassen können, dass die Lebensmittel nicht krebserregend sind."

„Krebserregend. Krebserregend", echote der Professor. „Das ist doch alles übertrieben und melodramatisch. Übermäßige Gefühle waren noch nie hilfreich."

„Dr. Meister hat mir erzählt, dass Sie im vergangenen Jahr einen Herzinfarkt erlitten haben?"

Der Professor zwinkerte irritiert. „Ja, das stimmt. Und meine Hand haben Sie ja auch schon bemerkt. Parkinson, Frühstadium.

Leider nicht heilbar. Meine Zeit in diesen heiligen Hallen ist abgelaufen."

„Meister wird Ihr Nachfolger?", fragte Mannheim.

„Das kann sein."

„Aber das gefällt Ihnen nicht?"

„Ich selbst habe ihn aufgebaut."

Mannheim erinnerte sich daran, dass auch Lenin kurz vor seinem Tod Bedenken wegen seines Nachfolgers Stalin bekommen hatte. „Was würde gegen Dr. Meister sprechen?"

Reichenberger-Stein schwieg und verdeckte seine zitternde Hand. „Er macht mir Angst", sagte er dann. „Er kennt keine Skrupel, keine Moral. Nichts. Als ich jung war, da lag Deutschland in Trümmern vom Krieg. Das klingt exotisch, was? Entspricht aber der Wahrheit. Wir waren arm und es gab nicht genug zu essen. Alle waren arm. Alle hatten Hunger. Wir hatten kein Brennmaterial. Ich wollte, dass niemand hungern sollte. Das hat mich immer angetrieben. Wir haben was aufgebaut, um allen zu helfen. Jetzt leben wir im Wohlstand, und ich habe mein Schärfchen dazu beigetragen. Aber die Menschen haben jede Orientierung verloren. Daniel Meister geht es ausschließlich um sich selbst. Angeblich will er eines Tages mal eine Yacht sein Eigen nennen, die so groß ist, dass ein Hubschrauber drauf landen kann. Geld. Geld. Geld. Das ist alles, worum es heute geht! Ich kann mir vorstellen, dass er eine Kampagne gegen Elena angezettelt hat, um mich zu treffen. Selbst wenn er sie damit in den Tod getrieben hat. Sybill hat mir erzählt, dass sie unmittelbar vor ihrem Tod noch eine Mail bekommen hat. Ich weiß nicht, was drin stand. Aber die hat ihr dann wohl den Rest gegeben. Die war der Fangschuss."

„Wir werden Ihre Tochter danach fragen. Von wem war die Mail?"

„Ich weiß es nicht. Elena lagen niemals Steine im Weg. Und dennoch hätte sie mich am liebsten vernichtet..."

„Womit versucht man, Sie zu erpressen?", bohrte Mannheim.

„Niemand kann mich erpressen", blaffte Reichenberger.

„Was hatte Ihre Tochter in Pittsburgh erfahren?"

Der Alte lachte. Es war ein ebenso hämisches wie ratloses Lachen. „Mit Weidberg hat das gar nichts zu tun. Ich dachte, wir könnten zusammenarbeiten.“

„Das können wir.“

„Sie haben doch keine Ahnung!“, sagte Reichenberger. „Sie wissen gar nicht, wie man in diesem Land angefeindet wird, wenn man auch nur ein bisschen Erfolg hat. Ich kann machen, was ich will, alles wird in den Dreck gezogen. In der Lebensmittelindustrie bahnt sich eine globale Revolution an, in kurzer Zeit werden wir in der Lage sein, die gesamte Weltbevölkerung zu ernähren. Und zwar spielend. Doch diese Idioten hetzen gegen eine angebliche Spekulation mit Lebensmitteln. In Äthiopien entstehen die größten Reisplantagen der Welt. Damit werden wir Asien ernähren. Aber alles wird schlecht gemacht.“

Mannheim erhob sich. Er hatte genug von der Egozentrik und dem ewigen Selbstmitleid des Professors. „Ich melde mich, wenn es was Neues gibt!“

Er trat in Emilijas Vorzimmer. In diesem Augenblick spielte Jimmy Page das Gitarrensolo aus *Who lotta love*.

Es war Birgit Allenare. „Ich habe *Zille Cars* recherchiert. Und ich habe eine Spur gefunden. Wir sind nahe dran!“

29.

Eine junge Türkin mit einem rosa-goldenen Kopftuch hatte die Kommissarin hinter dem Empfangstresen von *Zille Cars Berlin* begrüßt. Birgit Allenare erläuterte kurz das Problem. Die junge Frau rief den Geschäftsführer nach vorn.

Paul Zille war ein hagerer, vielleicht vierzigjähriger Mann mit einem aschblonden Zopf. Seine Visitenkarte verriet, dass er tatsächlich ein entfernter Nachfahre des bekannten Fotografen, Karikaturisten und Knüttelreimdichters war.

Er legte die Stirn in Falten. „Sicher stehen wir Ihnen zur Verfügung“, sagte er. „Am besten, wir schauen mal in unsre Dateien. Wenn Sie mir folgen wollen!“

Er führte die Kommissarin in sein Büro, das zum Hof hin lag. Der alte Zille hatte den Spruch überliefert: *Kinder, jeht von die Blumen wech, spielt lieber bei die Mülltonnen!*, doch diese Zeiten waren zum Glück vorbei: Nicht nur war der Hinterhof schön begrünt, es gab zudem einen kleinen Spielplatz und die Mülltonnen standen in einem gesonderten Bereich in der schattigsten Ecke.

Zille Cars Berlin betrieb drei Filialen im Stadtgebiet – diese in Charlottenburg, eine in Kreuzberg und eine in Marzahn, sowie eine weitere Zweigstelle in Potsdam. Insgesamt besaß die Firma fünfunddreißig geschlossene Transporter, von denen einer in Tiefwerder gestanden haben musste. Vierunddreißig dieser Fahrzeuge waren in der vorletzten Nacht vermietet gewesen. Paul Zille öffnete die entsprechenden Dateien und die Kommissarin überlas, wer die Fahrzeuge genutzt hatte: Etwa die Hälfte der Kunden waren Privatpersonen, die die Kleinlaster für Umzüge und ähnliches brauchten, die übrigen Wagen waren von Firmen gemietet worden, von Kleinunternehmern der verschiedensten Gewerbe, die vorübergehend ein größeres Fahrzeug benötigten. Beispielsweise eine Bäckerei, ein Rohrlegerunternehmen und ein Dachdeckermeister. Aber auch fünf professionelle Speditionen hatten Transporter angemietet.

„Das sind Kleinstspediteure", erklärte Zille. „Eigentlich Scheinselbständige. Die verfügen noch nich mal über ein eigenes Fahrzeug. Sie transportieren gegen geringste Pauschalen. Wer weiß, was die verdienen? Höchstens fünf, sechs Euro pro Stunde. Det iss die schöne neue Vollbeschäftigung."

„Ja klasse." Birgit Allenare sah, dass auch zwei Leiharbeitsfirmen Kleinlaster ausgeliehen hatten. Anscheinend waren die billiger als Busse.

Doch die Liste der Kunden ließ sie ratlos zurück. Keiner dieser Namen war ihr bislang untergekommen.

„Ick habe noch die Potsdamer Filiale", erklärte Zille und öffnete die Datei.

Wieder überlas die Kommissarin die Namen von allerlei Kunden. Auch in Potsdam hatten zwei Spediteure und eine Leiharbeitsfirma Transporter entliehen. Auch die Uni hatte bei *Zille-Cars* gemietet. Doch dann hätte die Kommissarin beinahe „Bingo!“ gerufen.

FF-Fantastisch Fernsehen, die Produktionsfirma von Sybill Reichenberger, hatte für fünf Tage einen Transporter entliehen. Das Fahrzeug war bislang noch nicht zurückgegeben. Genannt war eine Adresse im Havelland: *FF, Outdoor-Productions & Adventure Sudios, Schönholz bei Potsdam, Fahrweg der Freundschaft 7.*

„Wissen Sie, wo das ist?“, fragte Birgit Allenare. „Ich bräuchte mal ein Kartenprogramm.“

„Bitte.“ Paul Zille öffnete *Maps* und die Kommissarin kopierte die Adresse in die Suchmaske. Schönholz lag an einem kleinen See ungefähr fünfzehn Kilometer nordwestlich von Potsdam, es war ein höchstens zwanzig Häuser zählender Weiler, von dem aus der *Fahrweg der Freundschaft* in nördlicher Richtung hinaus in Wald und Feld führte.

„Die haben schon öfters Fahrzeuge bei uns entliehen“, sagte Zille. „Die brauchen die Wagen für ihre Fernsehproduktionen. Sie haben noch ein großes Studio im Prenzlauer Berg.

„Ich kenne diese Firma“, sagte die Kommissarin.

30.

In dem dichten innerstädtischen Verkehr bemerkte Robert Mannheim den Wagen erst nach einiger Zeit. Es war ein schwerer, dunkler BMW. Der BMW folgte ihm zwei Mal im Kreisverkehr um die Siegessäule und weiter dann in westlicher Richtung auf der Straße des 17. Juni. Wahrscheinlich hatten sie bei *EAT WELL* auf ihn gewartet. Er fuhr mit normalem Tempo: Ernst-Reuter-Platz, Kaiserdamm, und bog nach Norden zum Charlottenburger Schloss hin ab. Sie folgten ihm. Er griff nach der Polizeikelle, die neben seinem Sitz in ihrer Befestigung hing, schaltete sie ein und hielt sie aus dem Fenster. Er stoppte ziemlich abrupt und der BMW hielt hinter ihm an.

Mannheim zog die Walther PKK aus dem Schulterholster und schob sie in seine linke Jackettasche. Sicher ist sicher. Natürlich konnte man die Waffe sehen, aber das war schließlich der Sinn der Übung. Er stieg aus seinem Wagen und schlenderte mit breitbeinigem Sheriffsgang zurück zu dem BMW, seine linke Hand vorsichtshalber in der Nähe der Tasche. Er blieb neben dem Wagen stehen und erblickte zwei junge Männer in Jeans, T-Shirt und Lederjacken. Der Fahrer war wieder einer dieser kurzgeschorenen Muskelmänner, der Beifahrer ein vielleicht vierzigähriger Typ mit schulterlangen, dunklen Haaren, einem knochigen Gesicht und einer Sonnenbrille. Ohne Zweifel war er der Chef.

Der Muskelmann ließ die Scheibe nach unten surren.

„Schönen Tag", sagte der Kommissar. „Polizei Berlin. Darf ich bitte mal Ihre Ausweise und die Fahrzeugpapiere sehen?"

„Hmmmm", meinte der Muskelmann skeptisch.

„Ausweise und Papiere!"

Der Beifahrer warf seinem Kollegen einen Blick zu. Der Muskelmann öffnete das Handschuhfach und reichte dem Kommissar die Fahrzeugdokumente. Beide zückten zudem ihre Identitätskarten.

„Dankeschön", sagte Mannheim. Die Namen der beiden lauteten Tobias Zeute und Frank McKee, beide waren deutsche Staatsbürger. „Für wen arbeiten Sie?"

„Häh?" McKee und Zeute zogen fragende Gesichter.

„Für wen?"

„Wir sind Touristen", erklärte Zeute, der Kurzgeschorene, mit unbewegter Miene.

Mannheim wandte sich an McKee. „Ich kann meine Kollegen rufen und die zerlegen Sie und Ihr Fahrzeug dann in Einzelteile. Sie haben einen Kommissar der Mordkommission observiert! Warum haben Sie das getan? Wer hat Sie beauftragt? Was soll das? Wir finden das raus. Und ich bin gespannt, was die Kollegen sonst noch in Ihrem Fahrzeug finden. Die entdecken alles, verlassen Sie sich drauf! Die nächsten zehn bis fünfzehn Stunden werden Sie bei uns am Platz der Luftbrücke verbringen. Bis Ihre Firma dann einen Anwalt schickt, der Sie wie zwei begossene Pudel abholen wird."

„Langsam Chef!", sagte McKee und machte eine erschrockene Miene. Wie ein Idiot dastehen wollte er auf keinen Fall.

„Ich spreche die reine Wahrheit!"

Beide schwiegen. Dann zog McKee eine Visitenkarte aus der Brusttasche seiner Jeansjacke und reichte sie dem Kommissar. Er arbeitete für *Mountain-Star-Security*, einer US-amerikanischen Firma mit Sitz in New York City, Toronto, London und Berlin. Mannheim begriff sofort, dass *Mountain-Star* ein ganz anderes Kaliber war als Stasi-Neitzkes Weddinger Laden.

„Wer ist Ihr Auftraggeber?", fragte Mannheim. „Professor Reichenberger-Stein?"

„Rufen Sie an", sagte McKee. Auf der Visitenkarte waren mehrere Telefonnummern verzeichnet.

Der Kommissar steckte die Karte weg. „Schön", sagte er. „Folgen Sie mir in sicherem Abstand." Er kehrte zu seinem alten Mercedes zurück und startete den Motor.

Das Navi lotste ihn nach Schönholz. Die Fahrt ging auf die Avus, am ICC vorbei und dann in Richtung Potsdam. Der Kommissar fischte die Karte der Sicherheitsfirma aus der Tasche und wählte Nataschas Nummer: „Überprüfe doch bitte mal eine Firma namens *Mountain-Star-Security*, New York City, Toronto, London und Berlin. Und außerdem die Herren Tobias Zeute und Frank McKee. Vor allem diesen McKee." Er erzählte seiner Kollegin in raschen Worten, was gerade passiert war und nannte die Geburtsdaten der Herren, soweit er sie erinnerte.

„Sollen wir die hochnehmen?"

„Im Augenblick nicht. Der Deal war ja, dass sie ohne Druck kooperieren. Was macht Charlene von Welzow?"

„Sie ist in ihre Schule gefahren und unterrichtet. Offenbar hat sie wieder versucht, den Professor anzurufen. Ohne Erfolg."

„Er ist ein Arschloch", knurrte Mannheim. „Ihr Mann ist seit vierundzwanzig Stunden verschwunden und er verweigert jeden Kontakt. Schön, ich höre von dir." Er beendete das Gespräch und wählte Birgit Allenares Nummer. „Wo bist du?"

„Auf der Autobahn. Kurz vor Potsdam."

„Also fährst du vor mir. Wir treffen uns vor dem Gelände von *Fantastisch Fernsehen*. Vor dem Eingang. Du wartest auf mich. Klar?"

„Sicher."

Mannheim erreichte Drei-Linden. In den Zeiten West-Berlins hatten hier häufig Tramper in Richtung Westen gestanden. Er folgte der Autobahn und passierte die Abfahrten Babelsberg, Potsdam, Potsdam West. Der BMW von *Mountain Star* blieb hinter ihm. Schließlich lotste ihn das Navi von der Autobahn herunter. Er schob eine Bob Dylan CD, *John Wesley Harding*, in den Player, kam durch ein langgezogenes Brandenburger Reihendorf und fuhr in der heißen Sonne des Sommertages über das weite Land. Links und rechts erstreckten sich grüne Felder, in der Ferne waren Wald und dann ein See zu sehen. Dann führte die Straße direkt an dem See entlang. Bis nach Schönholz waren es noch einige Kilometer. Im Rückspiegel sah Mannheim wieder den BMW. Eine Hinweistafel belehrte ihn, dass der nächste Abzweig nach Schlosshotel Metersberg führte, wo die Schwestern im vergangenen November ihr gemeinsames Wochenende verbracht hatten. Eine schöne Gegend. Nach einigen Minuten sah er das Schlösschen, ein kleines, barockes Gebäude, hinter einer grünen Buschreihe hervor lugen. Er erreichte Schönholz, einen verschlafenen Weiler, der aus kaum zwanzig Häusern bestand und in der Sonne vor sich hin döste. Kein Mensch war auf der Straße zu sehen, dafür bellten die Hunde. Der *Fahrweg der Freundschaft* entpuppte sich als holpriger Feldweg aus Betonplatten, der sicher noch aus DDR-Zeiten stammte und an einer riesigen, gnadenlos nach Gülle stinkenden Rinderzuchtanlage vorbeiführte. Es war die ehemalige *LPG Sozialismus und Frieden*. Unter den Schriftzug war ein Hakenkreuz geschmiert. Mannheim holperte weiter durch das grüne und fruchtbare Weideland, immer wieder neugierig von Kühen und Ochsen beäugt. Schließlich sah er einige barackenähnliche Gebäude vor sich, die von einem hohen Maschendrahtzaum umgeben waren. Vor dem Tor hielt Birgit Allenares alter, roter Opel. Im Rückspiegel sah Mannheim den schwarzen BMW von *Mountain-Star-Security*, der sich ungefähr einhundert Meter hinter ihm befand.

Er stoppte neben dem Wagen seiner Kollegin und stieg aus. Birgit stand vor dem hohen Tor aus Eisenstangen und Maschendraht. Sie hatte geläutet.

„Ist kein Mensch da", sagte sie.

Der Kommissar blickte sich um. Ganz sicher handelte es sich bei dem umzäunten Gelände um einen ehemaligen DDR-Landwirtschaftsbetrieb: Es gab ein gemauertes Verwaltungsgebäude und mehrere große Wellblechschuppen. Neben einem der Schuppen stand sogar noch ein alter Trecker. Der Sommerwind ging durch einige Pappelbäume und die Anlage döste träge in der Sonne.

Auf einem Schild am Tor war zu lesen: *FF-Fantastisch Fernsehen, Berlin*. Darunter hatte jemand *Titten-TV* und *Deutschland erwache endlich* geschmiert und darunter war zu lesen: *Bewacht von Security 2000, Berlin*.

„Wie kommen wir da rein?", fragte Birgit Allenare.

„Ich rufe Frau Reichenberger an."

„Ich sehe mal nach!" Geschickt kletterte die Kommissarin an dem Maschendrahttor nach oben.

„Verdammt, Birgit. Lass das bleiben!", rief der Kommissar.

„Bin gleich wieder da!" Sie sprang von dem Tor hinunter auf das Gelände der Produktionsfirma.

„Das ist illegal!", schimpfte Mannheim.

„Hier ist doch keiner!" Sie lief in Richtung des gemauerten Häuschens.

31.

Die schöne Kommissarin lief um das Gebäude herum. Auf der Rückseite gab es ein kleines Stück Wiese, auf dem der Transporter von *Zille Cars Berlin* und ein verdreckter Pick-Up in der Sonne standen. Das Gelände schien vollkommen menschenleer. Sie erreichte eine der großen Wellblechbaracken, doch das Tor war mit einem neuwertigen Schloss gesichert.

Da hörte sie das laute und wütende Bellen.

Sie blieb mit dem Rücken zu der Baracke stehen, lauschte und blickte sich um. Von einer Sekunde zur nächsten schlug ihr das Herz bis hoch zum Hals.

Sie zog den Colt aus ihrer Umhängetasche.

Keine Sekunde zu früh. Ein riesiger Hund, eine Kreuzung aus Dogge und Pitbull, stürmte um die nächste Ecke und hetzte mit gewaltigen Sätzen laut bellend und mit geiferndem Maul auf die Kommissarin zu. Das Vieh bleckte seine monstermäßigen Zähne. Dann setzte es zum Sprung an.

Birgit Allenare hielt den Colt mit beiden Händen. Sie zielte und drückte ab. Der Schuss krachte mit ohrenbetäubendem Krachen und der Hund schien keine zwei Meter von ihr entfernt in der Luft zu erstarren. Es sah aus, als würde der Kopf explodieren: Blut, Knochensplitter und Gehirnmasse spritzten meterweit. Für den Bruchteil einer Sekunde blickte Birgit in die blutunterlaufenen Augen des Tieres. Auch aus dem zähnestrotzenden Rachen schoss warmes Blut.

In der nächsten Sekunde sprang die Kommissarin zur Seite, stürzte über irgendein altes Metallteil und landete der Länge nach im Gras. Der Riesenhund krachte direkt neben ihr gegen die Wellblechwand und fiel zuckend zu Boden.

Robert Mannheim hatte den Schuss gehört. Er zog sein Handy aus der Tasche und wählte den Alarm: „Kollegin in in eine Schießerei verwickelt. Wir brauchen die große Kavallerie. Sofort! Wir sind bei einem Kaff namens Schönholz. Das liegt hinter Potsdam. Fahrweg der Freundschaft."

„Wir orten dich schon", sagte der Kollege vom Notruf. „Lasst ihr nu jeden Tach die Kavallerie kommen? Det iss ja mitten in die Walachei."

„Mach zu!", rief Mannheim. Er steckte das Handy weg, öffnete den Kofferraum und suchte nach einem geeigneten Werkzeug. Aber das einzige, was er fand, war eine Heckenschere. Er lief damit zu dem Zaun.

Aus den Augenwinkeln sah er, dass der BMW heran rollte. Der langhaarige McKee stieg aus, öffnete ebenfalls den Kofferraum und zauberte einen gewaltigen Bolzenschneider hervor. Er ging zu dem Kommissar und reichte ihm das Werkzeug. „Bitte!"

„Danke!“ Mannheim zerschnitt den Zaun. „Sie warten hier draußen“, fauchte er.

„Okay, Chef. Wenn Sie Hilfe brauchen, rufen Sie einfach um Hilfe!“

Mannheim zog seine Dienstwaffe und zwängte sich durch den Zaun. Er lief um das Klinkerhäuschen herum und sah seine Kollegin und den Hund im Gras liegen. Sie rappelte sich gerade hoch. Die Dogge lag zuckend und mit zerballertem Schädel in einem wahren See von Blut.

„Alles klar?“, fragte Mannheim.

Birgit, weiß wie eine Wand, nickte.

„Was ist das für ein Scheißvieh?“, fragte Mannheim und zielte vorsichtshalber auf die sterbende Monsterdogge.

Die Kommissarin hob ihren Colt auf.

„Hilfe!“, hörten sie eine männliche Stimme rufen. „Hilfe!“ Dann waren einige Worte zu hören, die Mannheim für russisch hielt.

„Das ist von Welzow!“, sagte Mannheim.

„Hilfe!“, ließ der Jurist sich wieder auf russisch hören.

„Aus der Baracke da drüben!“

Die Beamten liefen zu dem Gebäude, dessen Eingang mit einem neuwertigen Schloss gesichert war. Mannheim hob die Walter PKK und zerballerte kurzerhand das Schloss.

Die Baracke bestand aus einem einzigen Raum. Unter dem Wellblechdach war die Luft warm und stickig. Das sonderbarste Zeug lagerte hier: mehrere kaputte Motorräder, ein Jeep der DDR-Volksarmee, ein knappes Dutzend Motoren, Presslufthämmer, ein riesiges Trampolin, Taucheranzüge und riesige Bleischuhe, eine Art mittelalterliche Streckbank, ein alter DDR-Schreibtisch mit Leninbüste, drei Glücksräder, zwei billige Einbauküchen, irgendetwas in der Art eines altertümlichen Flugsimulators und an der Seite gab es sogar einen Boxring. Wahrscheinlich war all dieser Kram dazu da, um die Castingkandidaten zu quälen.

Die beiden Bodyguards von *Mountain Star* erschienen ebenfalls in der Tür.

„Alles klar, Chef?“

„Sichern Sie die Tür! Die Kollegin sind gleich hier!"

McKee nickte.

Wieder hörten sie von Welzows Stimme. Sie kam von einen gemauerten Verschlag an der gegenüberliegenden Wand. Die Polizisten rannten durch das Gerümpel zu dem Verschlag. Eine Treppe führte nach unten in einen Keller, der mit einer massiven Eisentür verschlossen war.

Birgit setzte den Colt an und öffnete die Tür.

Nico von Welzow bot ein Bild des Jammers und der Not. Er kauerte auf dem nackten Betonboden und glotzte die Beamten aus verschwollenen Augen an. Sein Gesicht war kalkweiß, seine Wangen waren eingefallen und auf seinem Kinn wucherten Bartstoppeln. Sein schicker Businessanzug war verdreckt und an mehreren Stellen zerrissen. Um sein rechtes Fußgelenk war eine Kette geschlungen, deren anderes Ende mit einem schweren Schloss an einem in der Wand eingelassenen Ring befestigt war. Sein rechter Fuß war voller Blut – offenbar hatte er versucht, sich loszureißen. Nur durch eine schmale Öffnung unterhalb der Decke fiel Licht in den Kellerraum und es war kalt und modrig, als gäbe es eine extra Klimaanlage.

Mannheim kauerte neben ihm nieder. „Wie geht es Ihnen?"

„Wo bin ich?"

„In einem Fernsehstudio."

„Wie?"

„Alles in Ordnung?"

„Werde ich gefilmt?"

„Ich glaube nicht."

„Wieso bin ich im Fernsehen?"

„Machen Sie sich keine Gedanken. Ich erkläre es Ihnen gleich."

Birgit Allenare telefonierte mit dem Platz der Luftbrücke: „Wir brauchen einen Notarzt. Wir haben von Welzow gefunden. Er ist wie ein Sklave in einem Keller angekettet. Wir brauchen einen Spezialisten, der ihn befreien kann. Notfalls mit einem Schweißgerät"

„Der Albtraum ist vorbei", sagte Mannheim zu dem Gefangenen. „Sie sind in Sicherheit. Wer hat sie entführt?"

Von Welzow glotzte den Kommissar aus seinen blutunterlaufenen Augen verdutzt an. „Weiß nicht…“

„Hä?“

„Ich weiß nicht mehr…“

„Woran können Sie sich erinnern?“

„An nichts…“

Das Geräusch eines Hubschraubers war zu hören, der dicht über das Gelände hinweg flog.

„Wir werden Sie befreien. Die Kollegen sind gleich hier. Was ist denn genau passiert?“

Von Welzow schien nachzudenken.

„Ruf seine Frau an“, sagte Mannheim zu Birgit Allenare.

„Ich war doch zu Hause…“, sagte der Jurist und brach ratlos ab.

„Sie waren in Tiefwerder. In Spandau. Da sind Sie in einen Transporter umgestiegen.“

„Ich?“

Polizeisirenen waren zu hören, zunächst aus der Ferne, dann wurden sie lauter. Birgit verließ den Keller, um die Kollegen in Empfang zu nehmen. Mannheim kauerte weiterhin neben von Welzow. „Machen Sie sich keine Sorgen! Alles ist gut!“

Der Jurist musterte den Kommissar fragend aus seinen verquollenen Augen.

Als erstes traf ein Sondereinsatzkommando des Landeskriminalamts Potsdam am Fahrweg der Freundschaft ein, dann der Notarzt, dann Schutzpolizei und Kripo aus Potsdam und aus dem Havelland, dann Kripo aus Berlin, schließlich zwei weitere Krankenwagen aus dem Kreis Havelland, die Spurensicherung aus Potsdam, ein Techniker aus Potsdam mit einem Bolzenschneider, einer weiterer Techniker aus Berlin, Presse und Fernsehen aus Babelsberg und Berlin, dann uniformierte Kollegen aus Berlin, die Charlene von Welzow zu ihrem Mann brachten, und immer so weiter. Das Gelände wurde abgeriegelt und durchsucht, aufgemessen, fotografiert und gefilmt. Auf die deutschen Behördenapparate war eben Verlass.

„Ich denke, dass dem Mann irgendeine Designerdroge verabreicht wurde“, erklärte der Notarzt, ein ungefähr fünfzigjähriger, behäbig wirkender Mann, der von Welzow untersuchte. Der Techniker setzte gerade seinen gewaltigen Bolzenschneider an, um den Juristen zu befreien.

„Solche Drogen schwemmen heutzutage in Massen aus den GUS-Ländern nach Deutschland“, fuhr der Arzt fort. „Welche es genau war, kann ich nicht auf Anhieb sagen, so viele gibt es davon. Sehen Sie hier!“ Er bog von Welzows Kopf ein wenig nach unten und zeigte auf ein winziges Einstichloch im Nacken. „Hier wurde ihm eine Spritze gesetzt. Dieses Zeugs hat ihm seine Erinnerung genommen. Vielleicht kehrt sie wieder zurück, vielleicht auch nicht. Das hängt von der Substanz ab, die sie ihm injiziert haben. Er muss ins Krankenhaus. Durch eine Analyse des Bluts kann man feststellen, welche Substanz genau sie ihm verpasst haben. Vielleicht ist das Zeugs gesundheitsgefährdend, vielleicht nicht. Vielleicht hat es Langzeitfolgen, vielleicht nicht. Das muss alles geklärt werden.“

„Toll“, sagte Mannheim.

Der Bolzenschneider knackte die Kette und Nico von Welzow war wieder frei. Seine Frau stürmte in genau diesem Moment in das Kellerverlies, kauerte neben ihm nieder und nahm ihn in die Arme, streichelte, herzte und küsste ihn.

Mannheim stieg die Treppe nach oben und suchte seine Kollegin, die bei zwei jungen Kriminalräten des LKA Potsdam stand. Die tote Dogge wurde eben ins LKA abtransportiert.

„Das Tier hat ein kleines Halsband um“, sagte Birgit Allenare. „Es ist ein Wachhund von *Security 2000*.“

„Die Kollegen sollen sofort im Wedding vorbeifahren“, knurrte Mannheim. „Neitzke sitzt ja im Gefängnis, aber irgendeinen Stellvertreter wird er wohl haben. Den will ich hier sehen! Und zwar sofort! Und ich will, dass Sybill Reichenberger hier antanzt! Zwei Kollegen sollen sie abholen. Aber sie sollen nicht sagen, was passiert ist. Sie sollen nur erzählen, hier draußen hätte es Probleme gegeben.“

Birgit gab die entsprechenden Anordnungen.

Nico von Welzow wurde gerade auf einer Trage zum Notarztwagen getragen.

„Das SEK kann wieder abrücken“, sagte Mannheim. „Wo sind die beiden Typen von *Mountain Star*?“

„Die werden draußen vernommen. Was ist mit denen?“, fragte ein Kollege und wies auf die Journalisten.

„Sehe ich aus, als würden die mich interessieren? Auf, macht hinne!“, fauchte Mannheim.

32.

„Wir produzieren hier draußen Außenaufnahmen mit unseren Kandidaten“, erklärte Sybill Reichenberger. „Dafür benötigen wir diese Gerätschaften. Sehen ein bisschen komisch aus, was?“ Sie wies auf das Gerümpel, das in der Wellblechbaracke stand.

„Manchmal spannen Sie einen auf die Folterbank oder ketten ihn im Keller an?“

„Im Big Business muss man einiges wegstecken können.“

Mannheim warf der jungen Frau einen Blick zu. „Ach so. Verarschen kann ich mich alleine, Madam.“

„Zu unseren Castings kommen tausende junger Leute“, schnappte sie.

„Tausende junger Idioten. Nein“, korrigierte der Kommissar. „tausende Idioten, die glauben, dass es zu diesem Leben keine Alternative gäbe. Warum haben Sie Herrn von Welzow hier eingesperrt?“

„Das habe ich nicht getan“, rief Sybill empört.

„Erzählen Sie doch keine Märchen!“ Sie standen in dem Keller, in dem von Welzow angekettet gewesen war. „Sie haben den Mann irgendwie vor seinem Haus abgepasst, ihn im Tegeler Forst in den Transporter umgeladen, ihm die Drogen injiziert und dann hier angekettet. Was sollte das?“

„Sie spinnen“, sagte Sybill kalt. „Ich war schon über eine Woche nicht mehr hier draußen!“

„Wie das?“

„Wie Sie mit Ihren eigenen Augen sehen konnten, produzieren wir gerade in unserem Studio in der Greifenhagener."

„Sie aber haben den Transporter ausgeliehen, der uns hier her geführt hat?"

„Nein."

„Wie bitte?", fragte Mannheim.

„Das muss jemand ohne mein Wissen getan haben."

„Wer hat Nico von Welzow hier angekettet? Ihrer Meinung nach?"

„Ich habe keine Ahnung! Finden Sie es bitte heraus! Vielleicht war es ja Neitzke? Der hatte hier ebenfalls Zugang? Dem gehörte ja auch der Wachhund, den Sie erschossen haben. Als Eigentümerin des Geländes bin ich ebenfalls geschädigt. Wer zahlt mir die Reparatur des Zauns?"

„Wenden Sie sich an den Platz der Luftbrücke." Was war eigentlich mit den beiden Gorillas von *Mountain Star* geschehen? Wahrscheinlich waren sie nun doch im Präsidium geendet und machten ihre Aussagen. Mannheim sah Sybill Reichenberger an. „Wir werden mit Hilfe von DNA-Proben prüfen, ob Sie in dem Transporter gefahren sind oder nicht."

„Kann ich die Mitarbeit verweigern?"

„Dann besorgen wir eine richterliche Anordnung. Die wird kein Problem sein. Kürzen Sie die Sache ab und geben Sie Ihre DNA freiwillig. In spätestens zwei Tagen sehen wir dann klarer. Was anderes: Ihr Vater hat mir von einer Mail erzählt, die Ihre Schwester Elena unmittelbar vor ihrem Tod bekommen hat."

„Und?" Sie machte ein Gesicht, als wolle sie sagen: Fangen Sie jetzt wieder mit dieser alten Sache an!

„Was stand in der Mail?"

„Keine Ahnung."

„Das glaube ich Ihnen nicht!"

Sybill schwieg trotzig.

„Was war Elenas letzte Nachricht an Sie?"

„Depressive Überlegungen. Irgendwas über die großen und schwarzen Vögel am Himmel, über die sie immer fantasierte."

„Können Sie mir diese Mail mal zeigen?"

„Die habe ich gelöscht."

„Warum?"

„Weiß nicht!"

„Ich glaube Ihnen kein Wort", sagte Mannheim.

„Kann ich jetzt wieder zurück nach Berlin?", fragte Sybill. „Ich habe jede Menge Termine. Wir müssen heute noch zwei Sendungen produzieren. Ohne mich geht das ja wohl nicht."

„Ich will diese Mail lesen."

„Die gibt's nicht mehr!"

„Jetzt passen Sie mal auf: Wenn Sie nicht kooperieren, dann besorge ich einen Durchsuchungsbeschluss. Und dann drehen wir bei Ihnen der Unterste nach Oben. Wir nehmen uns Ihre Wohnung vor, Ihr Büro und Ihre sämtlichen Studios. Die Kollegen gucken in jeden Rechner, unter jeden Tisch und in jede Dreckecke. Die finden alles. Die finden sogar Geheimnisse, von denen Sie selbst noch gar nicht wissen, dass Sie sie haben. Und wir machen das in aller Öffentlichkeit, ja. Wir fahren morgens mit großen Karacho vor und riegeln die Straße ab. Sie sind doch so gerne in den Medien! Wir bescheren Ihnen Öffentlichkeit ohne Ende!"

Sybill Reichenberger wurde blass. „Wenn Sie unangemessen vorgehen, dann wird Ihre Behörde zahlen ohne Ende", schnappte sie. „Wenn Sie meine Karriere beschädigen, wird Sie das Millionen kosten."

„Wir haben Juristen, die checken das ab! Denken Sie mal an diesen ehemaligen Postchef."

„Der hatte Steuern hinterzogen."

„Und was haben Sie gemacht? Sie haben einen Mann gekidnappt."

„Ihre Rumpelanwälte können Sie sich sonstwohin stecken." Sybills Stimme wurde schrill.

Mannheim grinste.

„Kann ich jetzt gehen?"

„Klar. Falls Ihnen noch was einfallen sollte, rufen Sie einfach durch! Ach, und verlassen Sie Berlin bitte nicht, ohne mir vorher Bescheid zu sagen."

33.

Chantal Neitzke war Anfang dreißig, ein attraktive Frau mit blonden Haaren, die einen hellen Blazer, Jeans und Cowboystiefel trug. Sie stellte sich als Peter Neitzkes Tochter und stellvertretende Chefin von *Security 2000* vor. Sie musterte das scheinbare Chaos der zahlreichen Polizisten.

„Der Hund gehörte Ihnen?“, fragte Birgit Allenare und gab der blonden Dame ihren Ausweis zurück.

„Ja. Wir bewachen das Gelände.“

„Mit einem freilaufenden Hund?“

„Sicher. Einen Mann, der sich hier rund um die Uhr aufhält, können Sie gar nicht bezahlen. Monster-Mike war speziell ausgebildet. Sein Tod stellt für uns einen herben Verlust dar.“

„Er konnte aber nicht verhindern, dass hier ein Mensch zwei Tage lang angekettet war.“

Chantal Neitzke schüttelte den Kopf. „Ich verstehe nicht, wie dieser Mann auf das Gelände geschafft werden konnte. Jemand muss beobachtet haben, dass die Studios zur Zeit ungenutzt sind.“

„Hätte der Hund nicht auch die Mitarbeiter von *Fantastisch Fernsehen* angegriffen?“, fragte Birgit Allenare.

„Wir geben denen einen Spray. Wenn man sich den auf die Kleider sprüht, wurde Monster-Mike friedlich wie ein Lamm.“

„Verstehe! Frau Reichenberger konnte also jederzeit auf das Gelände. Wahrscheinlich trug sogar der Gefangene den Spray am Körper, sonst hätte ihr Hund ja dauernd angeschlagen.“

Chantal Neitzke nickte. „So müsste das gewesen sein.“

„Wann waren Sie zum letzten Mal hier draußen?“

„Am Montag?“

„Monster-Mike war Hungerkünstler?“

„Da gibt es einen speziellen Automaten zu Fütterung. Sie können ja nicht jeden Tag einen Mann hier heraus fahren lassen.“

„Zu teuer?“

„Wollten Sie das zahlen? Wir können uns diese Kosten nicht leisten. Und dazu noch die Steuern.“

„Ja, die Steuern. Seit wann arbeiten Sie für *Fantastisch Fernsehen*?"

„Wir operieren vor allem für *EAT WELL*. Aber der Professor und Frau Reichenberger sind verwandt, so hat sich das ergeben."

„Kooperieren Sie auch mit *Mountain Star Security*?"

Frau Neitzke sah die Kommissarin an. „Das würden wir sicher gerne. Aber leider haben die uns bislang noch kein Angebot unterbreitet. *Mountain Star* sind internationale Profis. Die arbeiten in Afghanistan und im Irak. Im Vergleich zu denen sind wir voll kleine Fische."

„Was kosten die? Sagen wir: Zwei Männer führen eine Observation durch?"

Die Blonde zog den Mund kraus. „Fünftausend pro Tag. Mindestens. Für jeden. Wie kommen Sie darauf?"

„Nur so."

34.

„Ich habe mit Bill Parsons in Pittsburgh telefoniert", sagte Birgit Allenare. „Er ist inzwischen Professor am dortigen *Institute of Biochemistry*. Elena Reichenberger hat ihn im vergangenen Winter tatsächlich in den Staaten besucht. Es muss eine ziemlich romantische Zeit gewesen sein, denn er wollte ihr sogar ein Stipendium in den USA besorgen, damit sie bei ihm hätte bleiben können. Sie wollte aber nicht. Sie wollte lieber zurück nach Deutschland."

„Typisch", knurrte Mannheim.

Die Kommissarin zog fragend die Brauen hoch.

„Manche Leute treffen eben immer die falschen Entscheidungen", erklärte er. „Sie hätte ihrer Familie den Rücken kehren sollen. Dann würde sie vielleicht heute noch leben. Zwischen diesen Zombies konnte sie nur untergehen."

„Parsons hat Elena umfangreiche, noch unveröffentlichte Forschungsergebnisse über das *fresh season* überlassen. Diese Daten sind noch nicht ausreichend und wirklich gerichtsfest verifiziert.

Aber Parsons bezeichnete sie dennoch als *atombomb*. Das *fresh season* ist womöglich ähnlich krebserregend wie seinerzeit Asbest."

„Und wir fressen das Zeug tagein und tagaus?"

„So ist es", sagte die Kommissarin. „Reichenberger-Stein weiß unter Garantie, was er da vermarktet. Und wir wissen nun, was Elena gegen ihn und *EAT WELL* in der Hand hatte."

Inzwischen war es Abend geworden und die Dämmerung senkte sich über die Häuser und Straßen der Stadt. Die Blechlawine auf dem Tempelhofer Damm rollte jetzt mit Licht. Die Beamten saßen in ihrem Büro und grübelten. Es fehlte nur noch der letzte und entscheidende Schritt.

Mannheim überlas noch einmal, was die Kollegen über die beiden Männer von *Mountain Star Security* festgestellt hatten. Tobias Zeute stammte aus Hannover und hatte die übliche Türsteherkarriere hinter sich gebracht. Frank McKee dagegen war ein großes Licht in der Szene: Der Halbamerikaner aus Berlin besaß neben der deutschen auch die US-Staatsbürgerschaft und hatte am ersten Golfkrieg sowie in Spezialkommandos am Afghanistankrieg teilgenommen. Nach seinem Ausscheiden aus der Armee war er ins Sicherheitsgewerbe gegangen und hatte bei diversen Firmen angeheuert. Sein Tagessatz wurde auf 2000 Dollars geschätzt. Er schien zu den Typen zu gehören, die, obwohl häufig bekifft, dennoch kaum auszutricksen waren. Wenn Reichenberger-Stein diesen Mann bezahlte, so musste ihm das Wasser bis zum Hals stehen.

„Ich habe Sybill Reichenberger sehr unter Druck gesetzt", sagte Mannheim. „Ich hoffe, dass sie nun reagiert. Natürlich hat sie von Welzow entführt. Sie hat auch Rennerstieg umgebracht und Meisters Jaguar angezündet."

„Aber warum?"

„Sie spielt Medea. Was hat sie nicht alles getan, um die Liebe ihres Vaters zu erringen? Sie ist eine neureiche Schickse geworden, die im Beschissfernsehen Millionen macht. Geld stellt für den Professor ja das Nonplusultra dar. Und was hat sie davon? Nichts. Ihre Mutter ist tot und Meister hat ihre Schwester in den Tod getrieben. Und zwar mit Wissen ihres Vaters. Sie rächt sich. Sie rächt die Toten."

Das Telefon klingelte. Natascha hatte den jüngsten Bericht über das Verhör von Peter Neitzke gelesen: Der Securityunternehmer hatte gestanden, Elena Reichenberger in Meisters Auftrag im Hausflur aufgelauert und bedroht zu haben. Elena brauche eine solche Behandlung gelegentlich, hatte Meister angeblich gesagt. Neitzke hatte erklärt, sich nicht zu Meisters „Watschenmann" machen lassen zu wollen.

„Das wird ihm auch nichts mehr nutzen", sagte Birgit Allenare kalt.

Sie saßen an ihren Schreibtischen. Birgit Allenare blätterte in einem Vorgang, Mannheim surfte über diverse Musikseiten. Dann schaltete er den Rechner aus, erhob sich und zog seine Jacke über. „Ich gehe nach Hause", sagte er. „Ich habe keine Lust, wegen dieser Leute wie auf glühenden Kohlen im Büro zu sitzen."

In diesem Augenblick meldete sich Birgits Handy. Sie nahm das Gespräch entgegen und ihre Miene hellte sich deutlich auf. Sie gab ihrem Kollegen mit der Hand ein aufgeregtes Zeichen, noch zu bleiben. „Ja klar", sagte sie. „Das ist interessant. Wir sehen's uns gleich an. Vielen Dank noch mal." Sie beendete das Gespräch. „Das war Dr. Kilic von *fairfood*", erklärte sie. „Sie haben wieder eine anonyme Mail bekommen. Deine Berechnung geht hundertprozentig auf!"

35.

Sybill Reichenberger parkte ihren roten Sportwagen am Gendarmenmarkt, nahm die Einkaufstasche vom Rücksitz und ging hinüber zum Gebäude von *EAT WELL*. Es war schon dunkel. Sie fuhr mit dem Fahrstuhl nach oben und läutete. Emilija öffnete ihr.

„Ihr Vater ist noch in seinem Büro", sagte die schöne Vorzimmerdame.

„Ist sonst noch jemand im Haus?"

„Nur Dr. Hase."

Sybill griff in ihre Einkaufstasche, die aus einem Laden für teure Designerschuhe und Stiefel stammte, zog einen langen, mit schwarzem Klebeband umwickelten Totschläger heraus und schlug ihn der vollkommen überraschten Emilija über den Kopf. Die junge Frau ließ ein Ächzen hören, verdrehte die Augen und kippte seitlich von ihrem Drehstuhl. Sybill nahm ein Klebeband aus ihrer Tasche, bückte sich und schnürte Emilijas Hände auf dem Rücken zusammen. Dann klebte sie ihr den Mund zu. Sie hörte ein Geräusch in ihrem Rücken und richtete sich auf.

Ihr Vater stand in der Tür seines Büros und starrte sie an. Seine Wangen sahen sehr schmal aus und um seine Augen lagen dicke, dunkle Ringe.

„Sybill“, sagte er.

Sie zog eine Pistole aus ihrer Tasche, eine kleine Beretta. „Halte das Maul!“

„Aber...“

„Wo ist diese Hase?“

„Hinten. Sie vertritt von Welzow.“

Sybill Reichenberger stieß die Glastür auf und lief rasch und mit entschlossener Miene den Gang hinunter. In einer Hand hielt sie die Beretta, in der anderen den Totschläger. Ihr Vater folgte ihr zögernd. Sie erreichte Eva Hases Tür und öffnete sie.

Eine blonde Frau in einem beigen Businessanzug saß hinter einem Schreibtisch und arbeitete beim Schein einer Lampe an einem Notebook. Sie sah auf und warf Sybill einen zerstreuten Blick zu. „Was gibt’s denn?“ Dann realisierte sie die Pistole und den Totschläger und ihre Miene veränderte sich.

Sybill hob den Schläger und zog ihn der Blonden ohne jede Vorwarnung über den Kopf. Merkwürdigerweise blieb Eva Hase aber wie festgeklebt auf ihrem Stuhl sitzen und Sybill verpasste ihr einen zweiten, noch härteren Schlag.

Die Blonde kippte bewusstlos zu Boden. Sybill trat ihr mit der Spitze ihres Stiefels in die Rippen.

„Gehen wir in dein Büro!, wandte sich an ihren Vater.

„Du bist verrückt“, sagte Reichenberger fassungslos. Seine rechte Hand zitterte heftig.

„Vorwärts!“

„Ich habe gerade gelesen, dass du alles veröffentlicht hast. Natürlich haben sie mich gleich angerufen. Deine Schwester hat die Daten geklaut und du hast sie veröffentlicht."

Sie traten in das Büro. Sybill zeigte mit dem Lauf ihrer Waffe auf das Telefon. „Ruf Dani Meister an! Er soll kommen!"

Reichenberger zögerte.

„Er hat Elena umgebracht", stieß Sybill hervor. „Jetzt wird er zahlen!"

„Was willst du denn machen?"

„Er hat ihr gedroht, diese Überweisungen und die Nacktfotos ins Internet zu stellen. Sie war deine Tochter und die Medien wären schon drauf angesprungen. Ihr Dreckschweine hätte sie ruiniert! Ihr hättet sie kaputt gemacht! Deine eigene Tochter, du Drecksau!" Heiße Tränen liefen über ihre Wangen. „Du elende, miese Sau! Elena wusste nicht mehr weiter und hat sich aufgehängt. Ruf Meister jetzt an! Er wird bezahlen!"

Der Professor wählte die Nummer. Er war leichenblass.

„Für irgendwelche Konsequenzen bist du ja nie eingestanden", keifte Sybill.

„Hallo, Daniel", sagte Reichenberger. „Ich bin noch im Büro. Könnten Sie mal vorbeikommen?...Ja klar, jetzt gleich....Was denn sonst? Also bitte!" Er deckte die Sprechmuschel mit der Hand ab. „Er will nicht!", sagte er zu seiner Tochter. Sybill stieß mit der Beretta in Richtung ihres Vater. „Ich wäre Ihnen sehr verbunden", sagte Reichenberger-Stein. „Ein letzter Freundschaftsdienst. Wie bei den alten Römern. Ja, ich erwarte Sie." Er legte auf.

Sybill warf den Totschläger auf einen der Sessel und ging in dem großen Raum auf und ab. Der Turm des französischen Doms war in der Nacht angestrahlt. Er bot einen wunderschönen Anblick.

„Sybill", sagte Reichenberger-Stein. „Höre doch auf!"

„Und nachdem Elena tot war, hat er ganz cool die Wohnung gefilzt. Ihr habt gehofft, dass sie das Material noch nicht weitergegeben hatte. Hatte sie aber!" Sie lachte schrill auf.

„Elena hatte einfach meinen Rechner gestartet und alles gefunden."

„Du hast Meister machen lassen und wie üblich einfach zugesehen. Der große gefühllose Strippenzieher."

„Er hat das alles nur gemacht, um mich abzuschießen!", fiel er ihr ins Wort.

„Du wirst alt. Oder was willst du sagen? Wenn es um Elena und mich gegangen ist, hast du doch immer nur zugesehen. Nein, nicht ganz. Fickst du Emilija ebenfalls in den Arsch?"

„Sybill!" Reichenberger war aschfahl und seine Hand zitterte so heftig, dass er sie vor sich auf den Tisch legen muss.

„Ja?", schnappte die junge Frau und zielte auf ihren Vater. „Ja?"

„Sybill!" Er legte wie nebenbei die linke Hand auf sein Handy und drückte zwei Mal schnell hintereinander die Eins.

36.

Die Mail, die vor einer halben Stunde bei *fairfood* eingegangen war, enthielt jede Menge Forschungsergebnisse und Dokumente, die ohne Zweifel vom *Institut of Biochemistry* der *University of Pittsburgh* stammten. Die Dokumente erinnerten die Kommissare an die Computerausdrucke, die sie in Elena Reichenbergers Wohnung gesehen hatten. Wieder ging es um Versuchsreihen, die mit Tomaten, mit Zwiebeln, Zucchinis, Auberginen, Äpfeln, Pfirsichen und verschiedenen Salaten realisiert worden waren; die Ergebnisse waren dann in diversen Tabellen und Diagrammen dargestellt. *Fresh season* war in etlichen Varianten auf die Früchte aufgetragen und erhitzt worden, anschließend waren die neu entstanden Molekularverbindungen diagnostiziert und analysiert worden. Es gab Tabellen, die die potentiell krebserregende Wirkung dieser Verbindungen beschrieben. Auf alle Fälle war das DD3 eine hochgradig problematische Substanz.

Birgit Allenare blätterte am Bildschirm durch die Dokumente, Mannheim sah ihr dabei über die Schulter.

„Das verstehen doch nur Fachleute", sagte sie.

Doch dann folgten einige Kopien von Dokumenten, die sich auf Finanztransaktionen im anscheinend ganz großen Stil bezogen. Allein auf ein Nummernkonto bei einer Schweizer Großbank waren dreizehn Millionen Dollar geflossen, Absender waren Konten in in der Karibik, in Singapur, Hongkong und auf den Kanalinseln. Es gab ein Dokument über ein Schließfach bei einer weiteren Schweizer Bank, in dem offenbar erhebliche Mengen Bargeld lagerten. Außerdem gab es Überschreibungen von Aktien und Fondsanteilen, sowie Optionen auf Grundbesitz in Florida und in Chicago und am Lake Michigan.

„Ach du Scheiße", sagte Mannheim. „Was soll das sein? Geldwäsche? Schwarzgeld? Da brauchen wir einen Finanzfachmann."

Die Mail trug einen Verteilerschlüssel. Außer an *fairfood* war sie auch an verschiedene Nachrichtenportale verschickt worden.

„Vielleicht haben die das Material ja schon aufbereitet", sagte Birgit Allenare und öffnete das erste Portal. Aber die Beamten fanden nur eine Analyse zur sogenannten Bankenrettung, die darauf abhob, dass die Unterscheidung zwischen systemrelevanten und nicht systemrelevanten Banken in Europa fallen gelassen worden war und längst jede Art von Vermögen gerettet wurde.

Auch das zweite Portal hatte die neuen Daten noch nicht aufbereitet.

Endlich, auf der dritten website lasen sie die Überschrift: *Führender deutscher Nahrungsmittellobbyist kassiert 28 Millionen Euros für die Einführung eines schwer krebserregenden Konservierungsstoffs auf dem europäischen Markt*. Der Text begann wie folgt: *Professor Reichenberger-Stein, ein dem äußeren Anschein nach ehrenvoller älterer Herr, hat sich schon immer viel auf die Bekämpfung des Hungers zu Gute gehalten. 'Ich will, dass jeder Mensch auf Erden sich satt essen kann', lautet ein bekanntes Zitat aus seinen weihevollen Reden. Nun muss man hinzufügen: Niemand, der nicht schwer lebensmüde ist, sollte die von Reichenberger promoteten Lebensmittel zu sich nehmen. Sie sind tödlich. Amerikanische Studien belegen, dass das sogenannte fresh season, eine Substanz, die zur Konservierung von Obst und Gemüse genutzt wird und für die Reichenberger sich immer wieder stark gemacht hat, als ähnlich krebserregend angesehen werden muss wie seinerzeit Asbest. Wusste Reichenberger das nicht? Das kann man sich kaum vorstellen. Im vergangenen Jahr flossen rund 28 Millionen Euros aus diversen Steueroasen auf schwarze Konten des Cheflobbyisten. Auf Konten in der Schweiz, auf den Kaymans und den Kanalinseln. Dies belegen Dokumente, die der Redaktion vorliegen. Und es gibt einen hochgradig verräterischen E-Mailverkehr zwischen Reichenberger und dem US-amerikanischen Susi-Food Concern, der das fresh season auf den Weltmarkt kippt. Für 28 Millionen nahm der scheinbar so ehrenwerte Professor Reichenberger den qualvollen Krebstod von Hunderttausenden in Kauf. Er ist ein weiterer Vertreter einer gescheiterten Elite, die aus purer Geldgier noch jeden menschlichen Wert verramscht hat...*

„Jetzt hat sie ihn vernichtet", sagte Mannheim. „Irgendwie muss Elena an diese Finanzdaten gekommen sein."

„Ob das alles strafbar ist, möchte ich bezweifeln", sagte Birgit. „Die Korruption muss ihm erst mal in jedem Einzelfall nachgewiesen werden. Mit Bewährung geht das ganz sicher ab."

„Wie immer!" Mannheim nahm den Telefonhörer ab und wählte die Nummer des Professors. Zuerst versuchte er es in Reichenbergers Privathaus, dann in seinem Büro, dann sein Handy. Der Professor war mal wieder nicht zu erreichen. Mannheim wählte die diversen Nummern seiner Tochter. Ebenfalls ohne Erfolg.

„Versuche mal Meister", schlug Birgit vor.

Der Kommissar folgte dem Rat.

Der Manager nahm das Gespräch entgegen.

„Hallo, Mannheim hier. Ich versuche, den Professor zu erreichen. Wissen Sie vielleicht, wie ich ihn kriegen kann?"

„Ich fahre gerade an den Gendarmenmarkt. Reichenberger hat mich eben angerufen. Da muss was los sein. Er redet irgendwie wirre."

37.

„Dort steht Frau Reichenbergers Sportwagen", sagte Birgit Allenare. Das Fahrzeug parkte schräg gegenüber des *EAT WELL* Gebäudes.

Die Polizisten stiegen aus ihrem eigenen Wagen. Sie sahen, wie Frank McKee mit raschen Schritten in dem Haus verschwand.

„Reichenberger hat diesen Typen engagiert, damit der ihn vor seiner eigenen Tochter beschützt?", fragte Mannheim.

„Sieht so aus!"

Sie überquerten die Straße und traten ins Haus. Die Tür ließ sich einfach aufdrücken. McKee hatte den Fahrstuhl genommen, der nach oben surrte.

Mannheim und seine Kollegin hasteten die dunkel-marmorne Treppe aufwärts. Die große Glastüre zu *EAT WELL* war nur angelehnt. Die Polizisten zogen ihre Waffen und traten ein. Sie sahen, dass Emiljia neben ihrem Schreibtisch auf dem Teppichboden lag. Sie hatte eine große, blutige Platzwunde an der Stirn. Ihre Hände waren mit schwarzem Klebeband auf ihrem Rücken zusammen gefesselt. Auch ihr Mund war mit dem Klebeband verschlossen. Sie war sehr blass, war aber bei Bewusstsein und sah die Beamten hilfesuchend an.

Birgit kauerte neben ihr nieder und riss ihr das Klebeband vom Mund. In diesem Augenblick hörten sie Sybill Reichenbergers Stimme aus dem Büro des Professors. „Für achtundzwanzig Millionen machst du alles?", keifte sie schrill.

„Geld gibt's doch wie Dreck", suchte der Professor sich zu verteidigen. „Ich habe so viel davon, mich kann keiner mehr kaufen. Und im Gegensatz zu dir weiß ich, was Armut bedeutet!"

„Elena und ich waren für dich doch nur Maden."

„Nein."

„Geld! Geld! Geld!"

Ein Krachen ertönte. Robert Mannheim stieß die Tür zum Zimmer des Professors auf.

Sybill stand vor einem der Fenster. Tränen liefen über ihre Wangen. In der rechten Hand hielt sie eine kleine Beretta, mit der sie auf den Professor zielte, der vor seinem Schreibtisch stand. In der Linken hielt sie eine der in Öl gemalten landschaftlichen Idyllen, die sie gerade von der Wand gerissen und auf der Lehne eines Ledersessels kaputt geschlagen hatte. Reichenberger starrte sie an. Er machte ein Gesicht wie ein erschrecktes Gespenst.

Zwischen Sybill und dem Professor, allerdings außerhalb der Schusslinie der Beretta, stand Dani Meister mit erhobenen Armen.

Frank McKee stand mit lauerndem Blick einige Schritte von Sybill entfernt. Sein Blick hetzte vom einem zum anderen.

In dieser Sekunde zog er eine Pistole aus seinem Schulterholster.

Mit einer Reaktionsschnelle, die Mannheim Sybill gar nicht zugetraut hätte, wirbelte sie auf dem Absatz ihres Stiefels herum, zielte auf McKee und feuerte. Beide Schüsse krachten nahezu gleichzeitig. Doch Sybill war um Bruchteile von Sekunden schneller. McKees Kugel jagte neben der jungen Frau in die Wand und ließ den Verputz spritzen. Der Bodyguard taumelte nach hinten. Seine rechte Schulter war voller Blut. Er ließ die Pistole fallen.

Der Professor trat auf seine Tochter zu.

Blitzschnell bückte sich Meister und hob die Pistole auf.

„Fallenlassen!“, brüllte Mannheim und zielte auf den Manager.

Meister blickte auf und sah den Kommissar an. Er zielte auf Mannheim.

„Fallenlassen!“

Meister drehte sich um und zielte auf Sybill.

Mannheim schoss. Er zielte auf Meisters rechtes Bein. Leider ging der Schuss ein bisschen zu tief und der Kommissar traf den Manager nicht in den Oberschenkel, sondern genau ins Knie.

Im gleichen Augenblick umfasste Sybill den Professor mit beiden Armen. Wie eine Krake zog sie ihn an sich. Ihre Gesichtszüge waren eine Grimasse. Sie riss ihren Vater nach hinten, stieß mit dem Rücken gegen die Scheibe des Fensters und ließ sich nach rückwärts kippen. Irgendwie stieß sie sich auch mit den Füßen ab. Wie in Zeitlupe sah Mannheim, wie zuerst Sybills Oberkörper, dann der des Professors, dann ihre Beine, dann seine, sich durch das Fenster nach draußen schoben.

In der nächsten Sekunde hörte er den dumpfen Aufschlag.

Dann lautes, empörtes Hupen, das Quietschen von Bremsen, entsetzte Rufe von Passanten.

Aus den Augenwinkeln sah der Kommissar, dass Daniel Meister stöhnend auf dem Boden lag. Seine Hände umklammerte sein rechtes Knie. Ringsum war der Teppich voller Blut.

Frank McKee hatte eine kleine Pistole gezogen, die er anscheinend im Schaft seines Stiefels getragen hatte. Birgit trat zu ihm hin und hielt ihm die Mündung ihres Colts an die Stirn. Er ließ die Pistole fallen.

„Kein Problem, Lady!“, sagte er. Seine Schulter war voller Blut.

Sie trat die Pistole zur Seite.

Mannheim zog mit der Linken sein Handy aus seiner Jackentasche und alarmierte die Kollegen.

38.

Fernsehbilder vom Gendarmenmarkt, von der Französischen Straße, der Markgrafenstraße und dem *EAT WELL* Gebäude. Die Nacht war erhellt vom Blaulicht und den gleißenden Lampen der Spurensicherung und der Fernsehjournalisten. Es hatte zu regnen begonnen und die Feuchtigkeit ließ den Asphalt der Straße im Blaulicht glitzern. Ein junge, blonde Reporterin sprach mit aufgeregter Miene in ihr Mikrophon: „Noch sind die genauen Hintergründe des Dramas nicht bekannt. Doch in den frühen Abendstunden waren in den Medien Dokumente aufgetaucht, denen zufolge Professor Reichenberger-Stein, ein bislang absolut renommierter Wissenschaftler, für die Vermarktung eines von vielen Experten als krebserregend bewerteten Konservierungsstoffs für Lebensmittel einen mehrstelligen Millionenbetrag kassiert haben soll. Weshalb er jedoch seine Tochter, die bekannte und sympathische Fernsehmoderatorin Sybill Reichenberger, mit in den Tod gerissen hat, ist zur Stunde noch vollkommen unklar. Erst vor wenigen Tagen hatte sich seine Tochter Elena an einer Spreebrücke unweit des Schlosses Bellevue erhängt…"

Es war spät in der Nacht, er war gerade nach Hause gekommen und sah sich gemeinsam mit Lily die Spätnachrichten an. Sie hatte aus Mitte zwei Scheiben Thunfischsteak mitgebracht und in Olivenöel gebraten, und sie verzehrten diese nun mit Tomatensalat, ein wenig Baguette und einer Flasche Rioja. Durch Mannheims Blutbahnen tanzten noch immer das Testesteron und das Adrenalin und nur ausreichend Rotwein würde ihn von diesem Speed herunter bringen.

Auf dem Bildschirm erschien ein Kommentator, ein grauer Häuptling Silberlocke mit einem verrunzelten Karrieristengesicht, und salbaderte über die großen Verdienste des Professors für das Wohlergehen der Hungernden und die Fehlbarkeit des Menschen an sich. „Professor Reichenberger-Stein sollte uns allen eine Mahnung sein. Schnell kann es gehen, dass ein Mensch vom rechten Weg abkommt und sich in so tiefe Schuld verstrickt, dass es nur noch einen letzten Ausweg zu geben scheint. Doch sollte man dann nicht auch noch andere mit hinab reißen…"

„Das ist doch alles gelogen", sagte Mannheim. „Die haben von nichts eine Ahnung und erfinden sie sich einfach was. Hauptsache es klingt gut. Reichenberger war ein geldgieriger Egomane. Und seine Tochter war nicht besser. Der sollte sich lieber mal überlegen, was eigentlich passiert, wenn im Leben nichts mehr zählt als Geld und Gier. Die Menschen wissen überhaupt nicht mehr, was dies für ein erbärmliches Leben ist, in dem es nur noch ums Geld und um die Kosten für irgendwas geht."

Anscheinend um die Welt der Zuschauer wieder ins Gleichgewicht zu bringen, folgte ein Beitrag, in dem gezeigt wurde, mit welch lockeren Humor und Wortwitz der Professor sich im vergangenen Jahr in der Show eines bekannten Sternekochs präsentiert hatte. Es war wirklich ein gekonnter Auftritt gewesen. Auch seine Hand zitterte noch nicht. Das musste kurz vor seinem Herzinfarkt gewesen sein.

Mannheim schaltete den Fernsehapparat aus und goss sich noch ein Glas Rotwein ein. „Man sollte sich das überhaupt nicht mehr ansehen.“ Sein Handy spielte Deep Purples *Child in time*. Es war seine Tochter Sara aus New York City.

„Schätzchen, wie viel Uhr ist es eigentlich gerade bei euch?“, fragte er und seine Stimme klang drohend, als solle gleich ein Gewitter losbrechen.